D0869489

Date: 1/10/17

SP FIC AMPUERO
Ampuero, Roberto, 1953-
Bahía de los misterios /

PALM BEACH COUNTY
LIBRARY SYSTEM
3650 SUMMIT BLVD.
WEST PALM BEACH, FL 33406

BAHÍA DE LOS MISTERIOS

Roberto Ampuero

BAHÍA DE LOS MISTERIOS

PLAZA  JANÉS

Bahía de los misterios

Primera edición en Chile: noviembre, 2013
Primera edición en México: noviembre, 2013

D. R. © 2011, Roberto Ampuero
c/o Guillermo Schavelzon & Asoc., Agencia Literaria
www.schavelzon.com

D. R. © 2013, Random House Mondadori
Merced 280, piso 6, Santiago de Chile
Teléfono: 2782 8200 / Fax: 2782 8210
E-mail: editorial@rhm.cl
www.megustaleer.cl
Diagramación interior y diseño de portada: Amalia Ruiz Jeria
Ilustración de portada: Anna Parini

D. R. © 2013, derechos de edición para México en lengua castellana:
Random House Mondadori, S. A. de C. V.
Av. Homero núm. 544, colonia Chapultepec Morales,
Delegación Miguel Hidalgo, C.P. 11570, México, D.F.

www.megustaleer.com.mx

Comentarios sobre la edición y el contenido de este libro a:
megustaleer@rhmx.com.mx

Queda rigurosamente prohibida, sin autorización escrita de los titulares del *copyright*, bajo las sanciones establecidas por las leyes, la
reproducción total o parcial de esta obra por cualquier medio o procedimiento, comprendidos la reprografía, el tratamiento informático,
así como la distribución de ejemplares de la misma mediante alquiler
o préstamo públicos.

ISBN 978-607-311-898-9

Impreso en México / *Printed in Mexico*

A la memoria de mi querido padre, don Roberto Ampuero Brulé, que era medio chileno y medio francés, y me enseñó a valorar a los pueblos originarios, los afrodescendientes e inmigrantes de nuestra patria

PRIMERA PARTE

Hallámosles grande número de libros de estas sus letras;
y porque no tenían cosa en que no hubiese superstición y
falsedades del demonio, se los quemamos todos, lo cual a
maravilla sentían y les daba pena.

Obispo Diego de Landa

1

La cabeza del profesor Joseph Pembroke, más conocido como Joe Pembroke en el Voltaire College de Chicago, rodó dejando una estela de sangre sobre la escalera de concreto del cerro Concepción, en el puerto de Valparaíso. Pasó luego junto al quiosco donde colgaban los periódicos de la tarde de verano y se detuvo de golpe, como frenada por un mecanismo interno, en medio de la concurrida calle Esmeralda.

Asentada quedó sobre el cuello cercenado, con sus ojos azules muy abiertos, enfatizando una mueca de horror e incredulidad en el rostro. Un trole alcanzó a detenerse a medio metro de la aparición más macabra de que se tenga memoria en esa mítica ciudad del Pacífico. Se paró de modo tan súbito y oportuno, que una anciana con bastón y un acordeonista barbudo que toca en los bares locales dieron con su humanidad en el piso soltando improperios contra el chofer.

—Frené en seco pues creí que era la pelota de trapo con que juegan al fútbol los niños de un pasaje del cerro —explicó a los carabineros Eleuterio Miranda, el parsimonioso conductor de troles—. ¡Cómo iba a pensar que se trataba de una cabeza humana!

En minutos se armó un taco descomunal en Esmeralda, lo que dificultó el arribo expedito de la ambulancia.

—No se necesita una ambulancia para esto —alegó el oficinista de una empresa naviera—. Basta con que traigan una bandeja.

Fue como si lo hubiesen escuchado. El dueño de la fuente de soda Bosanka, que tiene una barra corta y cuatro butacas, pero ofrece el mejor sándwich de ave y palta del barrio, no tardó en llegar al sitio del suceso premunido de una bandeja de aluminio y un estropajo, que entregó al paramédico que ya cruzaba entre los vehículos. Era un profesional hábil y de sangre fría; rodeado de curiosos que se arremolinaban en torno suyo, acomodó con recogimiento la cabeza en el estropajo desplegado sobre la bandeja, y la tela se tiñó de carmesí como si se hubiese derramado sobre ella una copa de buen carménère.

Una mujer piadosa, que venía de la misa de La Matriz, ofreció de inmediato su pañuelo para que el paramédico cubriese la cabeza del desgraciado.

—¡Menos mal! Porque ya no se puede sostener su mirada —comentó un vendedor de reineta y jurel que observaba todo con un canasto de mimbre colgado del brazo.

—Lo difícil va a ser encontrar el resto —rezongó un viejo tuerto de boina que volvía de cobrar su paupérrima jubilación.

El paramédico cargó la bandeja con la cabeza hasta la ambulancia, que había quedado atascada frente al Turri, un bello edificio antiguo, ubicado una cuadra más al sur.

Después oscureció y sobre Valparaíso cayó un aguacero acarreado por el viento norte, que también trajo el perfume a cochayuyo. Al rato, troles, buses, taxis y peatones volvieron a circular como de costumbre. Era la noche del 20 de febrero de 2011.

2

—¿Cayetano Brulé?

El hombre de bigotazo y gruesos anteojos de marco negro levantó la vista del diario y contempló a la mujer enmarcada en el vano de la puerta de su oficina en el Turri.

—Soy yo, señora. ¿Con quién tengo el placer? —preguntó poniéndose de pie.

Era fornido, con amplias entradas en la frente y unos ojos pardos y amables.

—Lisa Pembroke —dijo ella.

Le estrechó la mano sonriendo y la invitó a tomar asiento en una silla desvencijada. A través de las ventanas del despacho se veían, por el oeste, el Pacífico, a esa hora liso como un platillo rebosante de mercurio, y, por el este, los cerros poblados de la ciudad. Le ofreció un expreso.

—Me vendría bien —afirmó la viuda, que, a juzgar por la lozanía de su rostro y la saludable esbeltez de su cuerpo, tenía menos de los cuarenta que había imaginado semanas atrás, cuando ella lo había llamado por teléfono desde Estados Unidos.

Llenó de agua la cafetera de aluminio, vertió polvo de café en el filtro y la puso sobre la llama de la cocinilla. Le alegró que la camanchaca se hubiera disipado y que Valparaíso, libre al fin del manto lechoso, luciera despejado y nítido bajo un cielo azul.

—Ya lo sabe, vine porque me urge que encuentre a los asesinos de mi querido esposo —dijo ella de golpe, pero con la voz quebrada y en un español con acento gringo.

—Es un tema complejo —comentó Cayetano, regresando al escritorio. Cuando se sentó, su corbata lila de guanaquitos verdes se acomodó al suave bulto moldeado por su barriga—. Complejo, pues ni la Interpol ni la Policía de Investigaciones de Chile han hecho progresos significativos en un año.

Sabiendo que la viuda llegaría, había refrescado su memoria sobre el caso Pembroke, el más macabro de la historia de la ciudad. Ni los asesinatos del francés Émile Dubois, a comienzos del siglo XX, ni los de los psicópatas, durante la dictadura militar, habían horrorizado tanto a Valparaíso. En este caso, acaecido un año antes, unos desconocidos habían decapitado a Pembroke y arrojado por un acantilado su cuerpo, que llevaba marcado a fuego en el pecho una guadaña. Su cabeza la habían tirado luego por unas escaleras céntricas hasta que llegó rodando a la calle Esmeralda.

Los especuladores coincidían: se trataba de un ajuste de cuentas entre narcos, mundo con el cual, al parecer, Pembroke debía haber estado involucrado, o bien, algo menos probable, de un rito satánico. Lo cierto es que en Valparaíso hay sectas satánicas en guerra perpetua, que celebran por la noche rituales de sangre en teatros, iglesias o galpones abandonados.

—Recurrí a usted porque tal vez un investigador privado logre más que la policía chilena —agregó la viuda mientras Cayetano volvía a la cocinilla, situada junto a una ventana, para atender el gorgoteo de la cafetera y verter la bebida en tacitas blancas—. Para serle franca, de las policías de este continente no espero mucho.

—No confunda a la policía chilena con la del continente —advirtió el investigador cuando acercaba café y azúcar a Lisa—. Los muchachos de acá son profesionales, al igual que los carabineros.

—¿Y entonces? ¿Por qué no sale humo blanco?

—Esta no es una ciencia exacta, señora Pembroke. Si lo fuera, todos los malandrines estarían detrás de las rejas, salvo, desde luego, quienes logran torcer voluntades para no llegar a la cárcel, aunque se la merezcan. Además, le voy a salir caro. Me temo que el asunto se enreda con organizaciones envueltas en el misterio y juramentos de lealtad.

—La paz espiritual que busco no tiene precio, señor Brulé —dijo ella bajando la vista—. Joe era un gran hombre y no tenía enemigos. Era profesor de literatura y se dedicaba a enseñar, investigar la cultura latinoamericana y escribir ensayos sobre ella. Han tratado de manchar su prestigio vinculándolo con el narcotráfico, excusa acostumbrada de las policías cuando no hallan culpables. Los libros de mi marido prueban que fue un hombre íntegro.

En verdad, no deseaba aceptar el caso Pembroke, admitió para sí mientras revolvía el café. Y sus razones no eran un pretexto. Inmiscuirse en las estructuras de grupos regidos por pactos de sangre constituía un riesgo considerable que implicaba, en el mejor de los casos, terminar acusado de integrar el grupo investigado. A esas alturas de la vida no estaba para ser condenado por vínculos con narcotraficantes o sectas satánicas.

—Sea eficiente o no aquí la policía, no puedo seguir esperando —alegó Lisa, apartando con un puño unas lágrimas de sus mejillas—. Ya no duermo de pensar que los asesinos de Joe se pasean tranquilos por esta ciudad. Necesito que alguien aclare esto.

—Y quiere que ese alguien sea yo.

—Efectivamente. —Ella alzó la cabeza con un vislumbre de esperanza en la mirada.

—¿Quién le dio mi nombre?

—Me lo dieron en la embajada de Estados Unidos en Santiago.

Miró con un dejo de extrañeza hacia el dique, donde reparaban el casco de un barco griego, y pensó en la película *Zorba el griego* y en una novela del comisario Kostas Jaritos, de Petros Márkaris, cuyo título ya había olvidado. Le pasaba cada vez más a menudo, eso de olvidar los títulos de los libros que leía y de las películas que veía. Pero lo cierto era que en la ficción los conflictos se resolvían más fácilmente que en la realidad. Tal vez en algún momento el detective de una novela y su escritor, o el actor que hace de detective en una película y su director, alcanzaban un compromiso secreto, cuyo objetivo consistía en doblarle la mano a la verdad y en montar una buena historia. Solo en el paraíso la realidad es manipulable, concluyó. Saboreó otro sorbo de café admitiendo que esa reflexión era filosófica pero a la vez inconducente, y que le sorprendía que lo hubiesen recomendado en la embajada gringa, un búnker de granito y muros insalvables, emplazado a orillas del río Mapocho, en la capital.

No guardaba precisamente recuerdos gratos de los agentes de Homeland Security. Años atrás, ellos lo habían conducido engañado, por no decir secuestrado, hasta Chicago para involucrarlo en un caso del cual salió con vida por suerte. Pero bueno, se consoló, al parecer no todos guardan los mismos recuerdos. Los suyos, por lo demás, los de la infancia y juventud, se entreveraban con las calles de La Habana Vieja, Cayo Hueso y Miami, animados por boleros que entonaba la voz melodiosa y nostálgica de Beny Moré.

—Si me permite, señora Pembroke —continuó, volviendo del ensimismamiento—, voy a decirle algo que a lo mejor le disgusta, pero prefiero mirar la verdad a los ojos: la forma en que su marido fue asesinado huele a venganza de narcotraficantes.

—Es lo que supuso todo el mundo cuando encontraron su cuerpo. Pero eso, sin pruebas, es linchamiento de imagen, señor Brulé. Y usted no me lo va a discutir.

—Es un tipo de ajusticiamiento típico de los sicarios de Los Zetas, La Familia Michoacana o del Cartel de Sinaloa en sus disputas por corredores o plazas de mercado. No se da en este país, aunque aquí los criminales tampoco se tratan con guantes de seda.

Bebieron café mientras el graznido de las gaviotas y el repique de las campanas del Big Ben del Turri inundaban la mañana.

—Le traje una carpeta que incluye toda la información de lo ocurrido y el currículo de Joe. Verá que era trigo limpio —aseveró Lisa con la barbilla trémula, alargando el sobre color manila y un pendrive que traía consigo—. Quiero pedirle que lo estudie y fije sus honorarios para dar con los asesinos.

Cayetano sopesó el sobre y lo colocó encima de los diarios de la mañana, apilados junto al computador Toshiba.

—Le saldré caro porque es peligroso —insistió—. Cobro por día, más los gastos en que incurra y, desde luego, exijo una prima adicional por el esclarecimiento del caso.

—*No problem.*

—¿No hay problema?

—Todos tenemos un precio, señor Brulé. Basta con que me diga el suyo. Alojo en la suite presidencial del Palacio Astoreca, del cerro Alegre. Haga llegar ahí sus condiciones.

3

A la mañana siguiente, después de haber dado una lectura cruzada a la información suministrada por la viuda Pembroke, Cayetano Brulé se reunió con Suzuki, su asistente, en El Desayunador, del cerro Alegre.

A Cayetano le gusta ese local, pues sus ventanas altas, por las que entra a borbotones la luz del día, le permiten seguir con comodidad el paso de las porteñas de buenas piernas a lo largo de las latas pintadas de amarillo de Le Petit Filou de Montpellier, y porque los maceteros con helechos que cuelgan de las vigas de roble y el fresco del Loro Coirón, pintado detrás de la caja registradora, tienen la virtud de inundar su alma de optimismo.

—Otro académico víctima de un alumno frustrado por una mala nota —comentó Suzuki mientras exprimía la bolsita de té verde sobre la taza. Cayetano no recordaba desde cuándo Suzuki se había tornado vegetariano y solo aceptaba infusiones de yerbas o mate paraguayo, y ya ni miraba el café—. Lo bueno es cuánto ofrece la viuda, porque el alquiler de la casa y el despacho nos tienen con el agua al cuello, jefe.

—Pero esto es más enredado que pelea de culebras. Nadie, por mucho que odie a un profesor, le cercena el pescuezo y echa a rodar su cabeza —dijo Cayetano, revolviendo la taza de Nescafé—. Y menos le estampa una guadaña a fuego en el pecho.

—Suena a la temible mara Salvatrucha. ¿Habrá llegado a Valparaíso?

—No creo que esa gente matricule a sus miembros en universidades de Estados Unidos, Suzuki.

—No crea, jefe, en algunos países los hijos de los narcos se están casando ya con las hijas de familias tradicionales. Usted sabe, el dinero lo lava todo. Así que no sería raro que estén aspirando ahora a maestrías y doctorados en Harvard y Stanford.

Cayetano maldijo el café en polvo. Ni para el día del juicio final aprenderían en ese país a tomar el café como Dios manda. El mundo está en manos de aficionados, lo que resulta lamentable. Tal vez debía imitar a Suzuki y pasar a las infusiones: manzanilla, boldo, bailahüén, llantén. Hay países en América Latina que saben hacer café, otros entienden de ron, otros de vinos. Entre los dos primeros no está Chile, desde luego.

—El asunto pinta a delicado —insistió, regresando de sus imprecaciones—. Pembroke puede ser un pez gordo. Llegó a Valparaíso en el *Emperatriz del Pacífico* y de su camarote desapareció su computador y su cuaderno de apuntes.

—¿Droga, entonces?

—Tiene toda la pinta. También podría vincularse con sectas satánicas. A Pembroke lo pueden haber escogido al azar para un rito iniciático. Suelen practicarlo con perros o gatos de la calle, santos de yeso robados de las iglesias, o...

—Para salir de dudas, jefe, usted debería conversar con Armando Milagros, el cubano de la calle Atahualpa, que se dedica a componer parejas. Sabe de brujerías.

Un taxi colectivo subió como una exhalación por los adoquines resbaladizos de Almirante Montt, haciendo cimbrar la estructura de El Desayunador. Al frente, Philippe, el francés del Le Petit Filou de Montpellier, alzaba la cortina metálica de su local, cuyas paredes habían amanecido garabateadas con «mueran los gays» y una cruz gamada. Los neonazis, así como los ultraizquierdistas, resurgían en la ciudad, más bien en todo el país, pensó preocupado Cayetano. Afuera, Philippe encendió un cigarrillo, apoyado contra el letrero de ceda el paso.

—Pero más me huele a droga —recapituló Cayetano—. Pembroke viajaba solo en el camarote, según la información que me dio la viuda, supuestamente para escribir un libro. Lo curioso es que entre los libros que llevaba consigo había un volumen de las obras completas de Kim Il Sung.

—¿El antiguo dictador de Corea del Norte?

—Exactamente. —Cayetano sacudió la cabeza y se encogió de hombros—. Pero lo cierto, mi amigo, es que un crucero se presta bien para que un narco se contacte discretamente con colegas en distintos puertos.

—Entonces ¿el gringo se dedicaba a suministrar drogas en el *Emperatriz del Pacífico*? —Suzuki sorbió con escándalo el té verde.

Tenía los ojos achinados, el pelo chuzo y la piel color marfil. Para los porteños era un japonés de tomo y lomo, y lo cierto es que por apariencia era idéntico a su padre, un marino mercante de Okinawa que, cincuenta años atrás, había embarazado a su madre cuando ella practicaba el oficio más antiguo del mundo en la atmósfera sombría y recargada de humo del Yaco Bar, en el peligroso barrio del puerto.

—No, no creo que el gringo anduviera en el crucero para vender papelillos de cocaína —respondió Cayetano—. Si andaba metido en el negocio, no se dedicaba al menudeo.

—¿Y entonces?

—No sé, ando confundido. La información que me entregó la viuda dice que la PDI no encontró nada comprometedor en la cabina, y que en Estados Unidos su ficha es inocentona como biografía de neonato. Sí llama la atención que alguien aprovechó la conmoción a bordo para llevarse, como te dije, el PC y los apuntes del camarote. Y algo semejante ocurrió en su casa de Chicago.

—Ahí estaba la carne —opinó Suzuki, masajeándose las sienes.

Dos noches había permanecido el *Emperatriz del Pacífico* atracado en Valparaíso, recordó Cayetano. Pembroke no había regresado a bordo.

—¿Y por qué hacía un crucero sin esposa? —preguntó Suzuki.

—Quería trabajar.

—A otro perro con ese hueso, jefe.

—Pues así son los matrimonios modernos. —Cayetano volvió a encogerse de hombros mientras miraba hacia Almirante Montt y recordaba antiguos amores—. Veo que sigues atado al pasado. Necesitas renovarte, no vas con los tiempos.

—Seré enchapado a la antigua para ciertas cosas, jefe, pero no en las que importan. Dígame, ¿quién le activó el nuevo Toshiba y le repara el celular antediluviano que tiene?

—Tampoco te me pongas engreído. Era cosa de leer las instrucciones. Lo haría yo mismo, pero vienen mal traducidas y con letra chica.

—De todas formas, no entiendo cómo un tipo de cincuenta años, apuesto y vital, como muestran las fotos, se va a un crucero por América del Sur sin mujer —insistió Suzuki, sosteniendo la taza como un antifaz—. Raro, por decir lo menos…

—Ya te dije. Escribía un libro.

—La erudición no mata la pasión, jefe. Si no fue por droga, pudo haber sido por una mujer o un hombre. En esta época ya no hay que hacer distingos. ¿Seguro que viajaba solo?

—Ocupaba cabina single.

—¿Y de qué escribía?

—¡Qué sé yo! —Cayetano se despojó de las gafas y engurruñó los ojos. Limpió las dioptrías con la punta de la corbata—. Todo eso lo hurtaron.

—Debe ser requete entretenido ese manuscrito como para que se lo llevaran. Digo yo, en una época en que nadie quiere leer...

—Recuperar los computadores y cuadernos de apuntes sería esencial. Según la viuda, al gringo en Valparaíso también lo despojaron de su billetera y el celular, que llevaba cuando bajó del crucero. Tenía dólares y tarjetas de crédito.

Suzuki contempló la calle palpándose el cuello. Sintió alivio. Allí estaba el cuello. Íntegro. Calentito. El sol era una capa de agua luminosa sobre los adoquines, y en la esquina un perro callejero se rascaba las pulgas a los pies de Philippe que conversaba con una muchacha de melena verde.

—También le he dado vueltas a la posibilidad de que lo hayan asesinado por motivos pasionales —añadió Cayetano, dejando un billete en la mesa.

—¿Entonces cree que llevaba a su media naranja en el *Emperatriz del Pacífico* y que la viuda se enteró de eso y lo mandó matar?

—Hay un detallito nada menor: la prima del seguro de vida de Joe Pembroke ascendía a cinco millones de dólares. Por eso el año pasado llegaron a Valparaíso dos investigadores de la compañía de seguros. Sospecho que se fueron con las manos vacías.

—¿Y por qué buscará ella, más de un año después del crimen, a un detective privado para que remueva las brasas y aparezcan las llamas?

—También me lo pregunto, Suzuki, y no tengo respuesta. Pero hay otro aspecto a considerar —agregó mientras bajaban por Almirante Montt hacia la plaza Aníbal Pinto—. Tal vez quien liquidó a Pembroke no fue ni la droga, ni una secta, ni su viuda, sino alguien enamorado de la media naranja que tú crees que existe. ¿Entiendes?

—¿Y esa persona iba en el *Emperatriz del Pacífico*?

—Entre los dos mil pasajeros —especuló Cayetano, no muy convencido.

A través de una puerta abierta les llegó la voz de Piero cantando «Mi viejo».

4

Pero nadie mata por amor de ese modo, recapacitó Cayetano mientras caminaba a mediodía por la calle Victoria hacia el restaurante O'Higgins, ubicado en un edificio de dos plantas de comienzos del siglo XX, que se alza frente al adefesio que sirve de sede al Congreso Nacional. No solo aquello era horrendo, sino también la inmensa escultura, en forma de lulo de perro, instalada en la avenida Argentina. Tal vez se trataba de un mensaje del artista a los parlamentarios, suponía Cayetano.

Se fue esquivando camiones estacionados, perros echados y pozas de agua, y mirando de reojo el interior lúgubre de los talleres y tiendas de antigüedades del barrio del Almendral, convencido de que pocos decapitan al amado. Además, le costaba imaginar que la distinguida señora Pembroke hubiese encargado por despecho un crimen semejante. Empujó decidido la puerta batiente del O'Higgins y se acomodó en la barra.

—Un sour O'Higgins —ordenó tras saludar a la barwoman—. Y que sea plenamente legal, mire que vengo del Servicio de Impuestos Internos.

Le gustaba ese trago, mezcla de whisky, jugo de naranja y triple sec, porque lo reconfortaba y animaba. A través de la ventana vio las banderas de un grupo que exigía algo frente a las rejas del Congreso. Una manifestación más, pensó. La gente exige de todo, quiere que le den de todo. Después llegarán los pescadores, los mineros, los empleados públicos y los agricultores, y al final los estudiantes. Actos de violencia, destrucción y pillaje pondrían el broche de oro en el barrio. Lo criticable no eran las marchas, sino el saqueo que dejaban a su paso. Se preguntó cómo sería su vida si en lugar de investigador se hubiera dedicado a la política, si en lugar de arrendar un despacho en el Turri hubiese dispuesto de oficina, secretarias y asesores pagados por el papá fisco.

Saboreó el sour O'Higgins. Su paladar le confirmó que allí empleaban auténtico Chivas Regal. Sintió que se reconciliaba con el mundo.

En todo caso, como parlamentario ganaría más, seguro trabajaría menos y hasta pontificaría sobre algún tema que le acomodara, la delincuencia, por ejemplo, pensó, estimulado por el trago y el maní que se echó a la boca. Sí, como parlamentario podría hacer muchas cosas, se dijo echándose un nuevo sorbo, mirando con otros ojos la mole del Congreso, pero cada cuatro años —en caso de ser diputado— o cada ocho —en caso de ser senador— tendría que someterse al escrutinio público, con lo que su futuro dependería de la voluntad de una masa anónima que nunca llegaría a conocer del todo. Se arrepintió de inmediato. No, él no estaba para promesas, besamanos ni obligadas muestras de simpatía hacia electores pedigüeños que, con memoria de elefante, exigían el cumplimiento de la palabra empeñada por los candidatos.

—Disculpe el atraso —dijo de pronto a su espalda Lisa Pembroke, con la frente perlada de sudor—. Me costó cruzar hasta acá porque unos encapuchados quemaban neumáticos frente a una plaza. Ojalá esto no sea el comienzo de la anarquía en este país.

—No se preocupe —dijo él—, este país es un ave fénix que renace de las cenizas cada cuarenta años.

Lisa no entendió la broma y ordenó un jugo de mango. Luego preguntó:

—¿Y qué me dice, Cayetano? ¿Acepta o no mi encargo?

5

—El último barrio donde habitó su esposo, si me permite la metáfora, se llama *Emperatriz del Pacífico* —afirmó Cayetano mientras se acariciaba el bigotazo con parsimonia—. De ese barrio, esencial para iniciar la investigación, quedan solo los folletos de cabinas, salones y cubiertas, y una lista con dos mil pasajeros y tripulantes, desperdigados hoy por el mundo. ¿Se imagina lo que es indagar bajo estas condiciones?

Ella optó por ordenar una copa de vino espumante.

—Dígame —continuó él—, ¿por qué no acompañaba usted a su esposo en el crucero?

—Joe solía aislarse por completo en una cabaña o un departamento, lejos de casa, para terminar sus libros. Esta vez prefirió refugiarse en un camarote. Yo lo entendía.

Decidieron pasar al restaurante del segundo nivel llevando las bebidas en la mano. Subieron por una escalera de madera, que trepa combándose junto a un fresco que muestra a Valparaíso y su mar en una espléndida mañana de sol.

—No sé por dónde comenzar —continuó Cayetano cuando ambos examinaban la carta sentados a la mesa—. Me pregunto si su esposo fue víctima de algún pasajero del *Emperatriz del Pacífico*, de algún habitante de estos cerros o de alguien que vino expresamente a Valparaíso a cometer el asesinato.

Lisa lo escuchó en silencio y luego pidió una hipocalórica ensalada de camarones ecuatorianos con palta, lechuga, tomate, pimentón y manzana verde, opción que tal vez explicaba la lozanía de su cutis y la salud que irradiaba, pensó Cayetano. Algo menos consciente en materia dietética, él se inclinó por un costillar de cerdo al horno, acompañado de arroz blanco y ensalada de tomate y cebolla.

—Y tráiganos un buen cabernet sauvignon —agregó—. ¿O prefiere un blanco?

—Me quedo con el espumante.

—Entonces me basta con media botella de Pérez Cruz —ordenó Cayetano y, una vez que se hubo retirado el mozo, dirigió una nueva pregunta a Lisa—. Disculpe, pero ¿nunca se le pasó a usted por la mente que su esposo tuviese, digamos, una amante?

—No.

—¿Nunca hubo nada en ese sentido?

—Una vez tuvo algo con una georgiana residente en Estados Unidos. Algo pasajero y doloroso, pero eso fue hace cinco años. Larisa Ustinov es dueña de una galería de arte en Chicago. Vende íconos y cuadros de santos ortodoxos. ¿Pretende entrevistarla?

—Solo si seguían viéndose, por eso le pregunto —dijo Cayetano y se llevó un trozo de pan a la boca—. En el *Emperatriz del Pacífico* también iban rusos. Imagino que con dinero, a juzgar por las cabinas que ocupaban. Habría que explorar si viajaba también la señora Ustinov.

Mientras Lisa esperaba la ensalada, Cayetano recibió para empezar un ceviche de reineta, salmón y corvina, marinado en zumo de limón, cebolla y perejil picado. A esas alturas ya todas las mesas del segundo piso del O'Higgins estaban ocupadas, lo que hablaba bien del local.

—¿Y nunca tuvo la impresión de que su esposo obtenía ingresos extra por alguna actividad que usted desconociera? —preguntó Cayetano.

—¿Se refiere a narcotráfico?

—Algo por el estilo.

—Ya me lo insinuaron los de la PDI y el FBI. Mi respuesta es un no rotundo. Mi esposo fue un profesional ejemplar, un académico de tomo y lomo.

—Según la carpeta, ustedes vivían sin preocupaciones materiales. ¿El tren de vida lo financiaba el ingreso de Joe como maestro del Voltaire College?

—Y en parte el alquiler de viviendas de mi propiedad. Además, no tenemos hijos y eso hace una gran diferencia.

—Hay una pareja en este expediente con la cual me gustaría hablar: Stan y Stacy Pellegrini, gente con la cual su esposo trabó amistad en el *Emperatriz del Pacífico*.

—Los conocí después de la muerte de Joe. Viven en Nueva Orleans —repuso Lisa, pensativa—. Si necesita verlos, no tengo inconveniente para que viaje. Claro que en clase económica, si me entiende, y alojándose en hoteles de tres estrellas.

—Gracias. Pero dígame con idéntica franqueza: ¿por qué quiere llegar al fondo de todo esto? Se lo pregunto porque tanto la tesis de un asesinato corriente como la de que aquí se oculta algo grueso va a resultar a la larga más dolorosa y cara para usted.

Ella apartó la mirada.

—Solo la verdad me dejaría tranquila —aseveró y alzó los ojos—. ¿Puede entenderlo?

Más que su belleza madura y la intensidad de su mirada, era su carácter resuelto lo que seducía de ella, pensó Cayetano.

—No dispongo de mucho tiempo para averiguar la verdad —agregó ella finalmente, enlazando las manos, acodada sobre la mesa, con la voz trémula—. Sufro de una enfermedad incurable, y por ello necesito que usted esclarezca el crimen antes de que yo me apague.

6

Cayetano descendió por las gradas de madera de las tribunas en cuanto sonó el pitazo final del partido entre los cuadros de Valparaíso Royal y Estrella Roja. El primero acababa de imponerse por 4 a 0 y se perfilaba como el próximo campeón de fútbol de la Asociación Osmán Pérez Freire. De la bahía llegó una vaharada salobre mientras el sol se hundía en el Pacífico tiñendo las nubes de carmesí y Cayetano pensaba que el cáncer al páncreas no perdonaría a Lisa Pembroke.

—Necesito que hablemos —le dijo al defensor del Valparaíso Royal, un joven flaco y de pelo ensortijado que se dirigía con sus compañeros a los camarines. Estaba bañado en sudor y llevaba la camiseta enrollada sobre los hombros—. Te espero en el café Turco, ¿te parece?

Matías Rubalcaba llegó con la melena húmeda sobre la frente, a lo Iván Zamorano, y se sentó a la mesa tras acomodar su maletín deportivo en una silla. En el jardín, la voz nasal de Silvio Rodríguez cantaba loas a Ho Chi Minh. Era de noche y las luces de Valparaíso parpadeaban en los cerros. Al investigador le gustaba ese sitio. Desde allí, ante un expreso o un pisco sour, podía contemplar la fachada de cinco pisos de La Sebastiana, la antigua casa de Pablo Neruda, ahora convertida en un museo frecuentado por turistas. El futbolista ordenó una Coca-Cola Zero.

—A este paso seguro van a salir campeones —aventuró Cayetano.

—Ojalá, don Cayetano —dijo Matías, acomodándose la chasquilla con una peineta—. Pero lo principal para mí es entrar al Duoc para convertirme en chef y no terminar como un simple maestro de churrascos que vive de propinas en una fuente de soda. Después veremos si agarro una beca para estudiar en Estados Unidos.

Era bueno que el muchacho pensara en su futuro, se dijo Cayetano, revolviendo de nuevo el café, porque a pesar de ser un jugador disciplinado y admirador del legendario Elías Figueroa, jamás llegaría como profesional del fútbol a cumplir los sueños propios y los de su madre soltera, con quien compartía una casita del cerro. Era un tipo sano, de mirada prístina, capaz no solo de salir dribleando con la pelota del área y de despejar con elegancia y sentido ofensivo, sino también, algo clave, de driblear las ofertas de droga y alcohol que le hacían los amigotes de la parte alta de la calle Ferrari. En los veranos, Matías se encargaba de las pizzas en Il Malandrino, local de la subida Almirante Montt, donde lo había sorprendido su talento para lanzarlas al aire. Ascendían girando como platillos voladores, y Matías las capturaba al vuelo, intactas, sonriendo con su dentadura amplia y blanca, y las introducía en el horno de barro. Si no le resultaba la postulación en el Duoc, el dueño de Il Malandrino lo emplearía de modo permanente como maestro pizzero, lo que no era una mala alternativa, pero tampoco era la ideal.

—Necesito una ayudita —dijo Cayetano.

—¿Otra investigación?

—Se trata del decapitado.

Matías Rubalcaba se introdujo el meñique en una oreja, como para librarse de una repentina presión en el oído.

—¿Se refiere al turista gringo?

—Al que asesinaron el año pasado.

—El del transatlántico —concluyó Matías, recordando el asunto, porque no todos los años ocurre algo semejante en Valparaíso.

—Exacto.

—Su cabeza rodó hasta cerca de su consulta.

—Despacho, mi amigo, despacho —corrigió Cayetano mientras el futbolista bebía de su lata.

—¿Y qué necesita saber, don Cayetano?

—¿Comentan allá arriba sobre quién lo mandó al otro mundo?

—No.

—¿En un año? ¿Nada?

—Hubo mucho movimiento al comienzo. Policías, carabineros, periodistas, camarógrafos, políticos, el cónsul estadounidense, y hasta dicen que agentes del FBI y la CIA, pero después las aguas se calmaron. No ha pasado mucho. ¿O me equivoco?

—No te equivocas —afirmó Cayetano, atusándose los bigotazos mientras disimulaba un eructo—. ¿Pero podrías averiguar algo más con el capo del sector?

—¿Con El Jeque?

—Es el que sigue roncando allí, ¿no?

—Como siempre. Distribuye coca y éxtasis. Vive con tres minas en la mejor casa del barrio. Deben andar entre los diecisiete y veinte años, estudiantes de secundaria todavía.

—¿Y la policía?

—Bien, gracias. No lo toca. Con lo que mueve...

—¿Tienes confianza con él?

Matías Rubalcaba pensó un rato, acariciando el aluminio de la lata.

—Digo, si eso no te complica —aclaró Cayetano.

—No me complica. El Jeque se lleva bien con el vecindario. Otorga crédito sin intereses, imparte justicia, protege de los abusos. Es la ley. Es temido, amado y respetado.

—¿Podrías averiguar qué dice sobre el crimen del gringo?

Quedaron de acuerdo en que lo llamaría en cuanto averiguase algo. Después, Matías se marchó, dejando a Cayetano ante la tacita vacía y la casa del Nobel, que decenios atrás lo había convertido en detective privado. El mozo comenzó a apagar las luces.

Cuando retornó a la calle Ferrari sintió que lo observaban desde una Durango de vidrios oscuros, estacionada junto a los quioscos de artesanía ya cerrados. Se agachó para amarrarse el cordón de los zapatos y poder mirar con disimulo hacia el vehículo. Pudo distinguir la lumbre de un cigarrillo en el asiento del acompañante del chofer. Son al menos dos, concluyó.

Bajó presuroso por calles y escalinatas desoladas, pasó en puntillas junto a una jauría de perros que dormía al lado de un tarro de basura volteado, y alcanzó a sumergirse en la masa que cruzaba la plaza Victoria, donde se sintió seguro.

7

Calle Atahualpa, Valparaíso, la más estrecha de Chile. Une la avenida Alemania, que discurre sinuosa por lo alto de la ciudad, con la plaza Aníbal Pinto, situada en la parte baja. Es una calle tan angosta que, sin bajarse del vehículo, el conductor puede tocar con una mano la casa de la vereda izquierda mientras su acompañante toca con la suya la de la vereda derecha. En la vivienda número 6204, pintada de blanco y con techo de zinc a dos aguas, habita el sacerdote de parejas, componedor de quiebres pasionales e ingeniero de «poderosos amarres definitivos», el cubano Armando Milagros.

—Vengo a buscar tu ayuda, acere —dijo Cayetano Brulé en cuanto su compatriota abrió un tantico la puerta, trabada desde el interior mediante una cadena de metal.

El detective puso un pie en el marco e introdujo por el espacio libre un paquetito.

—Café Pilón, recibido ayer de Miami —anunció.

Un par de ojos se agrandaron azorados en la oscuridad mientras una mano negra retinta afloraba para recibir el presente. Luego la puerta se cerró y volvió a abrirse, libre ya de la cadena.

—Coño, con este café le abro la puerta hasta al mismo diablo —exclamó Milagros, alborozado—. Pasa, Cayetano.

El living era pequeño y estaba en penumbras, con los postigos echados. Cayetano se sentó en un sillón desfondado frente a unos santos de yeso con velas prendidas y aspiró el olor a incienso. Distinguió otro sillón ruinoso, una mesa con sillas y un aparador, en cuyo espejo se duplicaba el filete de luz que atravesaba un postigo roto.

—¿Qué te trae hasta acá? —preguntó Milagros, perdido ya en la oscuridad de la cocina—. ¿Necesitas recuperar prenda?

Lo escuchó rasgar el paquete y verter el agua en una cafeterita. El santero sí sabía preparar café. Solo donde Armando Milagros y Cayetano Brulé se tomaba expreso a la cubana en Valparaíso. Veinte años atrás, Milagros desembarcó de un herrumbroso carguero que reparaban en el dique flotante, pasó unas horas en el bar La Nave y luego cruzó hasta el edificio de la Comandancia Naval a solicitar asilo. Su destino en Cuba estaba liquidado: dos oficiales del carguero lo habían visto besándose con un travesti en el puerto. Sabía lo que le esperaba: un despido deshonroso de la Marina Mercante Revolucionaria, la marginación en la isla y la internación en un campo de la Unidad Militar de Apoyo a la Producción (UMAP).

Como pronosticaba el futuro de la gente mediante caracoles, borras de café y cartas de naipe, y despojaba de la mala suerte y brujerías a cualquier cristiano que se lo encomendara, y recetaba menjunjes mágicos para recuperar amores perdidos, Armando Milagros disfrutaba de un excelente pasar gracias a los habitantes desesperados de los cerros. A menudo también llegaba a consultarlo gente de alcurnia, políticos en campaña y empresarios con nuevos proyectos en mente.

—Necesito que me digas todo lo que sabes sobre la guadaña como símbolo —arremetió Cayetano desde el sillón.

—¿Guadaña como la de segar? —preguntó Milagros desde la puerta de la cocina—. No me digas que ahora te dio por producir trigo, Cayetano mío.

Le explicó que le interesaba conocer el significado de la guadaña que, un año antes, le habían grabado a fuego en el pecho al decapitado del *Emperatriz del Pacífico*. Al comienzo, las investigaciones habían vinculado el símbolo con grupos satánicos, pero después, por razones que desconocía, la pista había perdido interés tanto para la PDI chilena como para el FBI estadounidense.

Milagros volvió de la cocina con dos tacitas llenas y un meneo de cintura que contrastaba con su corpulencia de negro de Luyanó. Vestía una sotana oscura, hecha de arpillera.

—Lo vi entonces en los diarios —recordó mientras se sentaba frente a Cayetano y cruzaba una pierna sobre la otra. Bajo la sotana llevaba un panty ajustado y zapatos blancos—. Lo supe de inmediato, pero nadie me lo preguntó.

—¿Supiste qué?

Cayetano agradeció a todos los santos aquel café fuerte y dulce.

—Supe lo que todo tipo culto sabe, coño, que la guadaña es el símbolo de la Virgen de la Santa Muerte. —Se endilgó un sorbo largo entornando los ojos—. ¿Y por qué haces esa mueca?

—¿Virgen de la Santa Muerte? ¿Y eso, chico, de dónde lo sacaste?

—Es cultura general, Cayetano mío.

—Para un santero como tú —alegó el detective, indicando hacia una figura de yeso.

—¡Cuidadito, eh! No me mires de esa forma a Maximón, santo de Antigua Guatemala, muy cumplidor y además venga-ti-vo.

Milagros abrió la hoja de uno de los postigos para que la luz del día empapara la vestimenta negra de Maximón. Llevaba sombrero de ala ancha, bigote a lo Pancho Villa, machete en una mano y botella de ron en la otra. Le cayó simpático de inmediato ese santo rodeado de collares y billetes.

—Le gusta el ron, el café y el dinero, y sabe batirse a machetazo limpio. Es el santo más cabrón. Así que cuidadito con él —advirtió Milagros.

—Mis respetos —repuso Cayetano, inclinando la cabeza ante Maximón, luego se volvió hacia Milagros—. Cuéntame lo que sepas de la Santa Muerte.

—Es la Virgen de los narcos, sicarios, secuestradores, ladrones y extorsionistas de México, como debieras saberlo si aún lees los diarios. Es la deidad a la que esa gente se encomienda para cumplir sus tareas y para que no los maten o, si los matan, para que ella los acoja en el otro mundo. El símbolo de la Santísima, Cayetano mío, es la guadaña.

—¿La tienes acá? —preguntó extendiendo una mano hacia los santos.

—¿Estás loco?

—¿Le tienes miedo?

—Respeto. Es la diosa de todo, de la última palabra y el eterno silencio. No es para mencionarla demasiado. No conviene que se tiente con uno.

—¿Qué aspecto tiene?

—Es una calaca. Lleva el atuendo de una Virgen: manto blanco con bordados de oro y carmesí. En una mano carga el mundo, en la otra, una guadaña. Es la muerte que a todos nos aguarda.

Cayetano bebió el café en silencio. Milagros lo imitó, mirando hacia Atahualpa a través del postigo abierto. Un vehículo pasó tosiendo frente a la casa. ¿Por qué las policías de Chile y Estados Unidos no habían seguido esa pista?, se preguntó Cayetano. ¿Simplemente porque no había en Valparaíso devotos de la Santa Muerte?

—¿Dónde está su Vaticano?

—En Ciudad de México.

Se despojó de las gafas y limpió con la punta de la corbata las manchas de grasa adheridas a las dioptrías. Resultaba raro aquello. Se trataba de una pista precisa, vinculada con México, país sobre el cual Pembroke había escrito bastante. ¿Era casualidad o indicio de algo que debía considerar? Planeaba viajar a Nueva Orleans para conversar con los Pellegrini, pero quizá debía ir primero a la capital mexicana. ¿Qué podía relacionar a un académico estadounidense con la Virgen de los narcos y sicarios?

8

Decidió postergar el viaje a Ciudad de México porque la pista de la Santa Muerte le pareció difícil de justificar ante Lisa Pembroke.

Voló en cambio a Nueva Orleans vía Miami. Aterrizó a mediodía en el aeropuerto Louis Armstrong después de sobreponerse a la inhumana estrechez de la butaca y la detestable bandeja de comida de la clase económica. Los pasajeros de esta clase devinimos galeotes modernos, concluyó cuando pudo estirar las piernas en tierra, lejos del Boeing 767 de American Airlines. Recordó la escena en que Ben-Hur rema entre esclavos al endemoniado ritmo de un tambor. Se imaginó que en un futuro no lejano le pasarían un remo a cada pasajero antes de abordar los aviones.

Una vetusta van del Best Western lo condujo al French Quarter con otros turistas, que ya lucían poleras, bermudas, sombrero de ala ancha y sandalias.

Se instaló en un cuarto del segundo piso, que tenía una terraza con balaustrada y maceteros colgantes. No tardó en sentarse afuera, bajo la cola de los helechos, a contemplar el ir y venir de la Bourbon Street. Desde allí subían las voces de afroamericanos que conversaban en las veredas y la música dixie de una banda que tocaba en una esquina.

Lo entusiasmó la perspectiva de husmear en el French Quarter. Como la reunión con los Pellegrini tendría lugar al día siguiente, estimó que lo mejor era visitar el legendario café Du Monde y las casas de William Faulkner y Truman Capote. De Faulkner había comenzado a leer hace mucho una novela farragosa, cuyo título había olvidado; de Capote, *A sangre fría*, que consideraba una lectura clave para un detective. También planeó subir al tranvía *number one* de la película *Un tranvía llamado deseo*, interpretada por Marlon Brando. Y si le sobraba tiempo, hasta echaría un vistazo en una tienda de guayaberas y sombreros tropicales de la Canal Street.

Bajó a la Bourbon Street y se instaló en la penumbra fresca de un bar con ventiladores. Ordenó un mojito. Es como estar en La Habana, se dijo deleitado, es como haber llegado a La Bodeguita del Medio o La Fortaleza, donde también te acogen muros, óleos y fotos con historia.

Seguro que los Pellegrini aportarían algo a su investigación, pensó sopesando el vaso frío en la mano. Los corredores de propiedades habían sido vecinos de camarote de Pembroke en el *Emperatriz del Pacífico* y las personas más cercanas a él durante el crucero.

Después del aperitivo se dirigió a un restaurante de comida cajún. El Boston Café no era barato y, a juzgar por la decoración y las copas de cristal sobre los manteles color burdeos, parecía un sitio de categoría.

Ordenó *crawfish* Jambalaya y cerveza. Necesitaba planear sus próximos pasos, porque un detective privado es como un cantante en escena: jamás debe improvisar ni olvidarse de aclarar la garganta entre canción y canción.

¿Qué había llevado a unos malhechores a asesinar al académico que viajaba en el *Emperatriz del Pacífico*?, volvió a preguntarse. No se trataba de delincuentes comunes. Nadie decapita y marca un cuerpo a hierro y fuego solo para robar una billetera y un celular. Sentía que la constelación formada por la guadaña, la Santa

Muerte y la Ciudad de México encerraba un mensaje intrincado y arduo de descifrar.

—¿No acompañaría el señor el cangrejo con otra cerveza? —le preguntó la sommelier, una fornida afroamericana vestida de negro.

Optó por una cerveza belga y se dijo que debía asociar la muerte de Pembroke con una dimensión misteriosa de él. Era una premisa peregrina, pero al menos le servía como punto de partida, como una palanca para mover el planeta. Lo otro era suponer que el crimen se debía al azar, lo que no dejaba de ser tentador. Pero la presencia forzada de la guadaña parecía sugerir, sin embargo, algo diferente e igualmente misterioso.

Lo llamativo era que tanto el FBI como la PDI, que en un comienzo se habían enfocado en la guadaña marcada en el pecho de Pembroke, habían abandonado más tarde esa línea investigativa.

¿Existía en Chile una banda de delincuentes que empleaba el símbolo de la Santa Muerte? Armando Milagros lo ignoraba. Tal vez, Matías Rubalcaba podría averiguar algo más al respecto con El Jeque. Quizá, Pembroke había transgredido ciertos límites y la venganza no se había hecho esperar. Era una probabilidad, pensó degustando la consistencia del crustáceo. Pero ¿qué límites? Tampoco podía descartar del todo un crimen pasional. Pembroke era un tipo apuesto y exitoso como académico. Quizá se había metido en un lío de faldas.

Salió del Boston Café con una deprimente sensación de derrota. Afuera lo abrasó la canícula de la tarde, apenas atenuada por los árboles frondosos. Ya en la habitación encendió el ventilador, se tendió en la cama y se quedó dormido bajo las aspas en movimiento.

Soñó que estaba en La Habana y que su padre le leía un fragmento de *El viejo y el mar*, su libro predilecto, antes de marcharse para siempre a Estados Unidos, donde tocaría trompeta en el

Blue Note, de Manhattan, hasta su muerte. Escuchó su voz gruesa y ronca como si estuviera a su lado, pudo sentir la caricia de su mano grande sobre su tupida cabellera de niño, e incluso aspirar el olor de su tabaco y crema de afeitar Yardley. Le reconfortó sentir que la vida comenzaba de nuevo, que el universo le brindaba una nueva oportunidad y que todo volvía a ser como antes de que la isla se convirtiese en un paisaje envuelto en nostalgias.

9

Lo despertó el atronador paso de un camión cisterna que hizo cimbrar el hotel mientras rociaba con agua la calle Bourbon. Había dormido tan profundamente que no se percató del escándalo del French Quarter, que estalla a diario a las seis de la tarde, cuando una legión de demonios semidesnudos se apodera del barrio al son del jazz y el rock.

Se duchó rápido, sintiendo aún la presencia de su padre, y se lamentó de que solo había visitado un par de veces su tumba. Al final, pensó resignado, todos estamos condenados al olvido irremediable y tal vez ahora se acordaba con mayor frecuencia de él simplemente porque su propia muerte estaba más cerca.

Ya fuera del hotel entró al café Du Monde, cerca del río Mississippi, y se sentó a una mesa bajo un toldo verde, donde ordenó café con *beignettes*. Mientras esperaba escuchó extasiado a un trombonista negro que tocaba en la vereda. Se llamaba Robert Harris, según él mismo anunciaba. Era alto y fornido, y su música tan triste como su mirada. Entre pieza y pieza pedía dinero para pagar el nuevo trombón, puesto que el anterior, heredado de su padre, se lo había arrebatado el último huracán.

Así es la vida, se dijo Cayetano, ensimismado, nunca hombre alguno supera la muerte del padre, que vuelve a morir cada vez que reaparece en el recuerdo o los sueños. Disfrutó la primera *beignette*, dulce y calentita, con sabor a churros porteños. A la salida depositó un billete en el sombrero de ala ancha de Robert Harris, que yacía en el pavimento, y le deseó éxito y cielos de calma chicha.

Después paseó por las calles del French Quarter, que comenzaban a desperezarse. Atravesó la plaza Jackson y se internó por la callejuela con el edificio blanco de balcones atestados de flores, donde William Faulkner escribió *La paga del soldado*. Imaginó al novelista unos niveles más arriba, aferrado a su pluma, con la mampara abierta al día, aspirando el hálito caluroso y húmedo de Luisiana. Deseó haber leído más a Faulkner, pero reconoció que su prosa de largas frases y lento desarrollo no eran lo suyo y que —puesto que estaba en Nueva Orleans— prefería la de Truman Capote, esa que emergía limpia y directa de *A sangre fría* y de los relatos que hablan de los camaleones.

Cogió el tranvía número uno, que conduce a los barrios elegantes de la ciudad, y veinticinco minutos más tarde, tras apearse del carro y caminar por avenidas arboladas, llegó ante la casona de tres pisos de los Pellegrini.

Le abrió una afroamericana mayor, de delantal blanco y cofia, que lo saludó e invitó a pasar sin expresar emoción alguna en su rostro. La siguió hasta un living espacioso y en penumbras, de cielo alto y pesados cortinajes, donde había muebles de madera y una fastuosa lámpara de lágrimas de cristal.

Stan apareció al rato. Le calculó setenta años. Tenía melena blanca y una bronceada piel de lagarto. Llevaba bermudas y polera azul Lacoste. Envidiable físico para sus años, pensó Cayetano, mirándose de reojo su propia barriga, diciéndose, a modo de consuelo, que para conservar aquel físico Stan no habría saboreado los lechoncitos asados ni los moros con cristianos ni la yuca con mojo que él se zampaba con bastante frecuencia en su casa del paseo Gervasoni.

—Stacy ya viene —anunció Stan en inglés después de saludarlo, algo incómodo con su visita—. Está examinando los destrozos que causó la última ventolera entre sus flores.

Le preguntó si era chileno y lo sorprendió escuchar que fuese cubano. Le dijo que había hecho varios cruceros alrededor de Cuba, sin recalar en puerto alguno, debido al régimen de los hermanos Castro.

Stacy Pellegrini parecía su hija. Rubia, de ojos azules y envidiable figura, también vestía bermudas y llevaba una blusa de lino, cuyos últimos botones desabrochados permitían apreciar la envergadura de unos senos pletóricos. Le ofreció algo de beber y Cayetano optó por ese café aguado, aunque no espantoso, que sirven en tazones en Luisiana, y que no tardó en traer la empleada.

—Estamos para lo que usted necesite —afirmó Stacy, esgrimiendo una sonrisa de dientes parejos como un frontis de columnas griegas—. Lamentamos y sufrimos la muerte de Joe en Valparaíso.

—Nunca debió haber desembarcado allá —agregó Stan, meneando la cabeza—. Se lo advertí, esos nativos no son de fiar.

—Pudo haberle pasado también en Miami o Nueva York, ciudades más peligrosas que Valparaíso —respondió Stacy.

—En Estados Unidos, al menos, no cercenan a nadie.

—Eso es lo que tú crees. Lee las noticias sobre ajustes de cuentas entre las bandas mexicanas en Arizona o California.

—Como sea. No debió haber desembarcado.

Cayetano saboreó el insípido café y preguntó:

—¿Ustedes saben por qué el profesor Pembroke salió a recorrer Valparaíso solo, si no lo conocía?

—Porque era curioso como un niño —dijo Stan. A juzgar por la crujidera que se produjo en su mandíbula, Cayetano concluyó que su inmaculada dentadura era artificial—. Demasiado curioso.

En todos los puertos bajaba a tierra. Decía que era la única forma de conocer las costumbres de los nativos.

—¿No anunció si bajaba a algo preciso?

—Solo que iba a pasear por la ciudad —repuso Stacy—. Habló algo de Pablo Neruda, Salvador Allende, Augusto Pinochet y Pierre Loti, y se marchó.

Entendió. Los cuatro habían vivido en la ciudad.

—¿No mencionó que en la recalada debía hacer una diligencia?

—No. —Lo de Stacy era responder de inmediato y con monosílabos.

—¿Llevó algo especial al paseo? ¿Algo que les llamara la atención?

—No lo vimos irse —explicó Stan, enfático—. Salió como a las cuatro de la tarde. Ese día, durante el almuerzo, nos contó que quería recorrer los cerros de la ciudad.

—¿Hablaba español?

—Muy bien. Era especialista en cultura hispanoamericana.

Le pareció que esa pareja le reportaría pocas novedades más. Eran superficiales y nada auténticos, y al parecer temían verse involucrados en su investigación.

—¿Con quién más solía conversar Pembroke en el crucero? —siguió preguntando Cayetano.

—Con muchos. Uno conoce a bastante gente en un crucero. En el fondo va a socializar.

—¿Pero recuerda a alguien especial con quien intimara, además de ustedes?

La pareja se miró a los ojos. Stan preguntó:

—¿Tal vez con tu amigo?

—¿A quién te refieres? —dijo ella.

—Al salvavidas.

—Oh, a Duke. A lo sumo deben haber conversado sobre los litros de cloro que vierte a diario en la piscina. Tú sabes, querido, el cerebrito de Duke.

—¿Un salvavidas? —exclamó Cayetano, mirando de reojo las bronceadas pantorrillas de Stacy. Pensó con malicia en que algo podría haber habido entre la mujer y el académico.

—Exacto —repuso Stan—. Les impartió lecciones de estilo a Joe y a Stacy. Yo lo vi un par de veces conversando con el profesor.

—¿Y dónde puedo encontrar a Duke?

—¿Lo sabes tú, cariño? —preguntó Stacy.

—Creo que el señor Brulé debería indagar en la compañía de cruceros, en Miami.

—Disculpen una última pregunta —añadió Cayetano, acomodándose las gafas—. ¿Tenía Joe Pembroke estatuillas de santos en el camarote?

—No lo sé —repuso Stan.

Stacy soltó una sonrisa burlona.

—Joe no era religioso, señor Brulé —aclaró—. Era ateo, y mal podía andar viajando con santos por el mundo.

10

Entre crucero y crucero, Duke Gamarra residía en un yate de la década del cincuenta que alguien le prestaba en un embarcadero de Miami con la condición de que lo vigilara y le echara a andar cada cierto tiempo el motor. Despertaba satisfecho allí por las mañanas, junto al muelle de madera, entre el graznido de las gaviotas y el vuelo de los pelícanos, a conveniente distancia de un restaurante cubano y un supermercadito, hacia los que se desplazaba en su destartalado Corvette de los ochenta cada vez que lo necesitaba.

Ese mes de febrero, Duke lo pasaba en el *Antigua*, dedicado a barnizar las maderas de a bordo. Se encontraba convaleciente de la torcedura de un pie, por lo que llevaba una llamativa bota ortopédica negra.

—No tuve nada que ver con Pembroke y lamento lo ocurrido —le espetó de sopetón Gamarra cuando lo recibió en la cubierta, brocha en mano y con un tarro de barniz a sus pies.

—Pero usted le impartió clases de natación al profesor.

—De estilo. Un par de clases. La gente nada a la buena de Dios.

—O sea, hablaba con él.

—De estilo y punto. Los académicos no son lo mío. Es gente pretenciosa y se cree superior a todo aquel que no tenga un cartoncito de mierda. Nunca llegué a la universidad y ni falta que me hace —agregó mientras el barniz goteaba de su brocha al piso de tablas—. ¿O usted cree que uno habla de filosofía e historia mientras nada en la piscina?

Era un frontón de pelota vasca. Lo sabía por experiencia. Gente como Gamarra no solo era como un muro, sino también como una ostra que se cierra para no soltar la perla. Decidió continuar por otro flanco. Supuso que entre él y Stacy algo había ocurrido durante el crucero.

—Pero a los Pellegrini sí los conoció, ¿verdad? —preguntó.

—Es gente encantadora, como suelen ser los de Luisiana cuando no son racistas —dijo Gamarra.

Salió de la sombra que le prodigaba el toldo de la nave y se acercó al salvavidas. El *Antigua* era uno de los más viejos entre el centenar de yates atracados en esa marina. La mar parecía un espejo y el cielo espuma batida. Allí se estaba bien, como en vacaciones perpetuas, pensó Cayetano, sintiendo sana envidia por la vida que llevaba Gamarra. Mejor estar allí, bajo ese cielo resplandeciente, que en la neblina tupida y fría de Valparaíso. Pasaron a la sala de mando, donde el aire era gélido.

—¿Usted es amigo de ellos? —preguntó Cayetano, apoyándose contra el respaldo del sillón del copiloto, una suerte de butaca clase ejecutiva de buena línea aérea.

—Tanto como amigos no —afirmó Duke, sacando de un mini refrigerador dos latas de Heineken. Le lanzó una a Cayetano, y las destaparon y bebieron con fruición. Estaban tan frías que herían el paladar—. Los conocí y punto. Como a mucha gente en los cruceros. Mi trabajo consiste, por lo demás, en cultivar buenas relaciones con todos.

Gamarra se permitió un trago largo, con los párpados entornados, como si intentase borrar la presencia del visitante. Era un tipo fuerte y de rasgos atractivos, varoniles: pómulos altos, ojos oscuros bajo cejas tupidas, y llevaba el pelo corto como cadete de Annapolis.

—Digamos que le pagan para ser amable con los pasajeros —comentó Cayetano.

—Nos pagan para que seamos complacientes con los pasajeros y ellos puedan disfrutar del viaje.

—No debe haberle costado mucho ser amable con Stacy, ¿verdad? —Se echó un sorbo que le fracturó la frente, pero atento a la reacción del salvavidas.

Este soltó una risa forzada, se pasó el dorso de la mano por los labios, y miró ceñudo el mar centelleante a través del ventanal, como si recordara algo importante.

—*She is a gorgeous lady* —comentó.

—Con un esposo bastante mayor —agregó Cayetano, insidioso.

—Abundan parejas como esas en las cabinas exclusivas. Nunca se sabe si son matrimonios o una parejita transitoria, pero es algo que a mí no me concierne.

—¿Mucho viejo navegando con lolas?

Necesitaba envolverlo con la conversación.

—A los viejos les fascina viajar en compañía de un par de modelos, usted sabe. Casi siempre son tipos casados. Buscan relajarse en el Caribe en compañía de una muñeca que puede ser su nieta.

—*Not a bad idea.*

—Pero viajan *low profile*: gorrita beisbolera, anteojos de sol, camisa hawaiana, Rolex, bloqueador solar, sonrisa perpetua.

—Pero no es el caso de los Pellegrini.

Duke soltó un eructo y alzó un brazo para saludar a unos tipos que cruzaban el embarcadero cargando cubos plásticos. Luego se acomodó sobre el timón de madera con la lata de cerveza entre las manos y comenzó a estrujarla. Después dijo:

—Si usted cree que Pembroke tuvo algún lío con Stacy Pellegrini en el viaje, o que su esposo tuvo algo que ver con el asesinato del profesor, se equivoca medio a medio.

Aquello lo intrigó porque olía a advertencia. Se peinó los bigotes y se acomodó los anteojos de gruesas dioptrías sobre la nariz.

—¿Cómo lo sabe? —preguntó.

—Entre Pembroke y Stacy no hubo nada. Eso lo noto yo a la legua. Llevo demasiados años de circo. Los pasajeros son como niños. Se entusiasman a la primera en un crucero y creen que nadie los observa. Pero la tripulación sí capta todo. Que nos hagamos los tontos es otra cosa.

Trató de estrujar la lata de cerveza, pero fracasó. Se secó con digno disimulo la mano en la guayabera que había comprado en el aeropuerto de Miami.

—No me convence que usted no sepa nada de Pembroke —insistió—. Me dijeron que conversaban a menudo.

—Solo de saludarlo al pasar. El acostumbrado *how are you doing, sir?* Me parece que usted supone que Stacy Pellegrini tuvo algo que ver con la muerte del profe.

—No he dicho eso.

—Stacy y Pembroke eran buenos amigos, pero eso no la convierte en sospechosa, espero.

Comenzó a pasearse con la lata vacía entre las manos mientras imaginaba a Stacy y Pembroke acudiendo a los bares en que recalaba el crucero, y al viejo Stan aguardando a bordo. ¿O eran Duke y Stacy quienes salían a recorrer los puertos, y Pembroke y Stan permanecían en sus camarotes? Soltó un resoplido. Pese al aire acondicionado, el sudor aún le corría por las sienes y le empapaba la espalda. ¿Pembroke había planeado desde un comienzo recorrer solo Valparaíso, o pensaba hacerlo con Stacy y el esposo de esta se lo había impedido a última hora? ¿O Duke se había encargado por alguna razón de eliminar a Pembroke y decapitarlo y marcarlo para despistar cualquier investigación?

—¿Por qué el profesor salió a pasear solo ese día? —preguntó.

—Ese día los Pellegrini se quedaron en el *Emperatriz del Pacífico*. Stan se sentía mareado y prefirió reposar. Parece que ella permaneció con él.

—Una mujer fiel —masculló Cayetano, arrojando la lata en un cubo plástico.

—Bueno, yo no pondría la mano al fuego por ninguno de mis pasajeros.

—¿A qué se refiere?

—A que un crucero es un paréntesis en la vida de las personas. Por eso decimos que lo que ocurre en el crucero queda en el crucero. Usted no se embarca en una nave como esa para continuar con la misma existencia que lleva en tierra.

Le hubiese gustado que Duke Gamarra lo invitase a dar un paseo en el yate. Navegar bajo el cielo alto y azul hasta Cayo Hueso, que no visitaba desde hacía mucho. Desembarcar en Cayo Hueso era acercarse a La Habana, era olerla e imaginarla en su magnificencia y miseria, era escuchar sus emisoras de propaganda revolucionaria, era reconstruirla mediante su agobiada memoria de trasplantado. Habría sido feliz espiando su malecón desde un yate arrullado por la corriente del golfo.

—Una mujer fiel —repitió Duke, sonriente—. No le queda otra.

—¿A qué se refiere?

—Con el kilometraje recorrido, a Stacy no le queda más que atender al vejete.

Gamarra se refería con demasiado desparpajo y resentimiento a Stan. Allí algo no cuadraba, algo que olía a celos o envidia, pensó. Tal vez le irritaba que un viejo con dinero pudiese darse el gusto de tener a su lado a una joven encantadora. Pero así era la vida de injusta. Los viejos con plata tenían las mejores mujeres y los mejores convertibles, y no había nada que hacer.

—¿Mucho kilometraje? —Se despojó de los anteojos y empañó los cristales con el aliento para limpiarlos de la sal con el bajo de la guayabera.

—Por lo demás, no creo que estén casados.

—En el mundo ya solo los gays quieren casarse, Duke. ¿Convivientes, entonces?

—No estaban casados ni por la ley ni la Iglesia. Eso me lo contó ella. Claro, por la Iglesia era imposible.

—¿Por qué?

—Por el trabajo al que se dedican.

Vislumbró la malicia en la mirada del otro como un objeto impreciso que sacude el oleaje.

—Son corredores de propiedades de lujo. ¿Qué tiene de malo eso? —preguntó.

—Esas propiedades les sirven en verdad de simples escenarios.

—¿Para qué?

—Para producir películas porno en California. ¿No lo sabía?

Aquello lo descolocó.

—Ella me lo dijo —aseveró Duke—. De ahí viene su fortuna, no del corretaje de propiedades.

Cayetano soñó con encender un habano y aspirar el humo para sopesar en sosiego aquella revelación.

—Entiendo —dijo y se sentó en la baranda. Un yate pasó frente a ellos en dirección a la bahía. Lo capitaneaba un tipo al que acompañaban dos estupendas muchachas en biquini, que alzaron sus copas hacia ellos—. ¿De ahí viene lo que usted llama el kilometraje de Stacy?

—Viene de sus memorables actuaciones. Su nombre de guerra es Stacy Soireê.

11

Antes de devolver el Chevy a la agencia Álamo y hacer el *check in* en el aeropuerto internacional de Miami, Cayetano Brulé pasó por un *porno shop* del *down town*.

No tardó un dependiente en encontrar varios DVD de Stacy Soireê. Cayetano la reconoció de inmediato en las portadas. Pese al maquillaje y a que en una de ellas llevaba una peluca colorina de corte a lo paje, a Stacy la delataban sus labios carnosos, sus pómulos altos y su sonrisa de adolescente. En una de las portadas, la mujer yacía desnuda sobre una mesa circular y varios hombres enmascarados de aspecto atlético la acariciaban.

No pudo, como había planeado, ver las películas durante el vuelo. A su lado viajaba una monja de Nuevo México que iba a inaugurar un asilo de ancianos en Coquimbo. Supuso que no hubiese visto con buenos ojos las peripecias de la rubia de Nueva Orleans en la pantalla de su computador portátil. Despertó poco antes de aterrizar en un Santiago sumido en el frío y la oscuridad de la madrugada. Afuera lo esperaba Suzuki.

—¿Y qué nuevas trae, jefe? —preguntó su asistente mientras conducía, entre viñedos y cerros, el desvencijado convertible 1957 de Cayetano por la autopista en dirección al Pacífico.

—Algo se avanzó.

—Se lo pregunto porque nos llegaron las cuentas de la luz, el teléfono y la del Toshiba que compró a plazos en Falabella.

—En este país somos todos sobrevivientes, Suzukito —reclamó Cayetano—. De los terremotos, los tsunamis, las deudas, los políticos y las marchas callejeras.

—Con los intereses que le están cobrando pudo haber comprado dos computadores en efectivo, jefe.

—¿Y con qué pecatas meas?

—Y prepárese para otra noticia. Menos mal que va sentado: llegó carta de los dueños del Turri.

Eso era preocupante. De las deudas sabía cómo salir: apretándose el cinturón, acudiendo menos a restaurantes, trasladándose más en trole y funicular que en taxi, negándose a darle aumento salarial al bueno de Suzuki. Las cuentas eran como las latas de refresco: se las podía ir pateando calle abajo por los adoquines, pero una carta del propietario del edificio, en cambio, era un bloque de concreto. Siempre implicaba algo ineludible y definitivo. Expulsó el último aire tóxico de Santiago que le quedaba en los pulmones, se alzó el cuello de la chaqueta y sintonizó compungido la radio Oasis. Bobby Goldsboro cantaba «Honey».

—¿Y qué dice la carta? —masculló.

—Que van a dejar como nuevo el edificio: repararán el techo, le darán otra manito de gato a la pintura, ajustarán las manillas del Big Ben y reacondicionarán el ascensor.

—Mientras no nos cambien el de jaula por uno de esos horrorosos ascensores modernos de aluminio, que parecen cocina de McDonald's…

—Quieren hacer varias cosas.

—A ver, a ver, ¿y amenazan con aumentar el arriendo?

—En 30 por ciento.

—¿En treinta? —repitió Cayetano, incrédulo y furioso—. Con eso, mejor cerramos y nos instalamos en una pilastra en el mercado del puerto. No es mala idea. Iríamos todos los días a comer mariscal en las picadas del barrio del puerto.

—No se olvide que el mercado del puerto está clausurado desde el último terremoto, jefe.

—Da lo mismo. Voy a resistir. El derecho a pataleo es lo último que se pierde. No creo que les guste que yo me marche. Al final de cuentas le doy su caché al edificio. Figúrate, ¿qué sería del Turri sin nosotros?

—Podremos quedarnos solo si aclara el asesinato del profesor gringo, jefe. Porque lo grave es que el edificio cambió de dueño. Y me temo que a los nuevos les importa un bledo que se quede o se vaya un detective del edificio. Son inversionistas extranjeros.

—¿Cómo?

Ahora alguien cantaba «Forever Young».

—De China.

—¿De China?

Lo dejó consternado la noticia. Para eso sí que no estaba preparado. A los dueños del Turri, porteños de toda la vida, no les daba lo mismo si él dejaba o no su despacho. Oficinas con abogados y contadores abundaban en el barrio financiero de Valparaíso, pero despacho con detective privado había solo uno, el suyo. Pero ¿qué podía importarle eso a un consorcio de la República Popular de China?

—Dice el ascensorista que el grupo que lo compró no cree mucho en detectives. ¿Alguna gota de sangre china en las venas, jefe?

—De chino tengo lo que tú de noruego. Pero tú pasas a menudo como chino, Suzukito.

—Para los chilenos, jefazo, no para un chino.

Bajó el volumen de la radio y prestó atención al ruido del motor. Le agradó el ronroneo suave del convertible en la autopista. Había comprado años atrás ese Chevrolet, dejando en parte de pago el Lada ruso, para el cual ya no había repuestos ni en los pueblos de Siberia. ¿A quién se le ocurría comprar un auto soviético? A él nomás, y por ahorrar. Ni los taxistas querían manejar ya Ladas en Chile. Era cierto lo que decían en La Habana: los soviéticos habían tratado de armar un tanque y les había salido aquello por falta de presupuesto.

Con los nuevos propietarios del Turri estaba jodido, admitió para sí. Chinos comunistas, se dijo, esos no dejan de trabajar y no creen más que en los números. Son peores que los capitalistas de antes. A los antiguos dueños los había convencido de que no le cobrasen demasiado por la oficina del entretecho, que tenía buena vista al puerto, a los cerros y al Big Ben.

—¿Alguna otra novedad? —se atrevió a preguntar al rato, cuando escuchaban una canción de Phil Collins que le traía recuerdos: «In the air tonight».

—Llamó el futbolista del Valparaíso Royal.

—¿Matías Rubalcaba?

—Correcto. Me pidió que usted no lo llame, que espere a que él haga el contacto.

—¿Sonaba afligido?

Cayetano se peinó las puntas de los bigotazos hacia abajo.

—Fue un llamado breve, dejó el mensaje y cortó.

Ojalá Matías no estuviese en problemas por su culpa, pensó. Era un buen chico, con muchos sueños y posibilidades ciertas de cumplirlos. Debía ayudarlo para que afrontara la vida y saliera de la pobreza a través del esfuerzo, no de los negocios sucios que le ofrecían los pandilleros del cerro, se dijo mientras el Chevrolet navegaba como un chiche, sin toses ni estornudos, balanceándose gentil con cada desnivel que vadeaba. Por el este, sobre las crestas alabeadas de la cordillera de la Costa, asomaba la vaguada costera, esa espesa bestia de vapor que devora el paisaje.

En cuanto llegó al despacho le dijo a Suzuki que se ocupara de pagar las cuentas y no volviera hasta el día siguiente. Después echó pestillo a la puerta, coló café y puso con emoción y ansiedad el primer DVD de Stacy Soireê en el aparato: *Viuda de negro*, dirigida por Stan Pellegrini, de cuando la actriz tenía unos veinticinco años, calculó Cayetano.

12

Stacy era más bella de lo que Cayetano Brulé había sospechado. Era, en verdad, perturbadora: rostro de mirada alerta e inteligente, piernas largas, caderas finas, senos contundentes, y una voz aguardentosa de la que sacaba provecho. Y resultaba, al mismo tiempo, insólita la desinhibición con que hacía el amor con sus parejas, fuesen hombres o mujeres, o con que empleaba objetos para procurarse placer, fuese un pañuelo de seda, un chorro de agua o una fruta.

La productora Séneca cumplía con lo que prometía en las portadas de los DVD: escenas de sexo explícito, enaltecidas por la belleza de las modelos, sofisticados escenarios con espectaculares vistas al mar o a viñedos, y diálogos salpicados de reflexiones sobre la condición humana.

—¿Sientes o solo actúas? ¿Es mero fingimiento lo que nos acabas de brindar? —le pregunta a Stacy una voz en off, que a Cayetano le pareció la de Stan Pellegrini.

La entrevista, que era parte de la película, se iniciaba inmediatamente después de una febril escena en la que Stacy Soireê hacía el amor con dos atletas africanos sobre una cubierta de terciopelo burdeos.

—Nada de esto se puede simular —responde ella, enjugándose el sudor de la frente con una toalla mientras permanece sentada, arropada con una bata, en el borde de la cama—. Es decir, si disimulara no sería lo mismo. Mi serie no disfrutaría de la aceptación que tiene. Ni lo que siento ni lo que hago ni lo que reflexiono sobre la vida o estoy diciendo ahora es impostura —agrega sonriendo—. Desde luego no es amor lo que expreso en las escenas con mis distinguidos colegas, sino simplemente placer, voluptuosidad, un goce endiablado y absolutamente real por cuanto puedo expresarme con autenticidad frente a mi esposo, que me acompaña desde detrás de las cámaras. *Hi*, Stan, nunca podría engañarte. *I love you, baby! You are the top* —añadió Stacy, lanzando un beso a la cámara, esbozando su amplia sonrisa de dientes parejos.

—¿No sientes que algo se quiebra en vuestra relación cuando estás con otros hombres en una cama y tu esposo te dirige? —pregunta la voz en off. Cayetano sintió que esta vez no era Stan quien preguntaba.

—Por el contrario. Nuestra relación se torna más sólida y franca. Tengo siempre conmigo a Stan, que me ama y a quien yo amo, y con quien soy inmensamente feliz. Pero él no puede depararme, desde luego, todos los placeres del mundo. ¿Por qué habría de renunciar a esos placeres en nombre de mi esposo? ¿Por qué ha de ser una cosa o la otra, cuando puede ser tanto una como la otra, incluyendo todo lo imaginable y deseable?

—¿Y Stan no tiene reproches cuando regresan a casa?

—Son dimensiones diferentes. Una es la ficción que tiene lugar en las escenas, ante las cámaras, con actores que no vuelvo a ver nunca más, que habitan un sueño al que no he de regresar. Y otra dimensión muy diferente es lo que ocurre en nuestro amor, en nuestro lecho, en nuestro hogar, en la realidad misma, fuera de la película, del sueño y la ficción. Yo misma escojo los *partners*. Prefiero a quienes intuyo me darán lo que mi esposo no puede entregarme, algo que necesito o deseo explorar. No siempre es cuestión de tamaño —aclara Stacy, soltando una risita—, a veces el asunto pasa por la textura de la piel del otro, las técnicas, la mirada y las palabras que me susurran al oído para ponerme cachonda.

—¿Y él tiene veto a la hora de seleccionar a tus *partners*?

La cámara gira en un primer plano en torno a la cabeza de Stacy, la enfoca de frente, luego de perfil, a continuación vuelve atrás, y finalmente resbala parsimoniosa por su nuca y cabellera. Las manos de Stacy recogen la tupida cabellera rubia, dejando a la vista su cuello albo y la curvatura de sus hombros, que parecen al alcance del espectador.

—Desde luego que Stan tiene mucho que decir —aclara Stacy mirando la cámara, y baja los brazos permitiendo que su pelo se derrame de nuevo sobre los hombros y el rostro—. Él también tiene algo que decir sobre los hombres y mujeres con los cuales le complace verme. Nos entendemos. No siempre hago lo que él ordena, ni hago lo que él hubiese ansiado, pero después lo conversamos en casa, y la diferencia entre lo deseado y lo efectivamente consumado lo hacemos realidad en el dormitorio entre ambos o con amigos.

En ese instante sonó el teléfono. Cayetano enmudeció el computador y atendió.

—Habla Matías Rubalcaba.

—¿Qué me cuentas? —preguntó sin apartar la vista de la pantalla, que brindaba ahora la sinopsis de otra película de Stacy Soirêe.

—Hay novedades sobre el próximo rival del Royal —respondió Matías—. ¿Qué le parece si nos vemos pronto?

Cayetano congeló la película en el momento en que la actriz se tendía en un sofá de una espaciosa terraza atestada de flores. A lo lejos se divisaba la silueta inconfundible del Golden Gate. Luego preguntó:

—¿Te conviene mañana, a la una de la tarde, en el Amaya, del cerro Bellavista? Allí se come la mejor comida peruana de Valparaíso.

13

Esperó a Matías Rubalcaba bebiendo un pisco sour en la pequeña terraza del Amaya. Consultó el significado de guadaña en el Wikipedia de su celular. Halló algo que le podía servir: «La imagen de la muerte se suele representar como un espectro con capucha y que porta una guadaña. En inglés, su nombre *Grim Reaper*, que debe traducirse como "Cosechador Siniestro", obedece a que la muerte viene por las almas para cosecharlas y llevarlas al otro mundo. Como la guadaña era utilizada para segar cereales, se trata de una analogía: segar la vida de los seres humanos».

Miró la bahía pensando en la guadaña y en las enardecedoras escenas de las películas de Stacy. La muerte y la vida, jodido misterio, pensó. ¿Hasta cuándo tiraría él con amantes? ¿Hasta cuándo sentiría deseo y tendría vitalidad para acostarse con una mujer? Debía llamar a Andrea Portofino, la joven poeta y maestra de literatura de la Scuola Italiana, con la cual mantenía una amistad íntima con beneficios y sin compromisos, algo que le permitía dosificar la compañía y la soledad.

Vio los cargueros en la bahía a la espera de fruta y cobre, las gigantescas grúas chinas que afeaban el puerto y jugaban con los contenedores convertidos en cajas de fósforos, y la bella *Esmeralda* con su casco blanco y verde, y los mástiles desnudos. En el dique flotante calafateaba una nave. Era, en fin, uno de esos días despejados de Valparaíso en que las escaleras y las callejuelas de los cerros resplandecen como recién lavadas. Ahora, Nueva Orleans, los Pellegrini y el salvavidas que vivía en el yate del embarcadero de Miami pertenecían a un pasado remoto.

Siempre llegaba con antelación a las citas. Media hora antes, por lo menos. Así podía disfrutar en sosiego un trago a solas, ordenar algunas ideas y escoger las preguntas que haría. Pero esta vez se sentía despistado y huérfano de apoyo. Las posibilidades de investigación eran un laberinto, un abanico abierto, un enredo de algas en la marea. ¿Pembroke había estado vinculado al narcotráfico y su muerte se debía a un ajuste de cuentas, o esta se debía más bien a un lío de faldas? Pensó en Stacy y Stan Pellegrini. Supuso que enredarse con una actriz porno no era solo un lío de faldas, puesto que había muchos dólares en juego. La decapitación tornaba más factible la primera hipótesis. En esos días, sicarios de los carteles de Colombia y México cumplían el encargo que se les encomendase si la paga era suficiente.

Qué bella y contradictoria le parecía Stacy, admitió aún excitado por el recuerdo de los videos. Era al mismo tiempo la señora Stacy Pellegrini y la actriz Stacy Soireê. Era ella y su antípoda. Era la encantadora dama inmersa en el mundo de Nueva Orleans y los viajes, y la actriz que satisfacía fantasías sexuales.

Había visto muchas películas porno, recordó mientras sorbía el pisco sour, pero pocas con la calidad y originalidad de las de Stacy. En ninguna otra lograban entreverar en forma natural el sexo explícito y la sosegada reflexión cultural. Siempre había deseado conversar con una actriz porno, y lo había hecho sin darse cuenta. A veces llegaba a preguntarse cuántas de las muchachas angelicales que veía pasar eran o habían sido en algún momento actrices de películas triple x. Debía aceptarlo: no podía separar en su mente a la mujer equilibrada y sofisticada, con la cual había platicado en la mansión de Nueva Orleans, de la tórrida estrella porno que actuaba bajo la dirección del esposo.

¿Habría tirado ella a lo mejor con Joe Pembroke? ¿Se había dado entre ellos en el crucero un rollo que Stan había descubierto? ¿Por eso habían asesinado a Joe en Valparaíso? ¿Y era capaz Stan Pellegrini de ordenar una venganza tan espantosa? ¿Era capaz de conseguir sicarios en un país que no conocía y en un puerto donde atracarían por pocos días? Le pareció factible. La industria pornográfica estadounidense mueve miles de millones de dólares cada año. Tal vez, Pembroke la había convencido de dejar el cine, poniendo en riesgo un negocio en extremo rentable.

—Para mí otro pisco sour —dijo alguien a su espalda—. ¿Cómo le fue en el norte?

Era Matías Rubalcaba.

—Entero aún, mi amigo. ¿Almorzamos?

—Me gustaría, pero tengo clases. Con un aperitivo me basta. Después sigo mi camino.

Ordenaron al final empanaditas fritas de queso, picorocos y machas a la parmesana, y de remate media botella de un chardonnay de la viña Montes Alpha. Cuando los *per diem* son generosos, uno no se fija en gastos, pensó Cayetano con regocijo.

—¿Y qué cuenta El Jeque? —preguntó.

—Por eso vine —anunció Rubalcaba, mirando a su alrededor. No había de qué preocuparse: eran los únicos clientes en la terraza del Amaya—. Me dijo que nadie del barrio estuvo metido en lo del turista estadounidense.

—¿Seguro? Mira que a ese Jeque no le creo ni las mentiras.

—Seguro, don Cayetano.

—¿Entonces la decapitación fue un suicidio?

—Me aseguró que nadie del barrio estuvo involucrado en el asunto, que no sabe quiénes son los que dejan la marca de la guadaña, y que si lo supiera se los cobraría de inmediato. ¿Sabe por qué? Porque no le conviene tener líos en su sector. Mientras más pacífica sea la vida en el cerro, menos policía y más tranquilidad para su trabajo. Sosiego es lo que necesita para expandir las operaciones.

Cuando el mozo colocó los platos sobre la mesa, Cayetano aprovechó de jugar con la copa entre las manos. Estaba fría y empañada por fuera. No sabía tan mal el pisco sour peruano, admitió condescendiente. Abajo, Valparaíso, envuelto en un rumor de motores, era techos, un trazo de palmeras y un océano centelleante.

—¿Eso es todo cuanto dice El Jeque? —insistió.

—Absolutamente —repuso Matías, agarrando con delicadeza un picoroco por el piquillo—. El Jeque no quiere líos, menos con el FBI o la CIA. —Se echó la blanca carne entre los dientes y la disfrutó—. Aún está preocupado por la presencia, el año pasado, de los servicios norteamericanos. No olvide que él viaja cada seis meses a Las Vegas. Lo aterra que lo pongan en la lista negra. Sabe que allá las cárceles son herméticas.

—Con esa actitud nos liquida. Es como la escultura de los monos: nadie sabe nada ni vio nada ni escuchó nada ni dirá nada.

—Pero yo tiendo a creerle a El Jeque —continuó Rubalcaba antes de echarse a la boca otro picoroco.

—Lo concreto es que fue en su reino donde troncharon a Pembroke.

—Sigo pensando que El Jeque está diciendo la verdad, don Cayetano. Lo conozco desde cuando jugábamos a las bolitas en la calle. Me respeta y sabe que yo no entro en su mundo, pero la complicidad del barrio no se olvida nunca. Además, ayer volvió a visitarme, preocupado.

—¿Por qué?

—Algunos le están lanzando dardos. Justo ahora, cuando arrecia la batalla contra la droga y él necesita que lo dejen tranquilo.

—Me conmueve el dolor de El Jeque. Estoy a punto de echarme a llorar.

Cogió una macha a la parmesana y la degustó con deleite. Luego se limpió con la servilleta el queso fundido de los bigotazos y preguntó:

—¿Y entonces no tenemos novedades?

—Sí, traje algo, don Cayetano. Escúcheme con atención: El Jeque sabe que hay un vagabundo en la ciudad que fue testigo del crimen.

Cambió de postura en la silla, sorprendido. Le arrancó un trozo a una empanadita y sus labios quedaron unidos a ella por el hilo de queso. Trató de cortarlo, pero mientras más apartaba la empanadita de su rostro, más se estiraba el hilo. Pensó por un segundo en la película *El hombre araña*, y luego se dijo que aquello que acababa de contarle Matías era un aporte notable a la causa.

—En la investigación se dice que no hubo testigos —comentó, pasándose de nuevo la servilleta de papel por los bigotes.

—Pues sí hubo uno. Y nunca lo sabrá la policía, porque el tipo anda fondeado, muerto de miedo —precisó Rubalcaba. Luego probó una macha y asintió satisfecho con la cabeza—. El testigo no quiere saber nada de autoridades ni periodistas. No quiere que nadie sepa lo que él sabe. Y, triste es decirlo, don Cayetano, pero no creo que le apetezca mucho la idea de ir a conversar con un detective privado que tiene su oficina en un entretecho.

14

La casa de El Jeque era parecida a la residencia que ocupaba Osama Bin Laden en la ciudad paquistaní de Abbottabad, cuando el primero de mayo de 2011 fue ajusticiado por un comando de SEALS del Ejército estadounidense. La construcción de tres pisos de concreto sin pintar estaba en lo alto del cerro porteño, sobre un llano árido, entre chalets a medio terminar de pequeñas ventanas con barrotes. La rodeaba un muro de cemento, alto y coronado con cables electrificados, como una cárcel de alta seguridad. La propiedad daba a una calle polvorienta, donde dormitaban perros vagos y niños jugaban a la pelota.

Cayetano bajó de su desvencijado convertible y no tuvo necesidad de tocar el timbre. Una cámara había advertido su arribo, por lo que el portón de la residencia se abrió de inmediato, deslizándose sobre un riel. Se encontró con un tipo maceteado, de traje gris y corbata de liquidación, parecido a Duke Gamarra. Le ordenó que lo siguiera por un patio de concreto, donde había dos arcos de futbolito sin redes. Al fondo vio cuatro todoterreno estacionados bajo la sombra de unas planchas de aluminio. Ropa de cama colgaba de unas ventanas con unidades de aire acondicionado.

Alcanzaron la construcción que se alzaba al final del patio, franquearon una puerta y subieron por unas escaleras de cemento hasta el tercer piso. Luego avanzaron por un pasillo con varias puertas y entraron por la única que estaba abierta. Allí los esperaba un joven de grandes anteojos oscuros, espaldas anchas y elegante traje negro, que le ofreció su mano. Llevaba el pelo rapado en los parietales y una colita de samurái.

—Quien es amigo de Matías Rubalcaba es amigo mío —afirmó sonriendo. Su dentadura estaba blindada de diamantes que Cayetano no supo si eran auténticos o falsos—. Asiento, amigo.

Se acomodó en uno de los cinco sillones de cuero rojo en esa habitación de paredes blancas. Roberta Flack cantaba «Killing me softly with his song» desde unos parlantes. A través de las ventanas divisó abajo, en la distancia, la bahía con sus barcos y las casas en los cerros. Aquella casona levitaba sobre Valparaíso mientras el viento del sur entraba por las ventanas agitando las cortinas negras.

—¿Mojito, margarita o pisco sour? —preguntó El Jeque—. Aunque sé que su debilidad es el buen expreso, y que sufre porque en esta ciudad, aparte del Melbourne y del Puro Café, nadie tiene la más puta idea de cómo preparar un buen café. En verdad, en este país nunca nadie aprenderá a hacer buen café porque se vive de la palta reina, las chorrillanas y piscolas, se viste con pantalón marengo y se paga por aparecer en las páginas sociales. ¿Los ha visto en recepciones? En invierno figuran en las fotos con abrigo y chalina, cagados de frío porque no hay calefacción y porque tienen miedo a que les roben las prendas si las dejan en la guardarropía. Son unos chingados. Resultado: en la prensa, la sociedad chilena aparece con abrigo, suéter y chalina en los cócteles.

—Me conformaría ahora con un expreso.

—Tráele mejor un mojito al amigo, corazón —ordenó El Jeque a alguien que estaba a espaldas de Cayetano—. A mí, lo de siempre.

Cuando se volvió a mirar vio alejarse a una muchacha espigada y de larga cabellera oscura, tacos de aguja y una ceñida falda negra que apenas cubría sus nalgas.

—Así que de eso vive acá la gente bien, mi amigo, y el resto, de exigirle al Estado que se haga cargo de ellos de la cuna a la tumba. Bueno —su dentadura de diamantes refulgió bajo sus anteojos impenetrables—, en esto último los chilenos se parecen a sus compatriotas de la isla. Pero aquí pocos se atreven a emprender algo por cuenta propia. Es el último país con mentalidad estatista que queda en el planeta, mi amigo, junto con Portugal, Grecia y Rusia.

No supo qué preguntar. ¿Qué se le pregunta a un mafioso como El Jeque? ¿Cómo le va en el trabajo o cómo está la familia? ¿O del cambio climático o del alza de la gasolina? A juzgar por sus comentarios, a El Jeque le interesaban las ciencias políticas. Volvió a mirar hacia atrás para ver si volvía la princesa en sus tacos de aguja. En esas estaba cuando cayó en la cuenta de que detrás suyo había un tipo de traje, corbata y anteojos de sol. Era un ropero de tres cuerpos, de brazos cruzados, paciente y silencioso como una estatua.

—Vine a verlo para pedirle que me ayude —le dijo a El Jeque.

El Jeque sonrió de oreja a oreja. ¿Cuánto costarían las dos hileras de diamantes?, se preguntó Cayetano. Cuando se acomodó los anteojos de sol, notó que su anfitrión llevaba los dedos de la mano izquierda revestidos de anillos con piedras preciosas. Con esa mano tendría asegurada mi jubilación, concluyó Cayetano.

—Te voy a ayudar, pero antes quiero anunciarte lo siguiente —dijo El Jeque sin dejar de sonreír. Tenía la voz gruesa y una barba de unos cuatro días, descuidada pero con particular esmero—. Te pondré en contacto con el vagabundo con dos condiciones. La primera: que alejes de mis dominios a la policía chilena y estadounidense.

—No me gusta prometer lo que no puedo cumplir. No tengo lazos con esas policías —respondió Cayetano, serio—. Peor, ellos no me pueden ver.

—Y la segunda condición es que, una vez aclarado el asunto, me informes con pelos y señales sobre quiénes cometieron el crimen —continuó El Jeque, haciendo oídos sordos—. Si la justicia no actúa, ten la seguridad de que yo me encargo de imponerla en mis dominios. ¿Estamos de acuerdo?

Cayetano no alcanzó a decir nada más. En ese instante reapareció la princesa. Traía la bandeja con un mojito, una botella de Johnnie Walker etiqueta azul y un vaso de cristal con cubitos de hielo. Le acercó la bandeja dirigiéndole una mirada angelical. Ahora, Leo Sayer cantaba «When I need you», y un saxofón inundaba la sala. Pensó en lo maravilloso que sería hacerle el amor a aquella muchacha con Valparaíso a los pies. Y pensó también que a El Jeque le sobraba la plata no solo para pagar el aumento del alquiler de su despacho, sino también para comprarse todo el edificio Turri, con él y los chinos dentro.

—Salud, amigo —dijo El Jeque y alzó el vaso—. No quiero que me diga si está de acuerdo o no con lo que le ofrezco. Me basta con que me diga si aún desea conocer al testigo para dar por cerrado el trato.

Le perturbaban varias preguntas, pero ahora solo tenía una:

—¿Por qué, si tiene en el bolsillo al testigo, no aclara usted mismo todo por su cuenta y averigua lo que necesita saber?

El Jeque se permitió un sorbo de whisky, simuló mascarlo a la vez que paseaba la vista con aire magnánimo por la habitación, y repuso juntando unas tupidas cejas por sobre el marco de los Ray-Ban.

—Por una razón sencilla, mi amigo: porque no me parece prudente poner mis pies —se miró la punta de los bruñidos zapatos puntiagudos— en un terreno que puede haber minado el FBI. Peligroso es meter las narices en los negocios del narcotráfico, pero peor es meterlas en los de las policías que se ocupan de él. Del primero se sale vivo, de lo segundo no. Salud, amigo, y que la Virgen te proteja y después hablamos. ¿Cómo me quedó el mojito?

15

Ahora que caminaba frente al oleaje revuelto y espumoso del Pacífico, bajo la carretera costera que une a Viña del Mar con Valparaíso, recordó el día en que fue a pescar a la playa de Bacuranao con su padre. La cabellera de él era entonces espesa y negra, y su banda tocaba de martes a jueves en el hotel Capri, y de viernes a domingo en el Nacional. La mañana fulguraba como la que tenía enfrente, y el mar turquesa respiraba quieto, mientras la brisa del golfo mecía las pencas de las palmeras. Recordó, y más que eso, percibió la manaza de su padre acariciando su cabeza porque había pescado una aguja plateada, a la postre la captura más grande de la jornada.

—De eso se trata la vida, campeón, de hacer con lo que uno tiene lo mejor que puede —comentó su padre mientras caminaban a la parada de la guagua con los pescados en un recipiente de plástico.

Decenios después, hablando con un marinero estadounidense alrededor de unas cervezas en el restaurante Hamburg, de Valparaíso, se enteró de que esas palabras estaban esculpidas en la lápida del boxeador Joe Louis. No las había olvidado nunca y ahora pensaba que eran ciertas y profundas, que hablaban de lo promisoria e implacable que es la vida, y que de alguna forma lo habían guiado hasta ese momento.

Lo habían guiado hasta ese sitio, más bien, pensó. Hasta ese sitio sombreado bajo la carretera allí elevada, que lleva a Viña del Mar y cimbra con el paso de los vehículos.

Allí, sentado y con la espalda apoyada contra un pilar emplazado en la roca, observando absorto el oleaje, tocado por un quepis verde olivo, estaba el vagabundo que buscaba desde hace días. Detuvo sus pasos sobre la arena para espiarlo a la distancia. De alguna parte, horadando el rumor de los autos y las olas, llegaba la voz de Leo Dan cantando «Te he prometido», lo que lo inundó de nostalgia. Se estaba poniendo viejo, admitió. Y los viejos, como la muerte, no tienen remedio. Se es viejo, se dijo, cuando uno tiene más recuerdos que proyectos en el alma, y ahora sentía que los primeros fluían a diario en la laguna de su vida.

—Camilo —gritó.

Volvió a hacerlo, más fuerte, porque el estallido de las olas impedía que él lo escuchara. Fumaba, y entre sus piernas, sobre la arena, tenía una botella de pisco Capel.

Le decían Camilo, según le contó El Jeque al despedirlo a la salida de la fortaleza estilo Bin Laden, porque se parecía al guerrillero cubano Camilo Cienfuegos, un tipo apuesto y carismático que desapareció en octubre de 1959 en un accidente de aviación. Ni su cuerpo ni los restos del Cessna 310, en que volaba de Camagüey a La Habana, fueron jamás hallados, lo que alimentó toda clase de teorías conspirativas.

Camilo, el chileno, se había formado en las Fuerzas Armadas Revolucionarias de Cuba, a comienzos de 1980, con la intención de integrar una expedición militar cuyo objetivo era derrocar al dictador Augusto Pinochet e instaurar el socialismo en Chile. Detectado por satélites de Estados Unidos, el desembarco revolucionario clandestino fracasó. Hubo detenidos y ejecutados, y más tarde, en La Habana, el encargado cubano de la operación supuestamente se suicidó. Y hubo algo más: los combatientes que lograron eludir la persecución policial chilena se convirtieron ante sus camaradas en sospechosos de haber revelado al enemigo los planes insurgentes. Entre los sospechosos figuraba Camilo. Huérfano súbitamente de apoyo y buscado al mismo tiempo por la dictadura, tuvo que sumergirse en la clandestinidad hasta el retorno de la democracia, en 1990.

—Algo muy grave debe haberle ocurrido en esa época —comentó El Jeque, dejando ver su dentadura diamantina antes de cerrar con un portazo la puerta de fierro de su complejo habitacional—, porque Camilo se desquició.

Así que el vagabundo es mi esperanza, concluyó Cayetano, resignado. Su esperanza era un ser vapuleado por los movimientos tectónicos de la Guerra Fría, la que había finalizado casi un cuarto de siglo atrás, dejando muertos, heridos y desaparecidos por ambos lados. Siguió acercándose al hombre de quepis y barba, que permanecía sentado en la roca.

—Camilo —volvió a gritar, esta vez con impaciencia.

Fue entonces, en el instante en que una ola poderosa hizo retumbar la tierra salpicando de llovizna los roquedales, que el hombre volteó la cara para mirar a Cayetano. Un escalofrío lo sacudió desde la cabeza a los pies. No supo si aquella reacción la causó su mirada huidiza y medrosa de ojos negros, o el insólito parecido que guardaba con Camilo Cienfuegos.

—No te vayas, acere, solo necesito hablarte un minuto. Te traje vianda —continuó diciendo, implorando más bien, tratando de apaciguarlo, abriendo al mismo tiempo la mochila en que le traía alimentos y refrescos.

Pudo leer la incertidumbre en sus ojos, unos ojos que vagaban dubitativos entre la mochila y su rostro. Pensó en los perros callejeros, que titubean entre acercarse o alejarse de quien les ofrece pan, y prefirió arrojarle la mochila a los pies. En ese instante lo embargaron una tristeza y ternura infinitas porque Camilo evidenciaba que cada uno carga con su propia cruz a lo largo de la vida.

Siguió avanzando sobre la arena, y el vagabundo permitió que se sentara en la roca, a unos metros de él. De la carretera llegaba ahora «Don't let me be misunderstood», interpretado por Santa Esmeralda. Recordaba cada palabra de esa canción que calzaba de forma impecable con las circunstancias. Pensó de pronto en la Santa Muerte de la que hablaba Armando Milagros en Valparaíso.

—Por favor, no temas —dijo, y le brindó una cajetilla de Lucky Strike—. ¿Podemos hablar?

16

Viajaron a Valparaíso en el convertible descapotado, aspirando la brisa y el perfume de la costa, sin cruzar palabras. En una tienda de la calle Uruguay, Cayetano le compró un traje a Camilo, que este agradeció y vistió en el acto, adquiriendo un aspecto sólido y distinguido. Después subieron a la avenida Alemania por la tortuosa Baquedano, cruzaron la ciudad por lo alto y bajaron hacia la plaza San Luis, por Capilla. Estacionaron junto al hostal Morgan, donde Cayetano había reservado un cuarto para el vagabundo, que de pronto tenía las trazas de filósofo existencialista.

Esperó en una empanadería de Almirante Montt a que Camilo se duchara, y después lo llevó a almorzar al Espíritu Santo, en la bajada Daniel Calvo, del cerro Bellavista, donde pidieron un pisco sour mientras decidían qué comer. El sitio estaba lleno y el ambiente era grato, pero a Camilo lo angustió de pronto que los amplios ventanales diesen a la calle.

—No te preocupes —le dijo Cayetano mientras examinaba la carta de vinos—. Nadie te buscaría en este escaparate ni te reconocería con esa pinta.

Ordenaron un cabernet sauvignon Don Melchor y unos tiraditos tocados con algas crujientes para comenzar. Después de vaciar de un golpe su pisco sour con manos temblorosas, Camilo ordenó un vodka doble.

—Esa noche me quedé a dormir en la quebrada —contó, bajando la voz, mirando hacia las mesas vecinas—. No tengo techo. Desde que rompí con una mujer que vivía en el cerro Barón, quedé al garete, alojando bajo los puentes, en alguna calle o frente al mar. Y esa noche abrí mi saco de dormir en la quebrada del cerro Bellavista, sin imaginar siquiera que vería todo aquello.

—¿Pero qué viste?

El chef Manuel Subercaseaux se acercó trayéndoles pan fresco y una muestra de ceviche mixto de su creación, que incluía atún, reineta, salmón y tiras de abalón.

—Desde mi ladera divisé un auto que llegó con las luces apagadas —explicó Camilo cuando el chef se hubo alejado—. La luna brillaba. Se bajaron dos tipos dando empujones a un tercero mientras otro permanecía en el auto.

Cayetano recordó las actas de la investigación. Hablaban de un Honda Civic, robado un día antes en la ciudad. Lo habían abandonado después del asesinato en la avenida Alemania, frente a las casas de estilo inglés de la Marina Mercante Nacional, donde él había vivido tras llegar de Miami a Valparaíso, en 1971. No habían encontrado huellas que sirvieran.

—¿Viste cuando lo mataron?

—Todo ocurrió entre la vegetación. Allí abundan los arbustos. No escuché los tiros de que habló la policía.

El informe mencionaba un silenciador, recordó Cayetano. Se trataba de una Beretta liviana, como la suya, pero que desde corta distancia es letal como un Mauser.

—¿Discutieron?

—Discutían. El que estaba en el auto corrió de pronto con un maletín hacia el grupo y regresó con las manos vacías. Yo estaba paralizado de miedo. Intuí desde un comienzo que iba a ocurrir algo terrible, pero nunca imaginé que pudiese llegar a tanto.

En cuanto el mozo le sirvió el vodka, Camilo se lo zampó con la premura de un Boris Yeltsin. Su rostro bronceado se relajó, aliviado. Se sobó las manos como si tuviese frío.

—Combatí en la guerra de Angola y en la toma de Managua por los sandinistas. Pocos saben que los chilenos revolucionarios jugamos un papel heroico en ambos frentes. Los que nos involucraron en esto son ahora parlamentarios, ministros o embajadores, guatones que se metieron por el culo el compromiso social con los pobres. En fin, en la guerra se ve de todo. Pero nunca algo como esto.

—¿Otro Absolut, acere?

—Otro, pero doble —respondió Camilo, soltándose el nudo de la corbata. Con la indumentaria, su barba le daba un aspecto distinguido.

Lo trajeron de inmediato. El barman había captado la urgencia del pedido.

—¿Escuchaste lo que decían antes de que lo mataran? —insistió Cayetano

—Eran insultos. Palabras sueltas. Golpes. Imprecaciones. —Volvió a zamparse el vodka. Cayetano supo que corría contra el tiempo. Tenía que hacerlo hablar antes de que se emborrachara y derrumbara en el Espíritu Santo.

—¿Y entonces? —Se echó un tiradito a la boca.

—De pronto se hizo un silencio de cementerio, como cuando se cortaban las películas en los cines, pero claro, sin la rechifla ulterior de los espectadores. Aquí solo hubo un silencio profundo e imponente, el inexpugnable silencio propio de la noche en la selva africana, que encubre y disimula la lucha por la subsistencia.

—¿No discutieron?

—Necesito otro Absolut. Le juro que es el último.

—Mejor comes algo antes. Nos están mirando. —Cayetano indicó vagamente hacia otras mesas—. Acuérdate de que estamos seguros acá, pero tampoco hay que estirar tanto la cuerda.

—Pídeme el último vodka y después me como el plato que escojas.

—No, coño, te comes lo que pediste y te dejas de huevear. Si no quieres, no te lo comes y me lo como yo, carajo, pero córtala con el vodka, acere. Si exageras, podemos terminar mal. Estamos llamando la atención.

—No jodas —repitió Camilo, mirando la punta de su tenedor, sacudiendo la cabeza—. No jodas, eso es lo que le decían.

—¿Y qué más le decían?

—Cabrón, hijo de puta.

—¿Cabrón, hijo de puta?

Cayetano bajó la voz cuando notó que de una mesa vecina los observaban.

—Gilipollas —continuó Camilo, hablando fuerte.

—Pero eso es castellano de España. No hay quien lo use en este continente.

—Gilipollas —repitió Camilo más fuerte en el instante en que Subercaseaux se acercaba.

—Disculpen los caballeros —dijo el chef inclinándose, preocupado—. ¿Puedo ayudarlos en algo?

—¡Me cago en todos tus muertos! —estalló de pronto Camilo, extendiendo los brazos y alzando el rostro descompuesto al cielo pintado de blanco del Espíritu Santo—. ¡Me cago en todos tus muertos!, eso es lo que le decían.

17

La llamada de Lisa Pembroke sorprendió a Cayetano Brulé en su despacho a media mañana, justo cuando partía al Cinzano a reunirse con la esposa de un empresario de Viña del Mar que sospechaba que su marido y su secretaria, más joven que ella, eran amantes. Preocupaban a la señora en el fondo dos cosas: que sus amistades la vieran entrar a la oficina de un detective privado, y que la secretaria terminara por despojarla de la herencia que le correspondía por llevar casada treinta años con el empresario.

—Cuarenta y siete pasajeros y ochenta tripulantes españoles viajaban en el *Emperatriz del Pacífico* —le dijo Lisa desde su habitación en el hotel Palacio Astoreca. Cayetano le había encargado esa información.

Si hay que dar con dos sospechosos entre un centenar, entonces estamos sonados, pensó Cayetano, acariciándose las puntas del bigotazo. España en crisis volvía a exportar migrantes, siguió reflexionando. La vida es un péndulo: hasta hace poco los latinoamericanos, denominados con desprecio sudacas por los españoles, iban a buscar trabajo a España. Pero ahora de nuevo los españoles andan buscando trabajo por estos lados. ¡Bienvenidos todos!

La información que le había entregado Camilo en el Espíritu Santo, donde el día anterior el chef los había invitado discretamente a abandonar el local, abría un nuevo sendero. Tres sujetos estaban involucrados en el asesinato del profesor Pembroke, y al menos dos de ellos eran españoles. Los insultos solo podrían haber venido de españoles, eso era evidente. Ahora podía acotar la investigación.

—Son datos de la naviera en Miami —precisó la mujer—. Tengo un buen contacto allá, dispuesto a ayudar con tal de que ya no se asocie el crimen con el *Emperatriz del Pacífico*.

—Respecto del viaje a Nueva Orleans —agregó Cayetano—, estuve con Duke Gamarra, el salvavidas del barco, que compartió con su esposo, y también con los Pellegrini...

—Ellos fueron muy considerados con mi marido. Viajaron desde Nueva Orleans al funeral en Chicago, y allí se presentaron —su voz se hizo amable, distendida—. Gente buena. Se la pasan viajando.

—¿A qué se dedican los Pellegrini?

—Al corretaje de propiedades. Les va espléndido.

Cayetano colocó los pies sobre el escritorio, junto al Toshiba, y concluyó que sus zapatos necesitaban un buen lustre. Nadie los pulía mejor que Moshé Dayán, el lustrabotas con parche en el ojo que se instala bajo una sombrilla en el mercado de las pulgas, frente al teatro Municipal. O quizá requería una solución drástica: comprar zapatos nuevos para reemplazar esos que tenían más de un decenio, y que le resultaban suaves como guantes.

—En fin, me alegra que estemos avanzando —resumió Cayetano—. La última vez que vieron a su esposo fue en compañía de unos tipos que hablaban como españoles.

—¿Por eso me preguntó por el número de españoles en el crucero?

Pensó en Camilo, en que debía sentirse mejor porque había recibido traje, mochila con alimentos, tres noches de hotel y un generoso emolumento en metálico.

—Por eso, señora —continuó—. Pero las voces no me sirven de mucho, necesito rostros.

—¿Y cómo piensa continuar?

—Me gustaría echarle una mirada a los ensayos que escribía el profesor. ¿Tiene algunos?

—Tengo textos y pendrives antiguos, pero lo que llevaba en el computador del viaje, usted sabe, desapareció en el crucero.

—Lo sé, señora.

—E ignoro si en casa hay una copia de lo que escribía. Es lo que menos me urge ahora, señor Brulé.

—Lo entiendo, señora.

Alguien, de hecho, había aprovechado el revuelo inicial para sustraer del camarote el computador del profesor. También resultaba extraño que las tarjetas de crédito que le habían robado hubiesen sido usadas en los aeropuertos de Dublín y de Cartagena de Indias. Eso sugería que podía tratarse de la acción coordinada del crimen organizado internacionalmente.

Un nuevo mensaje llegó a la pantalla de su celular. Era de Matías Rubalcaba.

—Pero todo lo demás lo tengo en Chicago —continuó la viuda—. El estudio de mi marido está a su disposición.

—¿Podría hacerme enviar los textos por correo?

—¿Se refiere a todos los textos?

—De ser posible.

Ella soltó un suspiro.

—Al final escribía sobre lo mismo de siempre, señor Brulé. Dicen que los novelistas escriben una y otra vez la misma novela. Y creo que los académicos hacen algo parecido. Disculpe —agregó agobiada—. ¿Usted cree que el asesinato tuvo que ver con lo que escribía?

Cayetano se despojó de las gafas y examinó los cristales a contraluz con los ojos engurruñados. Estaban más sucios que la suela de sus zapatos.

—No creo que los académicos resuelvan así las diferencias, señora Pembroke —afirmó con aire doctoral y volvió a calzarse las gafas—. No obstante, me gustaría echarle un vistazo a los escritos. Hágamelos llegar a la brevedad, por favor.

Se despidieron. Y quedaron en reunirse esa semana en La Concepción, del cerro Alegre, para que Cayetano le entregara más detalles sobre el nuevo escenario que manaba de sus entrevistas con Matías Rubalcaba y Camilo.

Cayetano mantuvo la mano sobre el teléfono, pensando en cuánto tiempo de vida le quedaba a su cliente. No la había visto mal. De semblante estaba bien. Había tristeza en su mirada, pero podía ser por Joe. Pensaba en eso y en que todos tenemos siempre los días contados, cuando se dio cuenta de que debía apurarse si quería llegar a la hora al Cinzano para hablar con la mujer del empresario viñamarino.

Abrió entonces el mensaje de Rubalcaba mientras cerraba con un portazo el despacho y caminaba al ascensor de jaula. El edificio entero olía a pintura fresca. Los chinos habían comenzado a restaurar el edificio.

El mensaje del futbolista era breve: «El hombre de la barba puede llevarlo adonde quiera con tarifa extra».

18

Después de volver del Cinzano, donde había escuchado con atención a la esposa del empresario infiel, Cayetano sintió que las cosas se habían invertido: al parecer, ahora Camilo comenzaba a tentarlo con información adicional solo para conseguir dinero. Era posible y entendible, se dijo mientras buscaba en Google referencias sobre el profesor Joe Pembroke.

Halló lo que imaginaba: una sarta de informaciones sobre su obra académica. Tenía en efecto varios libros publicados en una editorial universitaria de Estados Unidos. Se trataba de volúmenes caros, de cubiertas gruesas y audiencia reducida, que al final únicamente suelen adquirir un par de profesores y las bibliotecas de otras universidades. Sus títulos eran barrocos y presuntuosos, y trataban de jugar con palabras. Se los leyó a Bernardo Suzuki, que acababa de entrar al despacho trayendo el almuerzo.

—¿Qué te parece? —le preguntó—. *Con-ciencia española de la invisibilidad indígena en crónicas de la Conquista. Una interpretación de teoría posteórica.* Este otro: *La u-topía y la real-i-dad de la Conquista. Vicisitudes de la ruptura gnoseológica y económica imperial.* Y con este te dejo tranquilo: *Prolegómenos a la im/posibilidad de recuperar la historia tal como fue.*

—¿Qué prefiere, jefe, para comenzar? —repuso Suzuki, sacando las cajitas de cartón de una bolsa—. ¿Sopa de hongos o sopa won ton?

—¡No seas prosaico! Estoy compartiendo contigo sesudos temas académicos y me sales con esa tonga de comida china —reclamó Cayetano, sobándose las manos. Tenía frío ese día nublado y ventoso, con aires de lluvia. Por el norte se divisaba el monte Silla del Gobernador, cuya aparición en la distancia presagiaba la lluvia con exactitud meridiana—. ¿O quieres congraciarte ahora con los nuevos dueños del Turri?

—Disculpe, jefe. Marx decía que antes de ocuparse del arte y la filosofía, la gente tiene que llenarse la panza. Lo malo es que el chino Pérez no me incluyó las sopas. Vuelvo entonces a preguntarle, jefe —dijo Suzuki, abrumado por las cajitas—. ¿Chop suey o arroz con pollo o arroz frito?

—Dame arroz frito, aunque estoy seguro de que la sopa se te olvidó en la cocina de Li Pérez, que de chino tiene lo que yo tengo de cosaco.

—La madre de Li era china, descendiente de los culíes que llegaron a Perú. Y aquí están los palitos. Directamente de los bosques milenarios de Chiloé.

Suzuki apartó las carpetas que Cayetano mantenía sobre el escritorio, desplazó el computador hacia el teléfono y abrió las cajitas. El despacho se atiborró de un aroma a soya, que les abrió el apetito. Cayetano extrajo del minibar dos cervezas Cerro Alegre, las destapó y las puso sobre el escritorio.

—El mundo académico no es lo mío, jefe —admitió Suzuki con la boca llena, gesticulando con los palillos en el aire—. Lo mío es la vida, no la teoría. Hace tiempo, en una telenovela, alguien dijo: «Gris es toda teoría».

—No fue en una telenovela, Suzukito, por Dios —reclamó Cayetano, alzando los brazos al cielo—. Fue en un programa de biografías del History Channel.

—Por eso.

—Fue uno sobre Goethe, el gran genio alemán.

—Da lo mismo. En todo caso es una doña frase, jefazo —dijo, haciendo alarde de su destreza para comer con palitos—. Lo felicito por esa frase.

—Es de Goethe, Suzuki. ¿Y sabes lo que dijo Goethe en su lecho de muerte, poquito antes de irse para el otro lado?

—«Colorida, en cambio, fue toda mi vida.»

—Córtala, por favor. Dijo: «Más luz, más luz».

—Ideal para placa en la puerta del despacho de un detective, jefe.

—Es lo primero cuerdo que has dicho esta semana.

—No pierda la esperanza. Recién estamos a viernes.

—«Cada día, Sancho, te vas haciendo menos simple y más discreto.»

—¿Y quién dijo eso?

—Don Quijote.

—Don Quijote. —Suzuki sacudió la cabeza—. Ese sí era detective. Enchapado a la antigua, pero detective al fin y al cabo.

—Buena metáfora, Suzuki.

—Da lo mismo, jefe. Todos esos títulos académicos no me dicen nada. Además, lo que el gringo escribía es ajeno a los problemas de la gente de hoy: la droga, la pederastia, la violencia, la inseguridad, la mala educación. Ajeno. Tan ajeno que no arroja luz sobre el caso.

—¿Arrojar luz, dices? Otra buena metáfora, Suzuki, tan buena como este plato de Li. Me tinca que estás asistiendo clandestinamente a talleres de poesía. Sé que por las noches andan Zambelli, Moltedo, Cameron, Sarita Vial y Hahn recitando en Valparaíso.

—Para serle franco, jefe, eso también lo saqué de la telenovela de las ocho. No está mal, ¿eh? A mí no se me va una, y sigo pensando que al gringo le dieron boleta por algo relacionado con cocaína o un par de buenas tetas.

—¿Tú crees, entonces, que el ilustre profesor Pembroke se metió en la punta de un cerro por la noche buscando un sobrecito de coca o a una putita? No es necesario ir tan lejos para conseguir eso.

—Un buen poto, perdóneme la expresión, jefe, tira más que una yunta de bueyes, decimos en Tokio.

Comieron en silencio. Cayetano se acordó de los decapitados de México, donde bajo el gobierno de Felipe Calderón se habían registrado sesenta mil ejecutados. Quizá el país soportaba esas circunstancias porque a lo largo de su historia, mayas y aztecas habían practicado sacrificios humanos, se dijo Cayetano. Ellos creían que, de no apaciguar así a los dioses, se podía acabar el mundo. La lluvia comenzaba a rasguñar los vidrios de las ventanas, empujada por un viento que golpeteaba la puerta del despacho. La ciudad era un rumor de agua y aire solo interrumpido por las campanadas del Turri.

—No me convence tu teoría, Suzuki —aseveró al rato Cayetano.

—Entonces le invierto la pregunta, jefazo: ¿por qué razón, si no fue por drogas ni minas, el profesor se fue a meter allá arriba, donde no entran ni los carabineros? A comprar pan o un chalet no puede haber ido.

Cayetano apoyó los palillos en el borde del plato y se adecentó los bigotazos con una servilleta de papel. Luego dijo:

—Primero: estoy seguro de que al profesor lo secuestraron. ¿Por qué? Lo ignoro. Segundo: lo secuestraron unos españoles. ¿Del *Emperatriz del Pacífico* o de esta ciudad? También lo ignoro.

—Y tampoco sabe lo que buscaban esos coños al despojarlo de billetera y celular.

—Eso sugiere como móvil el robo, desde luego. Recuerda que a Pembroke le sustrajeron también el computador del camarote esos días. ¿Fue casualidad? Me informó la viuda que después del crimen fueron usadas tarjetas de crédito del profesor Pembroke en los aeropuertos de Dublín y de Cartagena de Indias.

—Irlanda, la tierra de O'Higgins y los campeones mundiales para empinar el codo.

—Y de la poesía. Y en Colombia...

—... la tierra de Pablo Escobar.

—Y de los vallenatos, las bellas mujeres y el buen café, de Juanes y Shakira, Suzukito.

—En fin, parece que los tipos viajaron gracias al gringo —resumió Suzuki.

—Lo único más o menos seguro es que los acompañantes finales del profesor fueron unos españoles. Pero aún estoy ojo al charqui. Debo reunirme con Camilo de nuevo, que anda ofreciendo más información, pero contra honorarios.

—Ahora entiendo para qué lo llamó Rubalcaba —exclamó Suzuki, cerrando las cajitas de comida.

—¿Cuándo llamó, asesor desmemoriado?

—Anoche, jefe, cuando usted ya se había retirado a cenar. Discúlpeme, lo olvidé por completo. Mi ayudante en la fritanguería me provoca Alzheimer. Si sigo así, voy a tener que cerrar definitivamente la Kamikaze, algo triste porque con lo que gano aquí, se lo digo en confianza, no voy a remontar nunca el vuelo.

—Remontar el vuelo. Buen verbo, Suzukito. ¿También de la telenovela de las ocho?

—No, jefazo, eso me lo dice madame Eloise, cuyo negocio de putas sí remonta.

—No me sorprende. Tu mujer tiene ojo de águila para seleccionar al personal idóneo en ese oficio. ¿Y qué recado dejó Matías?

—Discúlpeme, jefe. Me dijo que Camilo lo esperará este domingo, a las once de la mañana, en la curva cerrada de la subida San Juan de Dios. ¿La ubica?

Cayetano se acercó a la ventana y contempló la bahía asperjada por la lluvia. En el sur, el sol cabalgaba sobre los techos de Playa Ancha. Sintió ganas de ir a casa a comerse unas sopaipillas pasadas y echarse una siesta.

—Es la curva que está más abajo de avenida Alemania, ¿verdad? —preguntó.

—Exacto, jefe. En el cerro San Juan de Dios. Debe ser puntual. Camilo pasará en taxi.

19

¿Qué querría contarle Camilo? ¿Algo realmente nuevo en relación con el asesinato de Pembroke o simplemente deseaba verlo para pedirle más dinero? No le quedaba otra que esperar a que llegara el domingo. Pero el bicho de la curiosidad no le dio tregua y por ello esa noche preparó unas sopaipillas pasadas con chancaca y varias medidas de ron, y a la mañana siguiente se puso gabardina y boina y salió a buscarlo al sitio donde lo había encontrado, cerca de la playa Caleta Abarca, bajo la carretera elevada.

El viento norte acarreaba negras nubes barrigonas y crispaba el Pacífico. Las olas escupían espuma atronando contra los roqueríos. El vasto espacio entre los pilares y el mar estaba desolado. Regresó a Valparaíso, subió por calle Ferrari hasta cerca de la residencia de El Jeque, estacionó en una cancha de tierra y caminó hacia el claro donde asesinaron a Pembroke.

Una sensación de agobio se afincó en su alma cuando llegó al lugar. La brisa peinaba los cerros y mecía las ramas de los espinos, testigos mudos de la tragedia. El profesor estadounidense ya no era solo la víctima anónima de un crimen que investigaba, sino alguien cercano y simpático, de pronto casi familiar. El caso ya no era un asunto de dólares más o menos. No, ahora Pembroke se le había metido en el alma, alimentaba su anhelo de dar con los culpables y de allanar el camino a la justicia. Tiene razón Camilo, pensó, en esta ladera abundan los espinos y los arbustos, que no tardarán en ser talados y vendidos como leña por delincuentes. Hasta el momento la vegetación espesa solo sobrevivía en los dominios de El Jeque, se dijo mirando hacia la ladera de enfrente, una inclinación yerma y pronunciada, desde donde Camilo había presenciado el crimen.

Regresó dos horas más tarde al Turri bajo una lluvia densa, embargado por una mezcla de amargura e impotencia. Suzuki ya no estaba en el despacho, pero sobre su escritorio lo esperaba una caja de DHL, enviada desde Estados Unidos. Contenía seguramente los textos del profesor Joe Pembroke que había solicitado.

Constató que se trataba de sus libros, de una veintena de ensayos de regular extensión y de textos impresos en hojas reciclables A4. Apiló todo junto al teléfono para llevarlo más tarde a casa y bajó a calle Prat con un par de ensayos envueltos en plástico bajo el brazo. Llovía, pero la curiosidad lo acicateaba.

Subió al cerro Alegre en el ascensor y caminó hasta el café Amor Porteño, de Almirante Montt, donde colgó la gabardina de un perchero. Se sentó a una mesa y ordenó un cortado. Luego se puso a examinar los escritos de Pembroke. Casi todos versaban sobre lo mismo: la Conquista, el *Popol Vuh* y el *Chilam Balam*, el *Diario de navegación* de Cristóbal Colón, las cartas de relación de Hernán Cortés y de Andrés Tapia, las narraciones de Bernal Díaz del Castillo y de fray Diego de Landa. Se trataba de rutilantes figuras de la historia iberoamericana, de las cuales Cayetano poco o nada sabía.

Apenas dos ensayos estaban dedicados a otro tema: el desarrollo marítimo de los pueblos precolombinos del Caribe. A juicio de Pembroke, la historiografía tradicional había descuidado ese aspecto, generando con ello la imagen errónea de que los pueblos precolombinos, incluso los mayas costeños, vivían apegados a la tierra y eran incapaces de hacerse a la mar. Aquel déficit distorsionaba la historia, perjudicaba la imagen de la cultura americana y constituía un agravio inaceptable para los indígenas del Caribe, en general, y los mayas, en particular. Pembroke subrayaba que los mayas eran ya en el siglo XV notables navegantes, a la par de los legendarios marinos portugueses y españoles.

«La prueba del alto nivel alcanzado en la tecnología marina y la navegación por ciertos pueblos caribeños está constituida por las descripciones —escasas, aunque concretas— que algunos conquistadores hicieron de las naves que vieron en el Caribe», citaba Pembroke del ensayo *Yerros y aciertos en la observación de la tecnología marítima caribeña*, del doctor Craig Winkelhahn. Pembroke reunía citas de crónicas de la época y de artículos modernos y, a partir de ello, extraía conclusiones atractivas, osadas, llenas de admiración por los indígenas americanos, que le obsequiaron a Cayetano una nueva comprensión de estos.

Pensó en el Caribe, en su isla en forma de caimán, en la ciudad con malecón y columnas, de lluvias y huracanes, de ese calor húmedo y pegajoso que empalaga el alma. Y pensó también en los taínos y los caníbales, y en que, como aseveraba Pembroke, muchos de los habitantes del Mediterráneo americano disponían de mapas aproximados, cuando no exactos, de sus territorios.

Constató que para sustentar su punto de vista, Pembroke se valía de fuentes seleccionadas con esmero en crónicas y archivos. No solo eso, además celebraba a unos especialistas y rebatía a otros. Era evidente que el profesor hablaba desde una visión marginada por minoritaria y alternativa de la historia, concluyó Cayetano, ofuscado por su ignorancia sobre el tema. Luego ordenó un Barros Jarpa. Por los parlantes del café llegaba Roy Orbison cantando «Pretty Woman». Afuera el agua lavaba los adoquines.

Le ayudaban a entender mejor la materia los sumarios que encabezaban los ensayos de Pembroke. Admitió que habría cursado feliz la carrera de historia porque un historiador era en el fondo un detective que se zambullía en el pasado. Además, le parecía estupendo que alguien pudiese ganarse la vida escribiendo sobre asuntos ocurridos medio milenio antes y en torno a los cuales debatían versiones discrepantes. A su padre, pensó, le habría gustado tal vez que él hubiese sido historiador.

Tenía que ponerse en contacto con los colegas de Pembroke. Seguro que más de alguno conocía episodios de su vida que la viuda ignoraba y que la policía estadounidense no había explorado, convencida, como estaba, de que el profesor había muerto por involucrarse en negocios turbios en un país latinoamericano. La ocasión perfecta yacía sobre la mesa, según había podido averiguar con Lisa: la reunión anual de la MLA, la Asociación de Lenguas Modernas de Estados Unidos, creada en 1883 para promover el estudio y la enseñanza de la lengua y la literatura. En la actualidad agrupa a dos mil *colleges* y convoca cada año a miles de profesores y aspirantes a una plaza académica. Ese año sesionaba en Chicago.

No debía pasarlo por alto: otra vez aparecía México en la investigación. Los textos de Pembroke giraban en torno a las civilizaciones prehispánicas, la conquista iniciada por Hernán Cortés en el pueblo de Villarrica, donde estaban las ruinas de su primera casa en el continente, y el período de la Colonia. ¿Y qué decir de la guadaña del Ángel de la Santa Muerte? ¿Qué vínculo tenía eso con Pembroke? En rigor, alrededor del asesinato del profesor comenzaban a girar la historia y la cultura de México. ¿Pero qué significaba para su investigación la guadaña, asociada a la vez con la representación medieval de la muerte y la santísima señora mexicana, dueña de todo y todos?

El Barros Jarpa del local lo reconfortó porque era el primer bocado caliente que probaba desde el desayuno. Pensó en su despacho y en la gotera en los días de lluvia intensa. Se defendía de ella desplegando un plástico en el suelo e instalando cubos de aluminio que despedían una música hipnótica mientras se iban llenando. Tal vez los inversionistas chinos repararían definitivamente la filtración.

¿Le permitiría Lisa Pembroke viajar a Chicago a entrevistarse con los colegas de su malogrado esposo? A ratos tenía la impresión de que sus pesquisas revolvían en exceso el doloroso pasado reciente de la mujer. Su investigación era como esas olas que revientan en la playa, desparramando algas y arena, enturbiando el agua.

Además, ¿disponía Lisa de la voluntad para financiarle otro viaje? Si alojaba en el Astoreca, del paseo Yugoslavo, frente al Museo Baburizza, era porque dinero no le faltaba, concluyó. Pero una cosa era no enfrentar penurias financieras y otra, desde luego, aprobar nuevos viajes. Ella estaba invirtiendo bastante en la pesquisa, pero él aún no le servía un plato auténticamente sustancioso en la mesa.

—¿Cayetano Brule? —le dijo de pronto un mozo con un inalámbrico en la mano.

—El mismo.

—Un llamado para usted.

Chequeó su celular. Tenía varias llamadas perdidas de Suzuki nuevamente. Cuando se concentraba en los temas, no escuchaba su teléfono. ¿Era eso o se estaba quedando sordo?

—¿Sí? —gritó, cubriéndose la otra oreja con la palma de la mano.

—¿Jefe?

—Dime, Suzuki.

—Me llamó el futbolista para anunciarme que cancela el partido de mañana.

—¿Qué pasó? —exclamó Cayetano, sorprendido.

—Dice que Camilo se arrepintió. Lo llamará en cuanto tenga novedades.

20

Se fue a la población Márquez, en el barrio del puerto. Aunque primero llamó a Andrea Portofino para consultarle si había moros en la costa.

—Serás bienvenido —dijo la profesora y poeta de la Scuola Italiana—. Trae, eso sí, arrollado de la Sethmacher, aceitunas y un cabernet sauvignon. Te espero con unos espárragos a la vinagreta y unos deliciosos raviolis de espinaca rellenos con centolla.

Compró aceitunas negras de Til Til y dos botellas de un Apalta, diciéndose que Camilo terminaría mal. Zigzagueaba y titubeaba demasiado. Iba a ser difícil además que sus antiguos camaradas lo acogieran. Por el contrario, lo dejarían a la deriva, y más de alguno hasta era capaz de prestarle la soga. «Denle una soga a un hombre y terminará colgándose», había dicho su padre un día en La Habana, y él, un niño entonces, se había asustado y desde ese momento vivía convencido de que el refrán era cierto.

Caminó en dirección al puerto con las botellas y las aceitunas, compró en la plaza Echaurren una amarillenta antología poética de Fernando Pessoa, pues Andrea admiraba al portugués, y se paró en la cola de la fiambrería. Aún quedaba arrollado, lo que venía al pelo para el desayuno al día siguiente de la velada romántica. A Andrea le fascinaba que él le llevara el desayuno a la cama.

Cuando abrió la puerta y lo dejó pasar al living a media luz, a Cayetano lo deslumbró ver a Andrea con la cabellera recogida en tomate y envuelta en una bata de seda negra. Bajo la vestimenta la mujer iba como Dios la echó al mundo, y mientras ella hojeaba entusiasmada el libro de Pessoa, permitió que las manos del detective acariciaran su cintura y firme trasero.

—Piano, piano, piano —exclamó la treintañera, apartando las manos de Cayetano de sus curvas—. Con paciencia se logra lo que se desea, decía Benjamin Franklin. Lo más rico son los prolegómenos, pensaba el húngaro Lukács. Y para mí, algo budista, lo crucial es el camino, no el destino.

Diciendo esto, lo hizo pasar a la cocina del departamento, que estaba iluminada solo con velas. Sobre la mesa había servido espárragos, pan batido de una panadería cercana y copas de pisco sour tamaño catedral. Le indicó a Cayetano que descorchara el vino y ella puso a calentar el agua para los raviolis.

Se sentaron después de que Andrea puso en su PC una selección de Coldplay.

Se bebieron los pisco sour y las dos botellas de vino, y acabaron con los espárragos y los raviolis, y para cerrar, como buena italiana, Andrea Portofino sacó de un armario su mejor botella de grapa.

—Te espera una sorpresa en el dormitorio —anunció con la copita en la mano.

Entraron al cuarto. Estaba sumido en una luz rojiza de ensueño, olía a incienso de la India que volvía misterioso el ambiente, y las sábanas de la cama eran completamente negras.

—Pero antes vamos a compartir algo —anunció la mujer, encendiendo un pito de marihuana.

Lo aspiró profundo con los ojos cerrados, aguantó largo el humo en sus pulmones y lo fue expulsando en forma acompasada. Luego se lo pasó a Cayetano mientras se desataba el lazo de la bata, pero sin despojarse de ella, dejando sugerida su pálida desnudez. Antes de tenderse en la cama sacó de un cajón de la cómoda un almohadón negro y duro.

—Es el que recomienda Ernest Hemingway y que tanto te gusta —comentó ella con una sonrisa y lo arrojó encima de las sábanas—. Sobre el velador tengo la venda negra de la clase ejecutiva de LAN y las cremas con sabor a frutas. ¿Quién comienza?

Cayetano dio una calada profunda, contuvo gozoso la respiración y comenzó a desnudarse. Vio que Andrea bajaba la intensidad de la luz y seleccionaba algo de Ben Webster. Luego la vio acomodarse una peluca larga de color punzó y tenderse en la cama.

Quedó azorado por la esplendidez de su carne, la invitación de su sonrisa, la contundencia de sus senos y el embriagador pliegue que se anunciaba en su triángulo completamente afeitado. Ahora sintió que era Coleman Hawkins quien tocaba como un ángel el saxo. Aspiró de nuevo el pito y se lo entregó a Andrea. Luego apartó su melena encendida y comenzó a besar su largo cuello.

A la mañana siguiente lo despertó su celular.

Era Anselmo Marín, El Escorpión, su amigo al que habían jubilado prematuramente de la PDI.

—Lo lamento, Cayetano, pero me acabo de enterar de que en la avenida Gran Bretaña, de Playa Ancha, hallaron muerto al tipo con quien te ibas a reunir y que me pediste que investigara.

21

Abordó el vuelo nocturno de American Airlines de Santiago de Chile a Chicago, vía Dallas, con un profundo sentimiento de amargura y tristeza por el asesinato de Camilo.

Había simpatizado con el ex guerrillero. Algo en su mirada perdida, su misteriosa biografía y los resabios de un humor añejo, que lo asemejaban a Camilo Cienfuegos, lo habían seducido. Quizá bajo otras circunstancias, tanto suyas como las del frustrado revolucionario, hubiesen hecho buenas migas y compartido sus recuerdos de La Habana, pero ahora él estaba muerto, enterrado en el cementerio de Playa Ancha, hasta donde Cayetano había llegado para despedirse desde la distancia y el anonimato.

El crimen tenía consternada a la ciudad. ¿Había algo más insensato que eliminar a un vagabundo? Los titulares de los diarios hablaban del «vagabundo chic», de que había obtenido una fortuna y que alguien lo había despojado de ella, de que había vivido en el Caribe y se había vinculado con revolucionarios legendarios del continente. La policía no adelantaba hipótesis alguna, pero unos políticos especulaban que se trataba de un ajuste de cuentas entre marxistas, y otros que una banda ultraderechista lo había asesinado. Podía ser. Todo podía ser. Pero el crimen también podía estar vinculado con Pembroke y, en ese caso, tanto la vida de Matías como la suya corrían peligro. ¿Es que El Jeque tenía metidas sus manos en todo esto?

Para otros, en cambio, se trataba de otro vagabundo asesinado por militantes neonazis y xenófobos, empeñados en «limpiar» las calles de mendigos, gays, extranjeros y gitanos. No hace mucho habían asesinado salvajemente a Daniel Zamudio por ser gay y asumirlo públicamente. El país era testigo de crímenes motivados por la violencia ordinaria, y también por el odio y la intolerancia política, por una radicalización de la ultraizquierda y la ultraderecha, algo difícil de entender en el marco de una democracia que, a pesar de su déficit en materia de equidad, gozaba de crecimiento y prosperidad, y constituía un modelo para el continente.

Tras acomodar la maleta en el portaequipajes de la última fila del Boeing 767, tomó asiento, aliviado de que no lo hubiesen instalado en el baño de la cola. Al menos estaba junto al pasillo, lo que le permitiría estirar las piernas y evitar una trombosis. Nueve horas encogido en el asiento terminarían por agudizarle el dolor de la rodilla izquierda y deshidratarlo. Algún día, en el futuro, la gente se preguntará cómo los seres humanos del siglo XXI habían tolerado viajar bajo condiciones tan abusivas.

Suspiró con agobio. ¿Y ahora? El asesinato de Camilo había terminado por convencer a Lisa Pembroke de que su investigación iba bien encaminada.

—¿Usted no es el detective del Turri? —le preguntó su vecino de butaca.

Lo atemorizó la posibilidad de que la pregunta anunciase el inicio de una conversación interminable. Tan intolerable como la estrechez de esas butacas eran los pasajeros conversadores.

—¿Nos conocemos? —le preguntó.

—Yo a usted sí. Tengo memoria de elefante —afirmó ufano el pasajero que también tenía corpulencia de elefante, pues su humanidad rebasaba su butaca y se desbordaba hacia la de Cayetano—.

Sí, señor, buena memoria desde niño. Lo vi una vez en una entrevista y una cara a mí jamás se me despinta.

—¿Una entrevista sobre la delincuencia?

—Así es. Por desgracia, Valparaíso ya no es la misma ciudad de mi infancia. Mucho gusto —le ofreció la mano—. Me llamo Patricio Naranjo, pero puede decirme Pato.

Sufría al parecer de manos sudorosas. Más bien, el Pato Naranjo entero no dejaba de sudar. Intuyó que se jodía su viaje, que no podría calzarse los Bose para escuchar boleros, y que estaba condenado a soportar a un parlanchín como compañero de noche.

—Acaban de asesinar a otro indigente —comentó Pato Naranjo, mientras su mano regordeta buscaba el cinturón de seguridad—. Unos criminales quieren limpiar las ciudades de mendigos, homosexuales y extranjeros. A este paso vamos al abismo.

—No hay que echarse a morir —recomendó Cayetano, no muy convencido.

—Yo soy pesimista.

Prefirió no responder. Pero era cierto, los neonazis y los anarquistas estaban cada vez más activos y violentos. Era obvio, los extremos se tocan, son parecidos, solo que emplean otra bandera y otro lenguaje, pensó Cayetano. La intolerancia política lo atemorizaba. Cuarenta años atrás había visto cómo el país, polarizado en dos bandos irreconciliables, se había desmoronado. Era fácil arrojar un país por la borda, pensó, lo difícil era construir uno nuevo, estable y reconciliado.

—¿Puedo saber a qué viaja a Estados Unidos? —añadió Pato Naranjo, sin cejar en su empeño por dar con el cinturón—. Déjeme adivinar: viaja a investigar. No puede ser de otro modo. Usted quiere investigar en la gran nación del norte. Cuidado, no se vaya a quedar allá. Necesitamos gente como usted en Chile, donde lo que más abunda son los bribones.

Después del despegue y cuando el rugido de las turbinas entorpeció la conversación o, mejor dicho, el monólogo de Pato Naranjo, Cayetano compró una botellita de cabernet sauvignon, que le costó la friolera de siete dólares, y llegó a sus manos tan fría como una cerveza de verano. Aprovechó de encasquetarse los audífonos, sintonizó el canal de *oldies*, y cerró los ojos. The Righteous Brother, Paul Anka, Frankie Avalon y Neil Sedaka lo regresaron a la época en que vivió entre Hialeah y Cayo Hueso, y ni soñaba con irse al convulsionado Chile de Salvador Allende.

Su vecino parecía haber asimilado la ofensa y guardaba silencio, pensativo, cabizbajo, esperando seguramente una mejor ocasión para reanudar el monólogo. Pero ahora Cayetano pensaba en otra cosa. Pensaba, en primer lugar, en la espléndida Andrea Portofino, en sus besos y caricias, en su cama de sábanas negras, su peluca color fuego, sus lubricantes perfumados y sus pitos de yerba, en las impúdicas y afiebradas noches que pasaban en la población Márquez, y en que ella disfrutaba su libertad y no deseaba compromisos.

Pensó también en que necesitaba contactar a los colegas de Pembroke en el congreso de la MLA para obtener nuevos detalles sobre su vida. Si bien detrás del caso podían estar los Pellegrini o incluso la viuda del profesor, quien le había confesado en el Palacio Astoreca que el seguro de su esposo le había reportado una fortuna, lo más probable era que el profesor hubiese sido ajusticiado por un cartel de la droga.

Se dijo que el crimen de Camilo también apuntaba en esa dirección. En 1989, varios oficiales cubanos habían sido fusilados y encarcelados por sus vínculos con el narcotráfico en Angola, Centroamérica y el Caribe. Según internet, ese año, época en que Camilo vivía en Cuba, surgieron nexos entre los condenados y los latinoamericanos que recibían adiestramiento militar en la isla.

Los encuentros se realizaban en un restaurante exclusivo para extranjeros llamado Mi Casita, de la playa de Varadero. Allí, en ese mundo al que había pertenecido Camilo en otra época histórica, había en efecto algo que merecía ser auscultado con lupa, concluyó Cayetano, entibiando la botella de vino entre los muslos.

Se quedó dormido soñando con Andrea y escuchando a Paul Anka, *put your lips close to mine, dear*..., y con el rugido de las turbinas como música de fondo. Y además con una gran incógnita por desvelar, pues los asesinatos de Pembroke y de Camilo, y la importancia que El Jeque le atribuía a todo aquello, sugerían algo diferente, vago, enigmático, global, que aún no lograba espulgar del todo.

Lo despertó un intenso olor a pollo. Estaban repartiendo las bandejas con la detestable cena de los aviones, o más bien lo que restaba de ella para los pasajeros sentados en la cola del avión. El pollo era una masa insípida y el postre un brownie seco. Prefirió no tocar la bandeja.

—Disculpe, magno investigador —le dijo Pato Naranjo al terminar su cena, y le propinó un codazo. Cayetano se despojó de los auriculares—. Si no va a cenar, ¿me regala su comida? A usted seguro lo esperan banquetes en Estados Unidos; a mí, en cambio, solo McDonald's y KFC.

—Que la aproveche —repuso Cayetano, aceptando el intercambio de bandejas.

Luego trató de conciliar el sueño. Primero soñó con que Andrea se iba a vivir con él al paseo Gervasoni, que renunciaba a sus amantes y quería casarse por la Iglesia. Después soñó con su padre. Fue un sueño, eso sí, más largo y mucho más real. Lo vio joven, optimista y guapo. Subía sonriendo con su trompeta a un escenario entre la atronadora aclamación del público neoyorquino. Y él lo escuchaba tocar como nunca antes en su vida.

22

La famosa conferencia MLA recibe cada año a miles de maestros de lenguas que buscan trabajo. Es un rito que se celebra en diciembre, entre Navidad y Año Nuevo, en alguna ciudad de Estados Unidos, y que estimula, tortura o liquida las perspectivas profesionales de los aspirantes a catedráticos.

Y allí estaba ahora Cayetano Brulé, alojado en el Hilton, cercano al río, junto al principal centro de convenciones del *down town* de Chicago. Había logrado una habitación gracias a un profesor que se proponía entrevistar: Hugh Malpica, especialista en historia precolombina de Mesoamérica, del Voltaire College.

Hugh lo esperaba frente al quiosco del Starbucks, en el lobby del hotel, donde aguardaba por el café al final de una cola formada por hombres de traje oscuro y maletín, y mujeres de traje sastre y también provistas de maletín. Con un vaso de cartón en la mano, Malpica esgrimía una amplia sonrisa de comercial de dentífrico.

Se sentaron junto al ventanal que daba a una avenida cubierta de nieve.

—Gracias por facilitarme las cosas —dijo Cayetano. Malpica era un mexicano-americano de rostro moreno y gafas, oriundo de Sinaloa—. Todo lo que me cuente sobre el profesor Pembroke me sirve.

—Debo confesarle primero mi consternación por la muerte de Joe —afirmó Malpica, compungido.

Lisa Pembroke le había explicado que las conferencias brillaban a menudo por la escasez de público. A lo más acudían catedráticos solidarios con los colegas expositores o bien alumnos y jubilados que no tenían nada mejor que hacer en esa época del año.

—¿Pembroke también integraba algún comité de selección? —preguntó Cayetano, animado por el aroma a café que flotaba en el lobby.

—Desde luego.

—¿Integró uno el año de su muerte?

—No, porque estaba de sabático.

—Tiene razón. ¿Y en la reunión del año anterior?

—Esa fue la última vez.

—Entiendo que ustedes entrevistan allí a muchos aspirantes.

—Los que consiguen cita para la MLA son los afortunados. Implica que pasaron los primeros filtros.

—¿A cuánta gente entrevista el comité, y cuántos pasan a la etapa siguiente?

Hugh bebió un sorbo de su *latte*.

—La siguiente etapa es acudir al *college* a dictar una conferencia y entrevistarse con los colegas. A esas alturas ya quedan dos o tres candidatos.

—¿De cuántos?

—Figúrese, si los comités se pasan tres o cuatro días en la MLA entrevistando desde las ocho de la mañana a las cuatro de la tarde, y ven a dos o tres candidatos por hora, llegamos fácil a cuarenta o cincuenta postulantes.

Sonaba extenuante. Si hilaba fino, los rechazados del comité engrosaban la lista de sospechosos.

—¿Y qué hacen los que llegan al *college*?

—Cruzan los dedos. Dependen de la opinión de los profesores de la especialidad en el *college* respectivo. Ellos son los que deciden.

—O sea que Pembroke rechazó a unos cuarenta candidatos en su última gestión.

—Por lo menos. —Malpica volvió a degustar su *latte*.

—Duro.

—Durísimo. Si los candidatos no encuentran nada en la MLA, solo les queda esperar hasta el año siguiente para conseguir un trabajo decente.

—¿No tienen otra alternativa?

—Pues agarrar trabajos ocasionales: un reemplazo, una sustitución de algún colega con sabático o permiso maternal. Pero nada con acceso a *tenure*.

—¿*Tenure*?

—El contrato vitalicio. El sueño del pibe entre los académicos.

—El socialismo profundo en el capitalismo salvaje.

Malpica asintió con una sonrisa insegura. Cayetano pensó que eso era el paraíso: vivir en la abundancia del imperio, pero con un trabajo garantizado de por vida. El socialismo de Marx inserto en el capitalismo estadounidense. La cola de adictos al café se enroscaba ahora en torno al Starbucks.

—¿Cómo reaccionan los rechazados? —preguntó Cayetano.

—*Do not take it personally*, advertimos nosotros —repuso Malpica—. Pero hay dramas de por medio. Existe una gran diferencia entre quienes entran por la puerta ancha a la vida académica y quienes acampan ante los muros de la ciudad académica a la espera de una oportunidad. Y por mientras deben seguir pagando sus deudas y el alquiler.

—¿Razón suficiente para vengarse?

Malpica se disponía a responder cuando los parlantes anunciaron el inicio de las entrevistas. La fila del Starbucks se desgajó y la masa salió presurosa hacia las entrevistas.

—Lo siento, señor Brulé —se excusó Malpica, poniéndose de pie, el *latte* en una mano, el maletín en la otra—. Cenaremos esta noche con unos colegas en La Cucina di Beppo. Lo esperamos a las siete en punto.

Cayetano quedó solo en el inmenso lobby y sintió la gran dicha de poder dirigir sus pasos hacia un Starbucks vacío.

23

Arribó minutos antes de las siete a La Cucina di Beppo, en las inmediaciones del barrio El Loop. Ya estaban allí los profesores Markus Chang, chino-americano especialista en códices precolombinos, y Amílcar Guerra, guineano-americano, vecino de pasillo de Pembroke.

Un mozo los guió por un laberinto de salas que simulaban una casa toscana: ventanas ciegas, óleos enmarcados, retratos en sepia, banderines de clubes de fútbol y calendarios viejos. Tomaron asiento en un *booth* con mantel de cuadros rojos y verdes, junto a una foto de Vittorio Gassman durante la filmación de *Il Sorpasso*.

—Mi colega Malpica pide que lo disculpe —anunció Chang en un español de acento madrileño—, pero no podrá acompañarnos esta noche.

—Efectivamente —agregó Guerra, circunspecto—. Su esposa sufrió esta tarde una descompensación repentina y precisa su compañía. Confiamos en que nosotros podamos ayudarlo a usted.

—Cuente con nosotros —agregó Chang mientras recibían las cartas—. El colega Guerra es profesor asistente y yo profesor asociado del departamento de literatura del Voltaire College. Nos interesa contribuir al esclarecimiento del asesinato. Es una pérdida irreparable para la familia del profesor Pembroke, para el *college* y nuestra disciplina.

Les agradeció, explicó en pocas palabras su investigación y pasaron a ordenar los platos.

—La cena corre por invitación del profesor Oldensturm, director del departamento —aclaró Chang—, así que nosotros pagaremos su consumo, señor Brulé. Aunque debo advertirle —carraspeó, nervioso— que no podemos cubrir el importe de bebidas alcohólicas, solo de agua mineral o gaseosas. Son normas del Voltaire College, usted entiende.

Conocía el puritanismo, ese que se sonrojaba ante alguien que tomaba una copa de tinto con el almuerzo, pero veía como natural que cualquier hijo de vecino fuese a una armería a comprar rifles de asalto y bazucas. Optaron por unas bandejas de tomate con albahaca y mozzarella y una pizza vegetariana de tamaño gigante. Cayetano se encargó de invitar a un Valpucciano, con lo que zanjó el tema del alcohol mientras Dean Martin cantaba «Volare».

Al rato tuvo la impresión de que a los académicos les intimidaba verse involucrados en el asunto y que por eso se esmeraban en decir solo aquello que sonase políticamente correcto. Reiteraban que Pembroke no tenía enemigos entre el alumnado ni los colegas, y que los postulantes rechazados no representaban una amenaza real para nadie.

—¿Y cómo se dirimen las disputas académicas en el *college*? —preguntó Cayetano.

Hubo silencio. Solo se escuchaban las conversaciones de otras mesas y, por sobre estas, la voz de Nicola di Bari entonando «Un vagabundo como yo».

—Las disputas se dirimen de otra forma, desde luego —dijo el profesor Chang—. Entre los profesionales, a través del debate respetuoso. Entre las ovejas negras, aserruchando pisos, marginando a los adversarios de congresos y directorios de revistas, postergando la aparición de libros, que son los que permiten mejorar el salario y engrosar el currículo. Pero nunca descuartizando a nadie. Quiero que lo entienda. La violencia de que usted habla campea al sur del río Grande, señor Brulé.

Sintió que Chang pronunciaba lo último con indisimulado desprecio y el deseo de ofenderlo en su condición de hispano. Estuvo a punto de recordarle las decenas de estudiantes y profesores asesinados en los *colleges* estadounidenses por gente que portaba fusiles y pistolas, pero se contuvo para no perjudicar su investigación.

—¿Nunca comentó Pembroke que se sentía amenazado? —preguntó, cambiando de tono, apoderándose de un triángulo de pizza.

—Jamás —repuso Chang y se empinó un prolongado sorbo de agua, la que parecía disfrutar como si de un tinto soberbio se tratara.

—¿No había gente que discrepara radicalmente de sus libros?

—Bueno, el debate y la controversia son usuales en la academia —afirmó Chang y apartó con un cuchillo el queso de su pizza—. El conocimiento avanza gracias a la curiosidad intelectual, la crítica y la oposición de puntos de vista. Y en esas disputas, algunos lo acusaron de abrigar resentimientos en contra de los españoles.

—No entiendo bien.

—Es sencillo, señor Brulé. Pembroke era especialista en culturas precolombinas y la conquista española, y se identificaba con los vencidos. Él desciende de europeos y *native americans*. Lo suyo no era solo un asunto académico, sino también personal.

—¿Odiaba a los académicos españoles por eso?

—No, no dije eso. Eso sería esencialismo. Digamos que despreciaba a quienes se identificaban con la historia oficial española sobre la conquista de América.

—Entiendo. He leído algunos textos de Pembroke.

—Me alegra —intervino Guerra—, porque así no caemos en generalizaciones ni clisés.

—Y como sabemos —continuó Chang—, casi nadie entre quienes se dedican a esa especialidad siente simpatías por los conquistadores o pone en duda el exterminio de que fueron víctimas los indígenas. Ya nadie se refiere, por ejemplo, al «descubrimiento» de América en referencia a 1492, aunque durante siglos se habló en esos términos.

—Como dicen, crea el concepto y dominarás la realidad —aseveró Guerra.

—Y todo esto dejando de lado, señor Brulé, que hay evidencias que sugieren que las naves chinas alcanzaron costas americanas en 1421.

—No puedo creer que todavía haya quienes niegan el exterminio de indígenas en el Nuevo Mundo —comentó Cayetano.

—Ellos hablan de la existencia de una difamadora «leyenda negra» —precisó Chang—. Afirman que todo fue una campaña de desprestigio lanzada por Francia contra España con el fin de debilitar al Imperio español.

—¿Piensan así hoy algunos profesores? —preguntó Cayetano, y se dijo que volvía a toparse con españoles, o al menos con tipos que hablaban como españoles.

—Algunos relativizan el holocausto indígena subrayando la importancia de la obra civilizadora cristiana y de la lengua aportada por España —explicó Guerra con voz profunda—. Refutan la «leyenda negra» y afirman que la conquista y la colonización fue preferible a lo que hicieron los ingleses en el norte del continente. La razón: España fomentó el mestizaje, mientras Inglaterra practicó el exterminio de los nativos.

Siguieron comiendo pizza, pero en silencio. Cayetano pensó en lo intrincado que era todo aquello, mientras sentía que cada vez entendía mejor a Pembroke.

—¿Tuvo el profesor disputas sonadas con algún colega en particular? —preguntó.

—¡Lo que usted sugiere con esa pregunta es vergonzoso! —reclamó Chang, airado—. Grosero e irresponsable. No acepto que desee convertir en sospechosos a distinguidos colegas que resuelven sus diferencias a través de debates en congresos y publicaciones. Esa afirmación, permítame, señor Brulé, que se lo diga sin ambages, raya en lo inmoral.

Optó por escanciar el resto del vino en las copas y servir más triángulos de pizza, porque había ido evidentemente demasiado lejos y su error a esas alturas era irreparable. Siguieron comiendo sin hablar, escuchando risotadas de otros y la voz poderosa de Rita Pavone.

—Permita que le formule la pregunta de otro modo, entonces —insistió Cayetano—. ¿Existe un colega que sea el antípoda académico de Joe Pembroke?

No respondieron.

—Me sorprende que, sin ser historiador, Pembroke incursionara en la historia —continuó—. Tiene que haber hostigado a algunos historiadores.

—Era profesor de literatura —aclaró Chang, ceñudo—. Utilizaba crónicas y cartas de relación de los conquistadores para sus cursos sobre culturas precolombinas.

—Usted acepta que Pembroke tenía diferencias sobre el tema con profesores, pero se niega a darme sus nombres. No puede ser. ¿Quién era el principal adversario de Pembroke en la academia? ¿No dice usted que el conocimiento avanza gracias al debate?

—Roig Gorostiza es uno, diría yo —afirmó Amílcar Guerra, mirando incómodo a su colega—. ¿No te parece?

—Sí. Gorostiza —repitió Chang.

—¿Nadie más?

—Zulueta de la Renta —completó Chang.

—¿Españoles?

—Hispano-estadounidenses. Llevan decenios en *colleges* de Estados Unidos. Son respetados en el medio. Han participado en innumerables congresos y simposios, y tienen influyentes publicaciones a su haber.

—¿Profesores de literatura como Pembroke?

—Historiadores —precisó Chang y acabó su vaso de agua, tenso.

—¿Están en el congreso?

—No, la MLA es solo para profesores de lenguas —aclaró Guerra.

—¿Podrían ayudarme a ubicarlos?

—Gorostiza enseña en un *college* de California; De la Renta, en uno pequeño y muy exclusivo de la costa este —explicó Chang, haciendo una bola con la servilleta—. Los halla en Google —agregó y trató de disimular un eructo. Después dio por terminada la cena.

24

Esa misma noche envió e-mails a los españoles.

Roig Gorostiza reacciónó diciendo que estaba al tanto del lamentable fallecimiento de Pembroke y que le escribiría más adelante para acordar una cita. Con Zulueta de la Renta le fue peor. Una respuesta automática daba cuenta de que se hallaba en un año sabático y que atendería mensajes en la medida en que le fuera posible. Se desalentó. Durante el viaje no tendría oportunidad de consultar a esos académicos. ¿O Mark Chang y Amílcar Guerra ya les habían advertido de que los buscaba por un tema ingrato?

Se duchó con agua muy caliente para paliar el frío que le calaba hasta los tuétanos. Cuando estaba secándose con el ánimo de entrar a la cama bien acompañado de una botellita de Bacardi, iniciativa estimulante aunque no comparable con la de deslizarse en el lecho con la sandunguera Andrea Portofino, recibió un llamado telefónico. Supuso que era Gorostiza, a quien le había dejado el número de su celular.

No era Gorostiza sino Soledad Bristol, ex ayudante de Pembroke en el Voltaire College. Había trabajado durante unos años con él, hasta el inicio de su último sabático prácticamente, y ahora sobrevivía de traducciones y sustituciones en *colleges* de Nueva Orleans. Decía haber asistido al profesor en la preparación de un libro y diversos ensayos.

—¿Se refiere al libro que redactaba en el *Emperatriz del Pacífico*? —preguntó, anudándose el cordón de la bata ante el espejo de la habitación.

—No sé de qué escribía en el crucero. El libro en que intervine trata de los elementos míticos precolombinos que facilitaron la conquista.

Recordaba haber tenido ese volumen en las manos. Lo había recibido en el despacho del Turri. Si no le fallaba la memoria, era el cuarto de la serie publicada por Pembroke.

—¿El que habla de que desde el Oriente arribarían a México hombres rubios, descendientes de los dioses? —preguntó mientras colocaba la botellita de ron sobre el velador.

—Exacto —dijo ella—. Es la profecía azteca que confundió a Moctezuma y permitió a Hernán Cortés tomar la gran Tenochtitlán, que se halla hoy en rigor bajo el centro histórico de Ciudad de México. La profecía cambió la historia de Occidente.

—Podría pensarse que los aztecas fueron engañados por sus propios dioses.

—Pero no lo llamé para hablarle de mitos, señor Brulé, sino para ponerme a sus órdenes porque conocí y admiré al profesor Pembroke.

Hablaba español con el acento de los muchachos mormones de pelo corto, que tocan a la puerta de casa llevando pantalón oscuro, camisa blanca, corbata y una mochila con libros.

—¿Quién le dio mi nombre?

—En la MLA corrió la voz de que usted investiga el asesinato. No crea que su presencia despierta simpatías. A los maestros les carga que un policía husmee en su mundo. Y aunque todo catedrático guarda esqueletos en la bodega, la asociación reúne a profesionales de la lengua, no a criminales.

—No sabía que eran tan sensibles. ¿Me llamó acaso para transmitirme un mensaje gremial? —Destapó la botellita de ron y sorbió un poco. Era efectivamente ron añejo.

—Lo llamé para ponerme a su disposición, como le dije.

—Se lo agradezco. Busco a personas que conocieron a Pembroke.

—No tenía muchos amigos, ni tampoco enemigos. Eso puedo garantizárselo. Era un hombre espléndido, rebosante de vida y proyectos. Sus alumnos lo idolatraban.

—¿No tenía enemigos en la academia?

—Enemigos, enemigos, no creo. Pero en el mundillo académico siempre hay rencillas, resentimientos y odiosidades, como en todas partes.

—Dicen que nadie tiene un ego más grande que un profesor de *college* estadounidense.

—Pero ese ego solo existe en los pasillos de los campus universitarios, señor Brulé. Afuera, en la cruda realidad del mercado, se desperfila y convierte en complejo de inferioridad. Vea mi caso: estoy desempleada, como muchos que estudiaron literatura, y ando detrás de traducciones y sustituciones de colegas enfermos.

—Lo siento, pero los egos son egos.

La mujer soltó una risita burlona y luego añadió:

—La academia es muchas cosas: satisfacciones y disputas, prestigio y descrédito, ascensos y caídas en desgracia; pero nada se resuelve empleando la violencia.

—¿Conoce a los profesores Roig Gorostiza y Zulueta de la Renta?

—Son hispanófilos duros. No me extraña que los mencione. No se llevaban bien con el profesor. Pero prefiero hablar de eso en forma personal, digo, si usted tiene tiempo e interés.

—Hay interés de mi parte. Y si no tengo tiempo, me lo hago.

Esperó a que ella tomara la iniciativa. Ya la había tomado al marcar su número telefónico. Esperó en vano, ella se parapetó en el silencio.

—¿Cómo conoció a Joe Pembroke?

Tal vez entre ella y Joe existió algo más que mera colaboración académica, pensó. La tremenda admiración con que se refería al profesor sugería esa posibilidad.

—Ya se lo dije. Fui su asistente de investigación en el *college* —continuó ella—. Me ofreció el puesto porque quería a su lado a alguien que dominase el castellano y fuese discreto. He pasado varios veranos en Ciudad de México, así que hablo bien el castellano, como usted puede escuchar. En ese momento él estaba escribiendo el libro sobre los mitos.

—¿Por qué necesitaba a alguien discreto?

—Los investigadores prefieren rodearse de gente reservada. De lo contrario, corren el peligro de que sus ideas circulen antes de tiempo entre la comunidad académica y los plagien.

—Entiendo. Me gustaría que nos reuniéramos —dijo Cayetano. En el espejo advirtió que su barriga se abultaba irremediablemente con el paso de los años. Pensó que tal vez estaba un poco viejo para Andrea Portofino—. ¿Está usted en Chicago?

—En Nueva Orleans. En una pensión del French Quarter. Ningún *college* me extendió una entrevista a la MLA este año. Si pasa por aquí, avíseme. Aquí hay mejor clima y mejor comida que en Illinois.

Era una invitación conveniente. Bastaba con desviarse algo de la ruta de regreso a Santiago, pensó rascándose la calvita.

—¿Puede ser pasado mañana?

—Estaré todo el día traduciendo —repuso ella—. Un maldito manual de herramientas españolas. Apunte bien mi celular.

SEGUNDA PARTE

¿Quiénes son estos salvajes? —se pregunta el tlapaneca otomí Hecatzin, al entrar en combate con los españoles.

25

De nuevo en el Louis Armstrong, se dijo Cayetano mientras su avión carreteaba por la pista del aeropuerto. Desembarcó en las gélidas salas de techo abovedado y en el calor viscoso de la tarde de Nueva Orleans cogió una van al French Quarter. Media hora más tarde se instalaba en el mismo Best Western de la visita anterior. La canícula de la ciudad le pareció un buen presagio después de los días nevados de Chicago.

Pobres los que acuden a la MLA en busca de una plaza de maestro, pero más sufre gente como Soledad, que ni siquiera fue citada a Chicago, se dijo en el cuarto del segundo piso, abierto a la terraza donde colgaban los maceteros con helechos. Del edificio de enfrente, donde unos hispanos pintaban un muro, le llegó «Vive la vida loca», de Ricky Martin. Pensó en el puertorriqueño, su esposo y los niños que habían adoptado, y se alegró de que en el mundo las concepciones cambiaran más rápido de lo que la gente imaginaba.

Soledad Bristol pasó a buscarlo al atardecer. Era blanca, menuda, de buena figura y anteojos. Caminaron hasta un bar instalado en una casona antigua, de muros gruesos y ventanas pequeñas, que ofrecía una penumbra fresca y sillas confortables. Ocuparon una mesa junto a una ventana y ordenaron cerveza de barril.

—Es el bar más antiguo de Nueva Orleans —explicó ella—. En el siglo XVIII fue la residencia del pirata Lafitte.

—No vivía mal ese Lafitte —farfulló Cayetano—. Cuénteme, por favor, del profesor.

—La verdad es que se llevaba mal con sus colegas —dijo ella, entornando los ojos verdes—. Pero de ahí a pensar que pudieran mandarlo a matar...

Vestía falda corta, blusa desabotonada en la parte superior y no usaba sujetador. Le gusta mostrar su cuerpo, pensó Cayetano. Mercadería que no se exhibe, no se vende, decían en la isla. Hay que enseñar lo que se tiene mientras se es joven. La carne se degrada más rápido que la inteligencia. Además, esta mujer se maquilla como las de antes, reconoció satisfecho, costumbre que al parecer han descuidado ya muchas de las asistentes a la MLA.

—¿Así que eran malas las relaciones con los colegas? —continuó.

—Prácticamente no tenía relaciones con ellos en el *college*. Era un animal de trabajo, pero con cero de inteligencia emocional. Vivía para trabajar. Al pan le decía pan y al vino, vino. Y estaba obsesionado con sus investigaciones. Menos mal que no tuvo hijos.

—¿Intolerante?

—Y desconfiado. ¿No se lo contó Lisa?

—¿De quién desconfiaba?

—De todo el mundo.

—Paranoico —dictaminó Cayetano, atusándose las puntas del bigotazo, clavándole sus ojos de marmota cansada a la muchacha—. Pero en Chicago me dijeron que no tenía enemigos. Lo mismo me aseguró Lisa.

—¿Qué otra cosa le iba a decir? Nunca se enteró del tipazo de marido que tuvo. Es una mujer rica y ostentosa. A él lo tenía como su mascarón de proa. Y él ni cuenta se dio.

La afirmación lo hizo preguntarse si Soledad había sido amante del profesor. Lo admitía: estaba reduciendo con excesiva facilidad las relaciones entre un hombre y una mujer a una única variante, la cama, y eso estaba mal.

—Hasta ahora yo abrigaba otra impresión de Pembroke —continuó—. Los profesores Chang y Guerra me aseguraron que no tenía enemigos.

—Jamás le dirían otra cosa. Nadie quiere verse involucrado en algo así. La academia es como la política, un campo de batalla sórdido y discreto, subterráneo, donde lo importante ocurre bajo la superficie.

Sorbió con entusiasmo la cerveza que acababan de servirle. Estaba fría y contundente. Se limpió la espuma de los bigotes con el dorso de la mano.

—¿Quiénes no lo soportaban? —preguntó—. Usted tiene que saberlo.

Ella se ordenó la cabellera con ambas manos y dijo con la vista fija en la mesa:

—Su némesis era un profesor de un exclusivo *college* de Vermont.

—¿Es español?

—¿Cómo lo sabe?

—Lo deduzco. Si Pembroke admiraba a los pueblos originarios de las Américas y se especializaba en la Conquista, en el ámbito académico debe haber tenido conflictos con quienes relativizan las atrocidades de los conquistadores.

Soledad miró a través de la ventana con una sonrisa leve dibujada en su bello rostro. Por la vereda cruzó a paso lento un anciano negro de sombrero y guayabera. El Lafitte comenzaba a llenarse de turistas que huían de la nieve del norte de Estados Unidos y hallaban refugio en Luisiana. Los más afortunados solo regresaban a Minnesota, Oregón o Iowa de la mano de la primavera. Un cincuentón de barba blanca a lo Ernest Hemingway introdujo fichas en el wurlitzer, y John Fogerty comenzó a cantar «Have you ever seen the rain?». A Cayetano le vinieron a la memoria los setenta, una calle Ocho de Miami repleta de timbiriches cubanos, el vozarrón de su padre músico.

—¿Cómo se llama el profesor de Vermont? —insistió.

—Sandor Puskas.

—No suena muy español que digamos.

—De origen húngaro. Puskas es uno de los principales expertos en textos de la Conquista, desde Bernal Díaz del Castillo a Alonso de Ercilla, pasando por Lope de Aguirre, fray Diego de Landa y Hernán de Soto.

—¿Realmente Pembroke odiaba a Puskas?

—Una vez me dijo que de poder matarlo, lo mataba. Imagínese. Y sabía que Puskas no trepidaría en matarlo a él, si se le presentaba la ocasión de hacerlo. Pero, claro, eso es figurado, usted entiende. No competían por cargos, porque cada uno estaba firmemente afincado en su *college*. Pero por fama y proyección. Nuestro profesor era un ser apasionado, visceral y rencoroso.

—¿Y por eso se odiaban tanto?

—En verdad, no se resistían por discrepancias en la interpretación de la historia.

Cayetano sacudió la cabeza con incredulidad, bebió un sorbo de cerveza y se acomodó las gafas.

—Ya sé, es difícil de creer —replicó ella—. Pero no se confunda. Los recelos y las envidias son usuales entre académicos especializados en un mismo ámbito. Pero la sangre nunca llega al río.

—¿Y cuándo comenzó todo eso?

—Hace años, cuando se enfrentaron sus reseñas sobre el libro *The American Discovery of Europe*, del profesor Jack D. Forbes. ¿Lo ha leído?

—No lo he escuchado ni mentar. ¿Qué pasó entonces?

—Lo de siempre. Pembroke lo celebró como un hito revolucionario en la visión de la historia, y Puskas lo hizo trizas, clamando que cuanto afirmaba el libro era una especulación carente de las más mínimas pruebas científicas.

—¿De ahí surgió el odio mutuo?

—De ahí.

Cayetano volvió a beber de su jarra. Soledad hizo lo mismo.

—Me gustaría leer a Forbes —dijo Cayetano, no muy convencido.

—Me lo imaginé —repuso ella mientras sacaba un libro de tapas azules de la cartera—. Y por eso lo traje. Prestado, nomás, que es de la biblioteca pública. Le va a encantar por lo que dice y cómo lo dice. Forbes es dueño de un estilo simple y directo. Ahora entenderá por qué Pembroke y Puskas se declararon una guerra sin cuartel.

26

El libro lo deslumbró de tal modo que esa noche no pudo despegarse de él ni por un instante. Sin bostezos ni parpadeos transcurrió su lectura. Su agotamiento del día se convirtió en asombro y curiosidad nocturna. Cerró el libro solo tras terminar de leer la última línea, cuando el primer trino de pájaros horadaba la espesa alborada de Nueva Orleans.

The American Discovery of Europe fundamentaba una tesis original y conmovedora, que podía sintetizarse en una frase: los pueblos de la península de Yucatán habían llegado antes a Europa que los europeos al Caribe. Antes. ¡Antes que Cristóbal Colón a la isla de San Salvador! Así de básica, rupturista y revolucionaria era la tesis del profesor Jack D. Forbes, concluyó Cayetano con su obra apoyada sobre el pecho desnudo, las palmas bajo la cabeza y la vista fija en el ventilador.

Pero Forbes no construía una mera especulación, una endeble teoría afirmada con alfileres ni un castillo de naipes. No, su tesis se nutría de citas y ejemplos contundentes que demostraban que cuando Cristóbal Colón arribó a América había en el Mediterráneo latinoamericano culturas que navegaban por las costas del continente y las islas, conocían al dedillo su geografía, las corrientes y los vientos, y construían naves a vela, incluso embarcaciones de hasta sesenta tripulantes, que comerciaban y cumplían ritos religiosos en el Caribe y las regiones aledañas.

Y eso no era todo, se dijo Cayetano mientras salía en busca de un café. No, Forbes iba mucho más allá con su radical revisión de la historia: manifestaba que esos nativos sabían de la existencia de la corriente del golfo, esa que fluye hacia el norte entre Cuba y los cayos floridanos, acaricia la costa este de Estados Unidos y cruza después como un río a Europa, bañando las costas de Groenlandia, Islandia e Irlanda, y traza luego una U invertida para regresar al sur, pellizcando las costas africanas occidentales. Forbes aseguraba que los intrépidos navegantes americanos habían aprovechado esa corriente de cien kilómetros de ancho y ochocientos metros de profundidad para explorar nada más y nada menos que las costas de la Europa septentrional.

Se detuvo frente a una cafetería cerrada, donde un tipo en bermudas y camiseta sin mangas baldeaba tarareando rap. De la esquina llegaban voces airadas y el ronquido de camiones. A juicio de Forbes, siguió recapitulando Cayetano, las rutas de navegación marítima que detallaban los mapas indígenas precolombinos constituyeron la base de las cartas de navegación que orientaron a los europeos en los siglos XVI y XVII. Las pruebas eran contundentes. Cristóbal Colón, en su *Diario de navegación*, apunta el martes 3 de octubre, a poco más de una semana de llegar a la tierra incógnita, que «tenía noticia de ciertas islas en aquella comarca».

El libro de Forbes sugería una historia desconocida que merecía ser discutida y difundida por el mundo porque era una forma novísima de narrar todo cuanto había ocurrido, aquello que se denominaba el «descubrimiento» de América o el encuentro de ambos mundos. Lo que lo seducía era la idea central de Forbes: seiscientos años antes, los pobladores de ese clima húmedo y caliente, de vegetación espesa y aguas transparentes, viajaban con cierta regularidad hasta la misma Europa. No eran solo pueblos de tierra firme, como sugería la historia europea, no estaban atados solo a sus milpas aguardando a que los españoles los conquistaran, evangelizaran e integraran al planeta. Por el contrario. Ellos conocían desde antes a sus supuestos descubridores. Y ellos habían inducido en cierta forma a los europeos a seguirlos.

El libro desplegaba las pruebas —mapas y leyendas mayas, cartas de los españoles, objetos de comercio—, reconoció Cayetano, maravillado mirando hacia la vastedad del Mississippi, la patria de Huckleberry Finn, Mark Twain y los vapores de rueda. Siguió caminando, ansioso por llegar al café Du Monde. Sobre su cabeza, por entre las terrazas del French Quarter, asomaba una viga de cielo azul.

Ahora le quedaba claro el papel de Forbes. Él revelaba algo excepcional y estremecedor: la génesis de la convicción de Cristóbal Colón sobre la factibilidad de la existencia de una ruta hacia las Indias. Los datos eran sólidos: el futuro almirante había visitado el puerto de Galway, en Irlanda, en 1477, siguiendo una pista que, según archivos y relatos de la época, había llegado a sus oídos: cada año iban a dar a la bahía de Galway utensilios, troncos y plantas desconocidos en Europa, indicios de la existencia de otro mundo al otro lado del horizonte. En el puerto irlandés, Colón adquirió esa convicción y, con ello, la completa seguridad de que en ultramar había otras tierras y habitaba otra gente, y que la Iglesia se equivocaba rotundamente al rechazar la redondez de la Tierra.

Forbes agregaba algo más, pensó Cayetano, algo también estremecedor y asombroso, silenciado por la historia oficial: en su visita a Galway, el genovés había intentado comunicarse con unos seres de rostro ancho, contextura gruesa y piel oscura, que acababan de llegar malheridos a la bahía en una nave de madera, provista de velamen. Según leyendas y registros de la ciudad, no era la primera vez que arribaban ese tipo de navegantes a la bahía de Galway, afirmaba Forbes.

Allí estaban, pues, las citas, las fuentes y los documentos que evidenciaban que tras recorrer Galway, hoy una ciudad turística y universitaria, Colón alcanzó la certeza definitiva de que era factible poner los pies en la patria de esos seres de cabellera negra y rasgos asiáticos que había visto y de lo cual dejó registro de puño y letra en sus apuntes. Pero había aún algo más: documentos de la iglesia de San Nicolás, de Galway, indicaban que Colón había rogado allí al santo del templo para que lo protegiera en un viaje que iniciaría veinte años más tarde...

Cayetano siguió caminando por las calles recién manguereadas de Nueva Orleans, que volvían a la vida al ritmo de barrenderos y descargadores de camiones. Admitió que hace mucho que nada lo descolocaba ni azoraba tanto. ¿Es que la historia entonces era otra, no la que le habían enseñado en la escuela? ¿Es que los «americanos» habían llegado a Europa antes que los europeos al Nuevo Mundo? ¿Y por qué esa visión radical de la historia no generaba titulares en los diarios y los noticieros, ni tampoco asombro, curiosidad ni debates en congresos como los de la MLA? ¿Por qué después de ese libro la vida seguía igual, como cantaba Julio Iglesias?, se preguntó Cayetano, desconcertado.

¿Y qué tenía que ver la muerte de Joe Pembroke con Jack D. Forbes? Porque al menos ya conocía el origen del odio entre Pembroke y Sandor Puskas, un hispanófilo identificado con la versión más tradicional de la historia del denominado descubrimiento y conquista de América. ¿Y por qué nadie hablaba sobre ese libro publicado en 2007 por University of Illinois Press? ¿Por qué todo el mundo seguía actuando como si nada e ignoraba el «descubrimiento de Europa por parte del Nuevo Mundo»? ¿Y por qué nadie salía en América Latina a vociferar a los cuatro vientos que los cayucos antillanos habían arribado a Europa antes que las naos de Cristóbal Colón a las Antillas?

Desembocó en el elegante mercado, donde los comerciantes ya estaban montando los puestos, y lo cruzó en dirección al café Du Monde. Necesitaba una buena taza de café y una porción de *beignettes*. Pero también calma, se dijo, calma para volver a lo suyo, a su ruta, a los datos, a los hechos comprobables, para no dejarse seducir por especulaciones. La euforia es la peor consejera para un investigador, recordó. ¿Qué tenía que ver la revolucionaria tesis de Forbes con la decapitación de Pembroke en Valparaíso? Esa era la interrogante primordial. ¿Y qué tenía que ver todo eso con los asesinos de acento español que había divisado Camilo en el cerro? ¿O debía volver a la tesis del vínculo de Pembroke con los narcos?

Entró al café Du Monde, semivacío a esa hora, y tomó asiento bajo el toldo verde, junto a la calle. No tardaron en traerle un café aguado y una porción de *beignettes* recién salidas del aceite hirviendo. Las espolvoreó con azúcar flor y saboreó su masa suave, de costra crujiente, que lo devolvió a los churros que venden en algunas calles de Valparaíso.

¿Estaba en efecto sobre una buena pista o la deformación profesional de Soledad Bristol lo estaba empujando a enhebrar el magnífico libro de Forbes con los asesinatos de Pembroke y Camilo? ¿No le habían dicho los académicos que nadie asesinaba por teorías culturales? ¿O estaba perdiendo el seso tras las conversaciones con una actriz porno, la conferencia de la MLA en Chicago, la actitud evasiva de los académicos y la lectura de un libro estremecedor en Nueva Orleans?

Debía andarse con cuidado, se dijo mientras un afroamericano canoso y mofletudo comenzaba a arrancarle notas a su trombón a un costado del local. Era Robert Harris, el músico que había perdido su instrumento durante el último huracán. Allí estaba otra vez: holgada camisa blanca sobre pantalón oscuro, el trombón entre las manos, el sombrero de fieltro esperando monedas en el suelo.

Lo acompañaba esta vez un saxofonista. Interpretaban «La Rosita», la canción que había escuchado la última noche que había pasado con Andrea Portofino en la agitada población Márquez.

Pero no debía dejarse seducir por los cantos de sirena de los académicos, pensó mientras saboreaba otra *beignette* y la música ascendía a las copas de los árboles. A él le pagaban para realizar una investigación seria y profesional. Su prestigio dependía de los resultados que obtuviera. No debía olvidarlo: una viuda estadounidense había cruzado medio continente para encargarle el esclarecimiento del asesinato de su esposo y él no podía defraudarla.

En todo caso, le resultaba fascinante el libro de Forbes, concluyó, secándose el aceite de los dedos con una servilleta de papel, preparándose para reanudar la marcha. Ahora entendía por qué ese texto se había convertido en la brújula inspiradora de Pembroke y en la manzana de la discordia con Puskas. En este sentido, estaba en deuda con Soledad, porque ella le había revelado el nombre del principal adversario académico del decapitado. Era una suerte que la ex asistente de Pembroke lo hubiera llamado.

Volvió a la calle preguntándose por qué los profesores del Voltaire College no le habían mencionado a Puskas. Los jazzistas de la calle interpretaban ahora «My greatest mistake», cuya melodía Cayetano sabía de memoria. Dejó dos dólares en el sombrero, que los intérpretes agradecieron inclinando la cabeza, y caminó bajo el sol hacia el río. Fue entonces, mientras pensaba en todo eso y no lograba desprenderse del recuerdo de los cautivadores ojos verdes de Soledad, cuando se detuvo para preguntarse, no sin inquietud, cuál había sido su *greatest mistake* durante aquellos días.

27

Aquel mediodía, Cayetano Brulé pasó un buen rato ante el computador del lobby del Best Western tratando de encontrar referencias sobre la disputa académica entre Pembroke y Puskas. Como escaseaba la información al respecto, supuso que esas discusiones quedaban prisioneras entre los gruesos muros de los *colleges* y los congresos y simposios. Lo que sí ocupaba un generoso espacio en la red eran las reseñas de los profesores Roig Gorostiza y Zulueta de la Renta.

El tenor de esos textos se asemejaba al de los de Sandor Puskas: atacaban frontalmente a Pembroke por ensalzar el libro de Forbes. Según ellos, este carecía de pruebas irrefutables como para ser tomado en serio por la academia. Se trataba, aseguraban, de un esfuerzo fútil y malintencionado por desvirtuar la historia documentada, desprestigiar la figura de Cristóbal Colón y negar el rol protagónico y civilizatorio de España en el encuentro entre ambos mundos.

En la red pudo constatar además que, un año antes del asesinato de Pembroke, el profesor Puskas había muerto ahogado. Soledad no le había mencionado aquello. El accidente ocurrió una noche de luna llena, cuando el académico nadaba en una de las playas de aguas turquesas que se extienden a lo largo del camino entre Tulum y Punta Allen, en el estado mexicano de Quintana

Roo. No había sido fácil explicar el drama ni en su *college* ni a su viuda: Puskas ocupaba entonces una cabaña con una joven que desapareció misteriosamente la misma noche de su muerte. Lo patético era que había anunciado que su estancia en la costa caribeña se debía a que realizaba una investigación sobre la antiquísima ruta marítima maya que unía los centros ceremoniales de Tulum y de la isla de Cozumel.

Salió al French Quarter y caminó hasta encontrar un sitio donde tomar una cerveza, pensando en que no eran baladíes las circunstancias bajo las cuales uno fallecía. Llamaba la atención, desde luego, que Puskas hubiese muerto casi justo un año antes que Pembroke. ¿Se trataba de una simple coincidencia? Un estampido lo hizo saltar de la butaca: el barman, un tipo de barriga cervecera, cinta negra en la frente y barba, acababa de azotar la jarra de cerveza contra el mesón. En fin, dijo tratando de recuperar la calma, ahora ya entendía el odio visceral que reinaba entre Pembroke y Puskas. Era un odio que seguramente seguía palpitando tras la muerte de ambos.

A juzgar por la información de la red, Puskas contaba con una legión de activos discípulos y seguidores. Sus aliados defendían la historia tradicional y ponían en tela de juicio las pruebas que aportaba el libro de Forbes. Pembroke, sin embargo, aparecía huérfano de apoyo, sin nadie a su lado que lo ayudara a defender el libro. Solo había un especialista de cierto fuste, profesor de la UNAM, llamado Efraín Solórzano del Valle, que lo apoyaba a través de una reseña publicada en la revista *Letras Libres*, de Ciudad de México, que dirige el historiador Enrique Krauze.

Bebió un sorbo de cerveza con la vista fija en el televisor que el barman acababa de encender. Proyectaban la final de fútbol americano entre los equipos de Baltimore y San Francisco. Supuso que tendría que viajar a México para consultar a Solórzano y aprender de paso algo de la Santa Muerte, pero descartó la idea al preguntarse de dónde extraía la certidumbre de que una disputa académica pudiese explicar el asesinato.

Decidió volver al cuarto y llamar a Valparaíso para ver cómo andaban las cosas en el puerto. Cada vez que salía de su despacho por un tiempo más o menos prolongado, lo asaltaba la misma duda: ¿estaría Suzuki manteniendo todo en orden? Era un síndrome del envejecimiento: creer que nadie puede hacer las cosas como uno, que uno es imprescindible. Y lo más jodido era resignarse al simple pero implacable hecho de que el mundo entero sigue funcionando perfectamente cuando a uno lo acomodan dos metros bajo tierra. Le dio un último buche a la cerveza, regresó al hotel y se tumbó en la cama, bajo las aspas del ventilador que giraban en silencio.

Despertó poco después de las ocho, cuando afuera estaba oscuro. Tomó una ducha rápida y salió al encuentro de Soledad.

28

Ella lo esperaba en el bar del Emerill's bebiendo un daiquiri. Cayetano la besó en la mejilla y ordenó un mojito.

La encontró distendida y con un brillo alerta y decidido en los ojos, que le hizo recordar a un viejo amor, a una sueca que había conocido hace mucho y se había llevado algo suyo en el vientre. De esa niña, que llevaba el apellido del actual esposo del viejo amor, solo a veces le llegaban noticias. Recordar los días felices y apasionados con la sueca e imaginar que una hija suya paseaba por las nevadas calles de Estocolmo le llenaba los ojos de lágrimas y le cerraba la garganta.

—Así que el profesor Pembroke se ganó enemigos por simpatizar con los postulados de Forbes —comentó acodado en la barra.

—Eran enemigos, pero del mundo académico —dijo Soledad—. Y ya sabemos que en la academia no se resuelven las disputas mediante la violencia. Aunque si las envidias mataran, en los *colleges* habría más muertos que en el cementerio central de Beijing.

Le trajeron el mojito y se concentró en la tarea de aplastar la hierbabuena contra el fondo del vaso. Aprovechó de decirle a Soledad que Puskas ya estaba muerto, noticia que no la sorprendió porque lo sabía mayor. Cuando le contó las circunstancias en que había fallecido, soltó una sonrisa maliciosa. En fin, pensó Cayetano, el profesor Sandor Puskas ya está muerto, y sus colegas Roig

Gorostiza y Zulueta de la Renta no dan indicios de querer hablarle ni recibirlo. Sintió que en ese ámbito su nave había encallado.

Pasaron a la mesa y partieron con un bísquet de langosta, que a Cayetano le aterciopeló el paladar. Se acordó de la canción sobre el mayor error en la vida, que había escuchado en el café Du Monde, y se preguntó si podía confiar en Soledad. Siendo franco, le despertaba suspicacia el modo en que se habían conocido.

En un inicio ella le había dicho al teléfono que lo había contactado porque los profesores de la MLA estaban al tanto de que él investigaba el asesinato. Sin embargo, emergían un par de preguntas sin respuesta: ¿Cómo se había enterado ella en Nueva Orleans de que él andaba en Chicago? ¿Quién la alertó sobre su presencia? ¿Por qué ese repentino interés de Soledad en el caso Pembroke? Se dijo que tendría que andarse con pies de plomo. «La confianza es buena, el control es mejor», decía Vladimir Ilich Lenin cuando reinaba desde el Kremlin.

—¿Cómo era Puskas? —preguntó.

—No lo conocí —dijo ella—. Recuerde que los *full professors* son vacas sagradas. Están fuera del alcance de un modesto *visiting professor*. Pero Puskas fue franquista, justificaba la Inquisición y hablaba con indisimulado desprecio de los latinoamericanos, en especial de los inmigrantes.

—¿Nos calificaba de sudacas?

—¿Cómo lo sabe?

—Fácil de suponer. Los neonazis ya navegan en Europa con velas desplegadas. ¿En el *college* se refería a los latinoamericanos como sudacas?

Soledad terminó su daiquiri.

—Desde luego que allí no —aclaró—. Lo habrían despedido en el acto. Lo decía entre amigos, según me lo comentó Joe un día.

—Veo que uno siempre estaba al tanto de lo que hacía el otro.

—Los especialistas en un tema suelen espiarse mutuamente. Es normal. Por eso los profesores prefieren rodearse de asistentes de absoluta confianza. Pero, insisto, no creo que la muerte de Pembroke tenga algo que ver con Puskas. Me duele que usted piense así. Su reticencia mutua se debía a razones académicas.

—Como el asunto Forbes.

—Exactamente —dijo ella y pidió otra copa—. Pembroke idolatraba a Forbes. Lo seguía a congresos y mesas redondas, leía sus ensayos y entrevistas, y escribió reseñas entusiastas sobre su obra. Y Puskas, a su vez, disparaba toda su artillería contra Forbes.

Les sirvieron el segundo plato, un salmón chileno al horno con quinoa y verduras, que acompañaron con un chardonnay del valle de Casablanca.

—Según lo que vi en internet, la mayoría de los especialistas discrepaba de Forbes —dijo Cayetano, catando el vino con entusiasmo—. Lo acusaban de no aportar pruebas contundentes.

—Muchos lo acusaban de ser parcial y subjetivo porque por sus venas corría sangre de *native americans*.

Cayetano barrió con la mirada el pasillo alfombrado, las columnas de madera que separaban los ambientes, los espejos biselados donde se reflejaba la distinción del local. Su chef, el célebre Emerill, pasaba saludando amable y bonachón por algunas mesas. Consultaba pareceres, palmoteaba hombros, sonreía, se cercioraba de que los clientes se sintiesen a gusto aquella noche.

—¿De qué murió Forbes? —preguntó Cayetano.

—Estaba enfermo —dijo ella, probando el salmón—. Tenía setenta y siete. Murió en el hospital. Se había retirado dos años antes. Era de procedencia humilde. Descendía de indígenas desplazados y europeos inmigrantes, de lo cual se enorgullecía.

Pensó que Forbes descendía, en cierta forma, de los perdedores de la historia. Pero en la historia nadie ganaba ni perdía para siempre. Ella deparaba sorpresas. Forbes había hecho lo correcto: retirarse a tiempo. Aquello distinguía a los boxeadores razonables de los irresponsables. Recordó el epitafio en la tumba de Joe Louis, que tanto gustaba a su padre: «Con lo que tuve, hice lo mejor que pude». Buen epitafio, se dijo. Tal vez debía instalarlo en el nicho del viejo para arrancarle una sonrisa del cielo.

A Joe Louis le asistía la razón. De eso se trata la vida, pensó, de bailotear en el ring esquivando golpes, de danzar con la guardia en alto, lanzando *jabs*, esquivando, haciendo fintas, manteniendo a distancia al adversario. Solo a veces no había más remedio que imitar a Muhammad Ali y propinar el *uppercut* demoledor.

—Dime una cosa —dijo pasando a tutearla—. ¿Cómo me ubicaste?

—Ya te lo dije, en la MLA se hablaba de ti —afirmó mirándolo seria a los ojos—. No es usual que un policía meta su nariz en la conferencia para investigar un asesinato.

—¿Pero quién te dio mis datos?

Soledad se pasó la servilleta por los labios y colocó las manos sobre el mantel. Luego agregó:

—Me pidieron discreción.

—Necesito saberlo. Hay dos muertos de por medio. Tengo que saber qué terreno piso.

Ella soltó un suspiro con la vista baja y dijo:

—Fue el profesor Hugh Malpica. Él me dio tu número. Me aseguró que estarías encantado de conocer a una ex asistente del profesor Pembroke. Estás encantado, ¿verdad?

29

Después de cenar se fueron al tradicional *evening walk* de los viernes, por las galerías de arte. Las calles, convertidas a esa hora en bulevares, se inundaban de una entusiasta marea de gente vestida de blanco, el color obligado para asistir al recorrido. Compraron cerveza en un quiosco. Más allá, en un escenario, una banda tocaba jazz.

—¿De qué pudo haber estado escribiendo el profesor en el crucero? —preguntó Cayetano sin poder recordar el nombre de la pieza que interpretaban, algo que le estaba ocurriendo con mayor frecuencia con los títulos de libros y películas.

—Es «Take Five», de Dave Brubeck —dijo Soledad, adivinando su pensamiento—. ¿Te gusta?

Le dijo que en jazz sentía una debilidad por Ben Webster y Coleman Hawkins, y en música latina por Beny Moré y su amigo Paquito D'Rivera. Luego volvió a preguntarle sobre lo que podía haber estado escribiendo Pembroke al momento de ser asesinado. Pero ella le aclaró que lo ignoraba.

—¿No eras acaso su asistente de investigación?

—Un catedrático de ese nivel no revela su proyecto a asistentes. Imparte como mucho instrucciones que dan una visión fragmentada de lo que persigue. Ya te dije, en la academia abunda el espionaje y cada *full professor* líder se cuida de ello. Por eso arma una corte de leales *assistant professors*, de dóciles ayudantes y fieles discípulos. La promoción y el futuro de todos ellos dependerán en gran medida de él.

Bebió de su vaso. Era una cerveza insípida, pero al menos estaba fría, pensó Cayetano alisándose la guayabera.

—O sea que algunos académicos son como cardenales —comentó con saña.

—No te burles —reclamó Soledad, mirando hacia la banda de jazz.

—No me burlo. Digo lo que pienso.

—En ese mundo se disputan cuotas de poder ínfimas, pero esenciales para triunfar: la oficina con mejor vista, la más distante del ascensor o la más silenciosa, pasajes en clase económica y viáticos para congresos y simposios, o espacio para publicar en revistas académicas —meneó la cabeza—, y me temo que así es en todas partes.

Soledad había obtenido un par de años antes el doctorado en español. Su tesis versaba sobre la relación entre historia y mito en la legendaria *Visión de los vencidos*, del profesor mexicano Miguel de León-Portilla. Confiaba en que su trabajo, guiado por Pembroke, le abriría las puertas a un *college* de primera. Sin embargo, atribuía su fracaso a una conjura de los adversarios del profesor, que desconfiaban de ella por ser su discípula.

Sin lugar a dudas, su momento estelar lo había alcanzado como asistente de Pembroke. Desde esa plaza recolectaba información para él y lo sustituía en clases mientras él asistía a congresos. Recibía un salario modesto, que le permitía pagar el cuarto en una pensión apartada y darse algunos gustos.

—¿No te atreves a especular sobre qué tema puede haber estado escribiendo cuando lo asesinaron? —preguntó Cayetano, soltándose los botones superiores de la guayabera.

Soledad bebió cerveza como para imponer una tregua. Parecía agobiada por el recuerdo de Pembroke y su falta total de perspectivas. La imaginó en su habitación, acompañada solo de libros sobre la América precolombina y su tesis de doctorado, aún inédita.

—Lo ignoro —dijo ella—, pero sospecho que pretendía ir más allá de Jack D. Forbes.

—¿En qué sentido?

—No lo sé.

—Debe haber ido más allá de Forbes —repitió Cayetano, burlón, afilándose las puntas del bigote—. Es una buena manera de formularlo, pero no me ayuda mucho. Dime una cosa, Soledad. —Posó una mano sobre el hombro de ella—. ¿Nunca escuchaste hablar de Efraín Solórzano del Valle?

—¿No es un profesor mexicano?

—Positivo.

Ella se mordió el labio superior, haciendo memoria.

—Creo que era medio amigo de Joe.

—¿Lo conociste?

—No, pero recuerdo haber llevado algo de la correspondencia entre ellos. Vivía en México.

—¿Eso es todo cuanto sabes? —preguntó.

Ahora subían al escenario Óscar D'León y su orquesta. La calle rugió al reconocerlo y comenzó a bailar al ritmo de la salsa.

—Ya no me hago ilusiones de entrar a la carrera académica —dijo Soledad—. Creo que podría ser feliz trabajando como vendedora en una boutique o secretaria en una empresa. Lo prefiero a ese mundo de odiosidades y frustraciones. —Un rictus de amargura afloró en su rostro—. Yo trabajé para el profesor Pembroke, conocí ese mundo y terminé en la calle.

—¿Qué propones entonces? —Cayetano arrojó su vaso vacío a un latón.

—Que me lleves como tu asistente. No te cobro nada y puedo dormir en cualquier rincón. Solo necesito que me pagues el pasaje.

Era inteligente y seductora, y a él de pronto le entusiasmó la perspectiva de que lo acompañara a Valparaíso. Podría alojarla en casa y financiar su traslado con los viáticos. Podría maquillarlos ante Lisa Pembroke como gastos personales. Andrea Portofino no exigiría explicaciones por una nueva inquilina, porque ella tampoco se las daba por los inquilinos que instalaba temporalmente en su departamento de la población Márquez. Se preguntó si la poeta tendría aún el libro de Fernando Pessoa sobre su mesita de noche.

Óscar D'León cantaba ahora «Que me quiten lo bailao». Cayetano sintió que el ritmo de la percusión y las claves se le colaba en la sangre de forma repentina. Sus ojos vagaron hasta el tentador triángulo de piel bronceada que dejaba al descubierto la blusa entreabierta de Soledad. De solo imaginar sus senos se le despeinó el alma.

—¿Te gusta la salsa? —preguntó ella, aproximándose a él.

—Para bailar, nada como la salsa.

—Me muero por bailar salsa en América Latina —dijo ella, tan cerca que Cayetano pudo aspirar su hálito a cerveza—. ¿Hay locales de salsa en Valparaíso?

Le dijo que muchos y que tal vez una noche podrían ir a La Piedra Feliz, donde tocaban notables grupos de salsa y también Los Blue Splendor.

—Entonces ¿por qué no me llevas? Podría ayudarte de varias formas. Vamos, Cayetano, no seas malito.

¿Y qué si Soledad estaba al servicio de quienes habían asesinado a Pembroke?, se preguntó Cayetano. ¿Qué tal si no era el ángel que aparentaba ser, sino una agente que se le ofrecía para impedir que él dilucidase el crimen?

Contempló el perfil de la mujer, que se recortaba contra la noche cálida, engalanada por la voz de Óscar D'León. Quizá estaba hilando demasiado fino y la mujer no era espía de nadie. A lo mejor ni la historia precolombina ni las batallas de la academia estadounidense tenían algo que ver con el asesinato de Pembroke, y él, Cayetano, andaba dando palos de ciego por el mundo.

—Yo me acomodo a lo que digas —agregó ella, adosando su vientre y sus senos al cuerpo del detective—. Ya me despedí del sueño de ser catedrática. Sin Joe quedé huérfana y sus enemigos jamás me perdonarán.

—No es fácil acomodarte allá en Valparaíso, Soledad.

—Vamos, no seas así. No te costará nada. —Ella acercó sus labios a los suyos y deslizó su mano entre los botones de la guayabera y la detuvo sobre su pecho velludo—. ¿Qué te cuesta meterme en tu maleta?

Antes de que él respondiera, ella lo besó. Fue un beso largo y apasionado. Después se fueron abrazados a su hotel del French Quarter.

30

En cuanto regresó a Chile invitó a Matías Rubalcaba a almorzar en La Concepción, de la calle Papudo. El día de la cita, el futbolista lo esperaba en la terraza del local, bebiendo un pisco sour frente a las lanchas que refulgían en la bahía.

Le refirió en términos generales su viaje a Estados Unidos, y ordenaron platos de salmón y corvina, y media botella de un carménère de Pérez Cruz, pues a Matías le bastaba con el pisco sour. No le contó, sin embargo, que había estado a punto de traer a una profesora estadounidense a su casa. Al final había tenido que mostrarse inflexible en Nueva Orleans y regresar solo a Valparaíso. La experiencia indicaba que era preferible separar bien la pasión amorosa del trabajo.

—¿Y cómo va tu postulación en Estados Unidos? —preguntó Cayetano.

Tenía novedades esperanzadoras. La Universidad de Indiana ofrecía becas a egresados de la educación media que fuesen futbolistas talentosos. Como había perfeccionado su inglés en cursos del Instituto Chileno-Norteamericano, podía darlo por hecho que al año siguiente ingresaría a esa universidad.

—Ojo con «dalo por hecho» en este país —le advirtió al joven—. Es como el famoso «no se preocupe». No lo des por hecho y preocúpate. Y acuérdate de que para decir que no en este país usan el gerundio: estamos viendo su caso, estamos trabajando en su petición, estamos averiguando su consulta. La verdad es que no han hecho nada.

—No sea aguafiestas, don Cayetano. En unos años me titularé de profesor de literatura. Imagínese la alegría de mi madre —exclamó Rubalcaba, feliz—. Pedí este pisco sour justamente para ir brindando.

—A tu salud y porque coseches todo el éxito del mundo —dijo Cayetano en cuanto le sirvieron el suyo, y no pudo dejar de pensar en Soledad Bristol y su frustrado destino como maestra de literatura. No era un ámbito donde hubiese salarios atractivos ni oportunidades. Los maestros de literatura o filosofía que conocía se la pasaban corriendo de una escuela a otra para impartir clases, cuando no andaban en marchas callejeras exigiendo, no mejor educación, que les correspondía a los estudiantes, sino mejor paga—. ¿Entonces ya no serás chef, Matías?

—Parece que no, pero seguro que allá podré hacer «pololitos» en algún restaurante italiano.

—¿Enseñarás literatura cuando vuelvas?

—Si es que vuelvo —apuntó Rubalcaba, guiñando un ojo con picardía.

Así es el mundo moderno, pensó Cayetano. Ya pocos trabajan y jubilan en el país donde nacen. El mundo estaba formado mayoritariamente por extranjeros e inmigrantes. Todos éramos extranjeros en el 99 por ciento de la superficie terrestre. ¿Quién podía decir que las tierras donde habitaba habían pertenecido siempre a su nación o cultura? Él, sin ir más lejos, era un cubano de remoto y vago origen europeo que había emigrado a Florida, la que había pasado por tantas manos, y de ahí al último confín del mundo. Y lo curioso es que se sentía cómodo como extranjero, porque en el fondo le otorgaba un balcón distinto desde donde mirar las cosas.

—Mejor para ti si no vuelves, porque aquí no pagan bien a los maestros de literatura ni reconocen a los literatos —afirmó de pronto—. Muchos creen que si estudian literatura serán escritores. Una cosa no tiene nada que ver con la otra. Se lo escuché decir en mi juventud a Pablo Neruda, al que lo extenuaban los expertos que ponían en sus poemas significados en los cuales él jamás había pensado al escribirlos. Bien que no vuelvas.

—No les pagan bien ni aquí ni en ninguna parte, don Cayetano.

—Mejor es ser detective.

—Pero no hay nada más noble que formar a los jóvenes. En clases de literatura uno puede enseñar a debatir en forma democrática y respetuosa, a hablar y escribir mejor, y hasta se puede contribuir a formar mejores ciudadanos.

—Me bastaría con que formaras mejores personas.

—A eso apunto, don Cayetano.

—Eres un gran idealista, mi amigo, y eso me emociona y por eso te admiro. Salud.

—Es la magia inspiradora de la literatura, don Cayetano.

—Tú educarás a jóvenes para que sean mejores personas, y yo me encargaré de atender tus fracasos —bromeó Cayetano, alzando de nuevo su copa.

Al frente, en el molo, las naves de guerra y el velero Esmeralda levitaban sobre el mar gris y liso.

—¿Supiste algo más de los asesinos de Camilo? —preguntó el detective.

—No veo cambios. Y los diarios no anuncian nada nuevo.

Llegaron los platos, traídos por un mozo que vestía chaqueta blanca y hablaba español con acento portugués. Las presas de pescado, preparadas a la plancha, eran generosas, envolvían langostinos al grill y venían sobre camas de quinoa y zapallo.

—Escúchame ahora muy bien, Matías, porque la cosa se pone color de hormiga —anunció Cayetano con voz grave, alzando un índice—. La muerte de Camilo podría estar vinculada con la investigación que tengo entre manos, pero aún no puedo probarlo. Por eso debes andar con sumo cuidado y adoptar estrictas medidas de seguridad: no salir de noche, no andar solo, no dejarte provocar en lugares públicos. Tienes que tomártelo en serio.

—No se preocupe, don Cayetano. Soy precavido.

—Ninguna precaución es suficiente, Matías.

—Yo conozco esta ciudad, don Cayetano. Crecí entre patos malos y sigo viviendo entre ellos.

—A Camilo lo mataron profesionales y al estilo de las mafias. Todo esto huele pésimo. Lamento haber sido yo quien te involucró en un asunto tan detestable. No sabes cómo me arrepiento, y cómo me amarga y agobia que aún no pueda dar con la hebra que guía a la madeja.

—De eso quería hablarle —dijo Matías mientras trozaba su corvina.

Cayetano lo notó nervioso.

—Me llamó El Jeque hace unos días —continuó el deportista en voz baja—. Anda preocupado porque en sus dominios están entrando competidores y con ellos la policía.

—¿Cómo lo sabe?

—Se lo huele. Le inquietan varias cosas, según me dijo. Primero, la presencia suya, don Cayetano. Él desconfía de usted. También desconfía de su vínculo con la PDI. Alguien le pasó el soplo de que usted cuenta ahí con aliados. Y ahora lo desestabilizó el asesinato de Camilo, con quien El Jeque tenía una relación. Todo eso no lo deja dormir tranquilo. Se huele una encerrona. Siente que un poder anónimo comienza a desafiarlo, un poder que es más brutal y poderoso que él. Está claro: El Jeque teme perder en ese desafío.

Alguien estaba informando a El Jeque desde el interior de la PDI, concluyó Cayetano, preocupado. Alguien lo mantenía al tanto de sus encuentros con Anselmo Marín, El Escorpión.

—¿Te amenazó a ti El Jeque? —preguntó

—No. ¿Por qué habría de hacerlo?

—No sé, pero su mensaje me huele a amenaza. Debes andar con más cuidado. ¿No sientes que te siguen?

—Me da lo mismo, don Cayetano. Estoy por irme del país.

—Sí, pero recién el próximo año, y ni eso es completamente seguro. El próximo año es el próximo año. No lo olvides.

—Soy optimista por naturaleza. Las cosas siempre se ven peor de lo que son.

—Quiero decirte dos cosas, mi amigo. Una: no sabes cuánto me arrepiento de haberte enredado en este asunto que cada día se torna más siniestro. La otra: te ruego que te marches de Valparaíso por un tiempo prudencial. ¿Tienes familiares en otra ciudad?

—No se preocupe, don Cayetano. Sé cuidarme solo. Acuérdese de qué barrio vengo.

Cayetano sorbió el último resto del vino sin replicar nada, pero inquieto. Matías debía ausentarse por al menos dos o tres meses de la ciudad, hasta que la mar se hubiese calmado. No le gustaba para nada la terca seguridad de Matías, pero no había nada que hacer para convencerlo de que se marchara. Si hubiese sido su hijo, lo habría sacado a patada limpia de Valparaíso. Una lancha llena de pasajeros zarpaba ahora del muelle.

—Hay algo más —anunció Matías, cabizbajo.

—¿Cómo que hay algo más?

Cayetano apartó el plato. Se le habían ido las ganas de comer.

—El Jeque me dio algo para usted. Cree que puede servirle. Se lo envía con el deseo de que el asunto se aclare a la brevedad y todos abandonen sus dominios.

Moctezuma, al enterarse del arribo de los conquistadores españoles a México, le envió a Hernán Cortés magníficos obsequios de oro y plata para que se marchara del imperio, recordó Cayetano. No imaginó nunca que sus presentes solo servirían para abrirle el apetito al español y convencerlo de que se quedara.

Matías sacó del maletín deportivo una bolsa de plástico y se la pasó a Cayetano.

—No la abra aquí —le advirtió, arqueándose sobre la mesa—. Dentro va una capuza negra con huecos para los ojos. Es puntiaguda como las del Ku Klux Klan.

—Eso se llama coroza.

—¿Carroza?

—Coroza. Las empleaba la Inquisición para conducir a los herejes a la hoguera.

—Bueno, como usted diga. Tiene en la frente una guadaña y unas llamas debajo.

Tomó la bolsa en sus manos, impresionado por lo que Matías acababa de revelarle. A través del plástico pudo palpar la tela acartonada de la coroza. Introdujo su mano en la bolsa e hizo girar el paño entre los dedos. Lo examinó con la vista. Ahí estaban, bordadas en rojo, una guadaña y, debajo de ella, unas lenguas de fuego. Sintió un escalofrío. Aquello era la Edad Media, el pasado siniestro de una intolerancia que al parecer palpitaba hasta hoy cobrando víctimas. Aquello era la Santa Muerte y algo más, quizá el castigo terrenal y el infierno, en todo caso era tierra incógnita, algo que él desconocía, que lo desconcertaba y atemorizaba.

—Lo envía El Jeque —repitió Matías.

Aquel regalo sugería, por un lado, una relación entre el mafioso y el mendigo, y por otro, un vínculo de confianza entre el mafioso y Matías. La primera lo ayudaba en su propósito de aclarar las cosas, la segunda le causaba desazón pues comprometía el promisorio futuro del joven.

—Se la vendió Camilo pocos días antes de morir —añadió Matías—. Creo que por eso quería verlo a usted. La noche del asesinato sus pies se enredaron con la coroza cerca de donde murió Pembroke. El vehículo de los españoles ya se había ido, Camilo intentaba huir del sitio del crimen. Tenía pánico de que lo involucraran en aquello.

Cayetano cerró la bolsa y se acomodó los espejuelos sobre la nariz. Luego se atusó con parsimonia los bigotazos entre el índice y el pulgar.

—¿Y me manda eso porque cree que puede servirme?

—Cree que puede serle de ayuda. No se asuste cuando despliegue la coroza, don Cayetano. Está manchada de sangre. Me temo que es la del profesor estadounidense.

31

—¿Una guadaña con llamas debajo? —le preguntó O'Higgins Monardes, deteniéndolo en el umbral de la mampara de su casa, como si de un predicador mormón o un testigo de Jehová se tratara.

—Exactamente. Las llamas parece que estuvieran por consumir la guadaña —explicó Cayetano—. Las vi impresas en una coroza.

Conversaban en la puerta de la casa del profesor de historia, jubilado hace decenios del Colegio Alemán, en el cerro Alegre. La dirección se la había dado Tristán Altagracia, un poeta del pasaje Fischer, del cerro Concepción: «Ve a esta casa de la calle Galos, que queda en diagonal a la parroquia de San Luis Gonzaga, allí encontrarás a Monardes, que lee por las mañanas y lee por las tardes». Altagracia presidía un cenáculo de poetas inéditos y fantasmas del puerto, y por ello se codeaba con la crema y nata del atomizado mundillo intelectual de Valparaíso.

Cuando Monardes superó su desconfianza, lo invitó a pasar al living. Cayetano se arrellanó en un sillón con resortes desvencijados. La sala tenía varios estantes con libros, y a través de sus ventanas entraba la luz amarillenta de un farol de la calle. Cayetano acababa de tomar una cerveza en la barra de mármol del Vinilo, así que rechazó el café que le ofrecieron.

—Usted tiene noción de lo que eso simboliza, ¿verdad? —preguntó Monardes desde el fondo del pozo de sus dioptrías, que le empequeñecían los ojos en su rostro ancho y mofletudo.

—Encontré unas referencias en Wikipedia, profesor. Pero quisiera saber algo más contundente. Según el bardo Altagracia, usted podría ayudarme.

—Altagracia obtiene un siete por afirmar eso. Usted, en cambio, un cero en cultura general, mi amigo, por ignorante —pontificó Monardes, y lanzó un suspiro y entrelazó las manos sobre su voluminosa barriga, ceñida a duras penas por un desgastado cinturón de cuero.

—Disculpe, soy una nulidad en historia medieval —repuso el detective, afianzándose los espejuelos.

—No hay que tener un doctorado en historia para saber de eso. Es simple y llanamente cultura general —aseveró Monardes, impertinente.

—Le ruego me perdone, profesor.

—En fin, esa es agua que pasó ya hace rato bajo el puente, aunque en esta ciudad, hace cosa de un año, apareció un decapitado con la marca de la guadaña sobre el pecho. A propósito, ¿por qué le interesa este asunto?

—Soy corresponsal *free lance* de una revista colombiana y a veces escribo sobre temas como estos. Es lo que demanda hoy la gente, usted entiende.

El profesor jugaba al molinete con los pulgares sobre su barriga. No había duda de que no le creía. Incómodo, Cayetano miró a la calle. Una van de vidrios polarizados se detuvo frente al atrio de la parroquia. Valparaíso celebrando afuera la noche, y yo ocupado de la Inquisición, la España medieval y un experto en la conquista de América decapitado, pensó. Lo cierto era que reaparecían españoles. De nuevo se entreveraban la historia de la ciudad y la de España.

Si a Pembroke le habían encasquetado la coroza con esos símbolos antes de decapitarlo, entonces el asunto adquiría un cariz más escalofriante porque podía estar vinculado con su área de especialización académica. ¿Pero no podría tratarse a la vez de los narcos? Difícil, pero no imposible, pensó. Ni El Jeque ni Anselmo Marín conocían la existencia de alguna banda de narcotraficantes que empleara esos símbolos. En México estaban los Caballeros Templarios, cuyo nombre resonaba a Medioevo, pero no se identificaban ni con la guadaña ni con el fuego, según había visto en Wikipedia. Los Zetas, por su parte, estampaban la última letra del alfabeto en las paredes o el pecho de sus víctimas. Lo que estaba fuera de duda: los verdugos de Pembroke enviaban una señal con la coroza, y esa coroza podía ser asociada a la vez con la Santa Muerte, la Virgen de los narcotraficantes.

¿O es que seguía viva la Inquisición?, se preguntó atento al silencio que reinaba en el cerro Alegre. La van seguía detenida afuera sin que nadie bajara de ella, y la calle continuaba desierta. La Inquisición desapareció hace casi doscientos años, recordó. Incluso el papa Juan Pablo II pidió perdón al mundo por sus crímenes, y en Valparaíso existía solo una calle con el nombre de Torquemada, en el cerro Toro, que tal vez ni siquiera se refería al inquisidor.

—El Papa habló de la Inquisición —masculló para reiniciar el diálogo.

—Correcto. Lo hizo en 1998, cuando abrió al mundo los archivos secretos de la institución, almacenados en el Vaticano —repuso mecánicamente Monardes.

—El perdón que le pidió a la humanidad el año 2004 llegó harto tarde para los torturados y achicharrados —alegó Cayetano.

—Permítame aclarar algo: a los condenados por herejía, la Inquisición les encasquetaba el capirote. Si el delito era leve, el capirote llevaba una cruz verde. Si era grave, llamas rojas. Ya se imagina usted en qué terminaba el amigo premiado con fuego.

—Es lo que averigüé.

—La cruz verde con cuatro lados iguales, semejantes a aspas, es la de san Andrés. Representa el martirio del santo, que fue crucificado en Patrás, Grecia, en el siglo primero de nuestra era. ¿Sabe por qué lo amarraron a una cruz en forma de X?

—No, señor.

Monardes dejó de jugar con los pulgares, pero no se movió, apoltronado como estaba en el sillón.

—Porque se consideraba indigno de morir en una cruz como la de Nuestro Señor Jesucristo —explicó, enarcando las cejas—. Estando crucificado sufrió torturas, no probó pan ni agua y predicó durante tres días hasta su muerte. En esa época a los crucificados los dejaban morir a la vera de los caminos para que sirvieran de escarmiento a los demás. ¡Pobre de quien los asistiera!

—¿Y por qué usaba la Inquisición esa cruz? ¿No murió san Andrés precisamente por no renunciar a su fe?

—Excelente pregunta, mi amigo —repuso Monardes, asintiendo con una inclinación de cabeza y un mohín de sonrisa en sus labios—. En la tradición católica, la cruz de san Andrés simboliza al piadoso que no renuncia a su dogma. De esto se apropió la Inquisición, cuyo papel era defender la verdad revelada.

—¿Y existe alguna relación entre esa cruz y España?

—Desde luego.

—A ver, eso me interesa muchísimo.

—Una descendiente de la cruz de san Andrés es precisamente la cruz de Borgoña, de Francia. San Andrés es el patrón de Borgoña. Y fíjese que Felipe el Hermoso llevó en 1506 ese emblema a España. ¿Sabe por qué? Porque su madre era oriunda de esa región. Desde entonces, la cruz de las aspas permaneció en los escudos de armas y banderas de España.

—Ahora entiendo.

Monardes balanceó la cabeza con los ojos fijos en las manchas de humedad del techo.

—Escúcheme bien —agregó tras soltar un suspiro—. Cuando en 1936 el generalísimo Francisco Franco inicia el levantamiento contra el gobierno republicano, ordenó pintar en la cola de todos sus aviones una cruz de aspas negras sobre fondo blanco. Curioso, pero hasta hoy la llevan los aviones de guerra de España. ¿Qué le parece?

España de nuevo, pensó Cayetano. Sintió que avanzaba. Si lo anterior había sido un escarpado ascenso, ahora tenía la sensación de haber alcanzado una cumbre desde la cual podía contemplar una llanura vasta, infinita, promisoria.

—Me parece notable —comentó, rascándose una oreja—. Es el puente entre la Edad Media y la actualidad.

—Pues bien, si usted quiere conocer algo asombroso, lo espero mañana, a las once de la mañana, en la iglesia anglicana, del cerro Concepción —anunció Monardes, poniéndose lentamente de pie, dando por terminada la cita—. Tendré el gusto de revelarle un secreto que usted no imagina.

32

Se sentó en la última banca de la iglesia anglicana a esperar a O'Higgins Monardes. El templo, carente de imágenes, estaba vacío. Se armó de paciencia mientras contemplaba el órgano de dos cuerpos que tenía enfrente, y pensó en lo importante que había sido conversar con el maestro.

La noche anterior, tras visitar a Monardes, se había reunido a beber un borgoña con Anselmo Marín en la barra del Cinzano, de la plaza Aníbal Pinto. El Escorpión fue enfático: en el caso Pembroke no existía pista alguna que condujera a narcotraficantes locales o internacionales. El enigma se tornaba, por lo tanto, insoluble. Y aunque en un primer momento le pareció inverosímil que el crimen de Pembroke estuviese vinculado a cuestiones académicas, los indicios se iban decantando porfiadamente en esa dirección.

Alguien comenzó a tocar el órgano. Cayetano sintió en un comienzo que ascendía como un santo a los cielos. Tal vez era una pieza de Juan Sebastián Bach, que un alma talentosa interpretaba en el mejor órgano inglés de América Latina. A través de los vitrales la luz matinal iluminaba las partículas de polvo que danzaban en el aire. Se dijo que aquello era un universo con soles, planetas y satélites, y él un gigante que con un estornudo podía causar una catástrofe.

—Vamos mejor afuera —le susurró al oído el profesor O'Higgins Monardes cuando la música alcanzaba un *molto vivace* eufórico.

Salieron al jardín, donde el sol arrancaba destellos a las placas conmemorativas de la iglesia. Aún quedaban algunas en una ciudad donde los vándalos las robaban para venderlas a coleccionistas inescrupulosos.

—Cada domingo, a mediodía, ofrecen aquí conciertos gratuitos —comentó Monardes—. Es una iglesia neomedieval. La construyó en 1858 el arquitecto inglés William Lloyd por encargo de la colonia inglesa. Desde fuera parece una casa más porque en el siglo XIX sirvió de refugio para los ingleses que enfrentaban al catolicismo, que era, como hoy, mayoritario. Pero sígame —agregó el profesor, cogiéndolo del codo—. No es el templo lo que deseaba mostrarle.

Salieron del jardín de la iglesia, viraron a la derecha y caminaron por Pilcomayo hacia el antiguo Colegio Alemán. Así que en el siglo XIX se había librado en Valparaíso una batalla religiosa, que pocos conocían, pensó Cayetano. Pensó también en el cementerio de disidentes, que estaba en el cerro de enfrente y que había sido el primer camposanto para no católicos en Chile. Con anterioridad a él, en el país los no católicos no tenían derecho a ser enterrados en cementerios. Se detuvieron ante el edificio del colegio a contemplar la escalinata que asciende hasta la puerta de rejas de fierro que da al gran patio de cemento con arcadas y pimientos centenarios.

—El colegio fue levantado en 1857 por la colonia alemana. Durante más de cuarenta años enseñé aquí historia. Este edificio no tiene secretos para mí. Fue la etapa más dichosa de mi vida —aclaró Monardes, emocionado—. Entremos. Quiero mostrarle algo que va a interesarle.

En el patio los esperaba un hombre de pelo ensortijado y canoso, vestido con buzo azul.

—Es don Lucho, el legendario mayordomo del colegio —anunció O'Higgins Monardes—. Vamos, venga, no se quede atrás.

33

Haciendo tintinear el manojo de grandes llaves oxidadas que portaba, don Lucho los guió hacia la parte más antigua del edificio, más allá de los pimientos. Rengueaba y llevaba la cabeza algo encogida entre los hombros.

—Ahora funciona aquí un instituto profesional —aclaró. Cuando no había clases, él aprovechaba la tranquilidad para hacer reparaciones en las aulas—. Los voy a dejar en la sala de los bolos y vuelvo a lo mío. Cuando terminen el recorrido me avisan.

—Llévenos, por favor, al *Festsaal* —pidió Monardes.

Subieron varios peldaños y don Lucho abrió una puerta de madera de doble ancho. Cayetano había escuchado descripciones del salón de festejos, pero era la primera vez que lo visitaba. Lo impresionó: era enorme y de puntal altísimo, con piso de parquet, balcones, generosas ventanas que miran a los cerros, una lámpara de cristal gigantesca y un gran espejo biselado. En la parte superior de las paredes brillaban los escudos de los estados alemanes de antes de la Segunda Guerra Mundial.

—Este es uno de los salones de actos más bellos del continente —afirmó Monardes, extendiendo los brazos con orgullo—. Por este escenario pasaron en otra época las mejores obras de teatro y grandes concertistas, y el salón albergó las fiestas más exclusivas del país, mi amigo.

Volvieron al pasillo. Don Lucho les abrió otra puerta y se alejó. Cayetano y Monardes bajaron por una escalera y se encontraron con varias pistas de juego de bolos. Vieron también una hilera de ventanas y los pilares de ese edificio con más de siglo y medio de historia que está construido en las laderas del cerro Concepción. Junto al muro de ladrillo a la vista había mesas y sillas antiguas, y botellas de cerveza alemana vacías. De pronto tuvo la sensación de haber llegado a una Alemania de antes de la última guerra.

—Le suplico que me siga —dijo Monardes, que caminaba a sus anchas por el lugar—. Mire lo que hay acá.

Bajaron cinco peldaños y entraron a una sala donde se apilaban muebles cubiertos de polvo. Monardes encendió la linterna que llevaba en la chaqueta y guió a Cayetano por un pasadizo de paredes agrietadas, donde olía a humedad. Un ratón cruzó veloz por el piso de tablas y desapareció por un hueco. Subieron por una escalera de caracol y alcanzaron un hemiciclo con varias puertas.

—Sígame —dijo Monardes, franqueando una de las puertas.

¡Estaban en el escenario del *Festsaal*! El magnífico parquet refulgía perfecto bajo el sol que se filtraba por las ventanas.

—Y ahora sírvase venir por acá —dijo Monardes con voz trémula.

¿Qué tenía que ver todo eso con su investigación?, se preguntó Cayetano apoyándose en el pasamanos de la escalera de caracol que lo devolvía al pasadizo en penumbras, que lo recibió con una crujidera de tablas resecas. Temió que se estuviese convirtiendo en uno de esos detectives que con los años disfrutan más los desvíos del recto camino que el cumplimiento de la tarea encomendada.

Monardes avanzaba confiado. Lo siguió. Pasaron por una sala de estar y dos amplios dormitorios, y finalmente llegaron a una cocina. Allí había un horno de gas, una mesa con seis sillas y cajas de cartón llenas de documentos. De una puerta colgaba un calendario alemán de 1944, impreso en letra gótica. Mostraba una foto aérea del Berlín de los años treinta del siglo pasado.

—¿Qué le parece todo esto? —preguntó el profesor.

Le dijo que jamás habría supuesto que detrás de la imponente fachada con forma de fortaleza del antiguo colegio se ocultase un mundo paralelo, disimulado para quienes lo contemplaban desde el exterior, e inaccesible a la vez para quienes frecuentaban el establecimiento. Lo habían construido en las escarpadas laderas del cerro, adosándolo a la estructura central del edificio, creando una suerte de doble fondo del colegio. Desde la subida Almirante Montt o la calle Beethoven, situadas diez o doce metros más abajo, nadie sospecharía que allí había una amplísima vivienda.

—Es un departamento secreto —afirmó Cayetano.

—Usted me preguntó ayer por la vigencia de los símbolos medievales vinculados al capirote. Pues en este edificio del siglo XIX tiene una respuesta —dijo Monardes con un atisbo de locura en las pupilas.

—¿A qué se refiere?

—En el siglo XIX, las colonias más poderosas de Valparaíso eran la alemana y la inglesa, integradas por comerciantes, agentes navieros y profesionales. Eran ricos y vivían en el cerro Alegre y en el Concepción. Este era su mundo —precisó Monardes, ceremonioso—. Los chilenos no habitaban en estos cerros. Aquí se hablaba solo alemán e inglés. Era un reducto anticatólico, si se quiere. Recuerde que en el Chile de comienzos del XIX, solo los católicos podían ser enterrados en los cementerios. El resto simplemente era arrojado en saco al mar. Nuestra bahía está llena de misterios.

—Los arrojaban al Pacífico como lo hicieron con el vagabundo —masculló Cayetano.

La mirada de O'Higgins Monardes se tornó sombría.

—¿Su investigación tiene algo que ver con el vagabundo que vivía bajo el puente Capuchinos? —preguntó, clavándole una mirada severa.

—No, pero ese tema me vino a la memoria.

Monardes lo escrutó con aire burlón desde la hondura de sus cristales.

—Si tuviera algo que ver, yo podría ayudarlo —afirmó Monardes, insidioso—. En fin, lo que quería decirle es que en los años treinta y cuarenta del siglo pasado, en esta ciudad hubo espías, intrigas y enfrentamientos entre quienes apoyaban a Adolf Hitler y quienes se oponían a él.

—Así es que la Segunda Guerra Mundial tuvo entonces su reflejo aquí tal como la Guerra Fría lo tuvo en los años setenta.

—Así fue. Los alemanes residentes en Valparaíso ingresaron al partido nazi con la ilusión de conquistar el poder en Chile. Recuerde que este país le declaró la guerra a la Alemania nazi recién en 1945, cuando la suerte de la conflagración estaba echada. Hasta ese momento, este país fue estrictamente neutral. Imagínese, ¡neutral entre el nazismo y el Occidente democrático, neutral frente a los campos de concentración y el exterminio de judíos!

Entonces la atracción fatal de muchos chilenos por las dictaduras era de larga data, concluyó Cayetano mientras el profesor lo guiaba a un salón de ventanas estrechas y paredes descascaradas. Ahora podía explicarse por qué unos justificaban sin ruborizarse a Pinochet, Franco y Hitler, y otros a Stalin, Kim Il Sung y los Castro. Se imaginó el Valparaíso de los años treinta y cuarenta del siglo pasado: mítines y marchas callejeras nazis y antinazis, enfrentamientos, golpizas, asesinatos, espías, agentes dobles, encuentros clandestinos. Unos tratando de sumar a Chile al Eje, otros tratando de impedirlo.

—Nadie sabe que aquí hubo colaboración entre los nazis y el medio centenar de españoles nacionalistas, que se refugió acá en

1937, huyendo del gobierno republicano —agregó Monardes—. Claro que cuando triunfó Franco llegaron más de tres mil quinientos republicanos, dos mil doscientos de los cuales lo hicieron en el barco francés *Winnipeg*, contratado por Neruda.

—Esa parte sí la conozco.

—Pues bien, fíjese que unos seiscientos cincuenta se instalaron en Valparaíso. Pero lo cierto es que en los años de los campos de concentración y el Holocausto, en esta tranquila ciudad en la que usted vive, los alemanes nazis y los españoles nacionalistas se aliaron para lograr que Chile apoyara al Eje. Era una tarea secreta que tenían los nazis en todo el mundo.

Monardes se detuvo en el centro del salón, junto a una maciza columna de roble. La palmoteó con una mano y luego dijo:

—Observe con atención, señor Brulé, esta es la columna principal del edificio. Y esa magnífica viga de pino Oregón que pasa sobre nuestras cabezas —señaló hacia lo alto— se denomina viga maestra. La intersección entre la columna y la viga es lo que sostiene, como Atlas al mundo, todo el entramado de este maravilloso edificio del siglo xix. En ese cruce entre la columna y la viga maestra anidan el alma y el músculo de esta construcción.

Tras decir esto, Monardes cargó a duras penas una escala de madera hasta la columna. La apoyó en la viga maestra, se cercioró de que estuviese segura e invitó a Cayetano a trepar por ella.

Comenzó a hacerlo peldaño a peldaño, titubeante y tembloroso, preguntándose de nuevo qué diablos hacía allí, reprochándose que hubiese perdido por completo su norte en la investigación.

—Los antiguos profesores alemanes del colegio, que militaron en el Partido Nacionalsocialista —continuó contando Monardes desde abajo—, se reunían con espías de los *U-Boote*, que se acercaban clandestinamente a la bahía en busca de víveres.

—¿Y qué tiene que ver este salón con todo eso?

—Aquí celebraban los nazis esos encuentros con los marinos alemanes, pero también con sus grandes aliados en Valparaíso: los nacionalistas españoles.

Cayetano alcanzó con dificultad la viga maestra y miró hacia abajo. La escala cimbraba y se arqueaba. Si se caía, se quebraba el espinazo, pensó. O'Higgins Monardes aguantaba la escala con ambas manos y su calva brillaba bajo las ampolletas del salón.

—No tema, señor Brulé, yo estoy sosteniéndolo, confíe en mí —dijo el maestro—. Suba otro peldaño y observe lo que hay sobre la viga, a cada lado de la columna.

Alzando con cuidado un pie detrás del otro para no caer al vacío, Cayetano Brulé alcanzó la altura que Monardes le indicaba y trató de ajustar sus ojos miopes a la penumbra. Por el lado derecho de la columna, tallada en la viga, vio una cruz gamada. Y por el lado izquierdo, hendida también en la madera, se encontró con la cruz de san Andrés.

—Ignoro en qué anda usted, señor Brulé, pero quiero advertirle tres cosas —escuchó decir a O'Higgins Monardes desde abajo—. La primera es que no hay que verse la suerte entre gitanos. La segunda es que cabalga por territorio comanche —hizo una pausa cargada de suspenso mientras Cayetano comenzaba a descender—. La tercera es que en estos menesteres tenga mucho cuidado, porque, como advierten los espejos retrovisores de los coches americanos, los objetos reflejados pueden estar más cerca de lo que usted imagina.

34

El LAN procedente de Santiago arribó al aeropuerto internacional Benito Juárez, de Ciudad de México, a las 5.45 de la mañana. No había sido un mal vuelo, pensó Cayetano. Le había ayudado al menos a convencerse de que no perjudicaba contar con la Santísima al otro lado del charco de la vida. Aprovechó de leer un cómic de Rodrigo López y varios capítulos de un libro de Leonardo Sáez sobre Valparaíso, y no logró, desde luego, pegar pestaña. En cuanto dejó el gran edificio para tomar un taxi, un aire fino y tibio, levemente ácido, se filtró hasta sus pulmones.

Tras deslizarse a la vuelta de la rueda por avenidas atascadas de vehículos y con vendedores ambulantes y mendigos en los semáforos, el taxi dejó a Cayetano ante la puerta del Gran Hotel Ciudad de México, en el centro histórico del Distrito Federal. Le gustó de inmediato la construcción *art nouveau* de cuatro pisos, con balcones interiores de balaustradas pintadas de verde, piso de mosaico y columnas de mármol italiano, que a comienzos del siglo XX fue la primera tienda de departamentos que se inauguró en el país.

Lo alojaron en el tercer piso, en un cuarto estrecho que ofrecía vista al Palacio Nacional y al Zócalo, en cuyo centro flameaba una gigantesca bandera mexicana. A la izquierda, la catedral gótica era una catarata de agua que centelleaba en la oscuridad.

Llamó a la oficina del profesor Efraín Solórzano del Valle poco después de ducharse y desayunar huevos revueltos, acompañados de frijoles y tamalitos, café y pan dulce. La secretaria le informó que su jefe llegaba sobre las once. Dejó el número de su habitación y el recado de que llamaba en relación con la muerte del profesor Joe Pembroke y se quedó dormido en la cama. Soñó nuevamente con su padre. Lo vio decrépito y viejo, enjuto y extenuado, sin dentadura, esperando la muerte, pero sin ganas de morir; peor aún, con miedo a morir. A esas alturas su padre era un anciano inmensamente orgulloso de su hijo detective. Creyó que iba a revelarle algo, cuando sonó el teléfono y su imagen se desvaneció.

Cayetano atendió el llamado.

—Señor Brulé, es un honor darle la bienvenida a México. —Era el profesor Solórzano del Valle desde su oficina en la UNAM. Cayetano se sentó en la cama de barrotes de bronce—. Al mismo tiempo permítame expresarle mi conmoción y tristeza por la infausta noticia que me transmitió mi secretaria. ¿Es cierto lo que acabo de escuchar? ¿Es posible que mi amigo Joe haya fallecido hace más de un año y yo ni siquiera me haya enterado para enviar al menos un mensaje de condolencias a la viuda?

Le explicó grosso modo lo ocurrido, y el motivo por el cual estaba en México. Acordaron almorzar a las tres de la tarde en el restaurante La Rosetta, en Colima, cerca de la plaza Río de Janeiro, en el barrio de La Condesa.

Se vistió y salió a la calle 16 de Septiembre llevando bajo el brazo algunos apuntes de Pembroke que le había hecho llegar su viuda. Necesitaba caminar para tomarle el pulso a la ciudad. Deambuló por el paseo Madero, donde recién abrían las tiendas y en el pasado abundaban las librerías, y después visitó la imponente catedral, construida sobre las ruinas de palacios aztecas. A la salida del templo aceptó el rito de despojo que ofrecen brujos y chamanes porque sintió que necesitaba alejar a los malos espíritus. No creo en brujos, pero de que los hay, los hay, se dijo. Al rato, ya en el Palacio Nacional, admiró los murales de Diego Rivera sobre la historia de México y después caminó por el centro hasta encontrar un café donde examinar con calma los textos de Pembroke.

Se llamaba Tacuba: paredes blancas, techo combado y arcos del siglo XVIII, buena música y olor a café y pastelería. Tomó asiento bajo un enorme óleo de sor Juana Inés de la Cruz mientras la voz de Fernando de la Mora cantaba «Camino de Guanajuato»: «No vale nada la vida, la vida no vale nada. Comienza siempre llorando, y así llorando se acaba, por eso es que en este mundo la vida no vale nada». Tiene toda la razón José Alfredo Jiménez, concluyó. La canción debiera ser el himno de un detective que explora mundos donde la vida, como en el caso del pobre de Pembroke, no vale nada. A una dependienta vestida de traje y cofia blanca le pidió expreso doble y churros calentitos.

En el avión, durante el desayuno, ya más alerta gracias al café, había alcanzado a examinar algunas páginas de la libreta de apuntes del profesor. Cada vez que lo hacía, enfrentaba dos problemas: descifrar la complicada letra de Pembroke y encontrar datos que fuesen de relevancia para la investigación. Y esta vez no había sido diferente. Sin embargo, a diez mil metros de altura había logrado apartar algunos pasajes que concitaron su atención y que ahora volvía a leer. Uno de ellos era una lista de ciudades:

    a.—Antigua Guatemala
    b.—Cartagena de Indias
    c.—La Habana
    d.—Valladolid
    e.—Pyongyang

¿Qué podía significar ese collar de ciudades?, se preguntó mientras saboreaba ahora un churro que le recordó los *beignettes* de Nueva Orleans. ¿Qué podían tener en común esas ciudades para un experto en historia precolombina? Curioso que figurara allí también la capital de Corea del Norte. Porque resultaba evidente que las tres primeras ciudades tenían algo en común a simple vista: eran latinoamericanas y exhibían una magnífica arquitectura colonial. Valladolid era europea, pero tampoco desentonaba tanto en esa categoría. ¿Pero Pyongyang?

El expreso estaba ácido e insípido. Parece que en México tampoco saben hacer buen café, se dijo mientras contemplaba el local animado por una clientela conversadora y gozadora de la vida. Era amplio el Tacuba: lo conformaban dos pasillos gemelos que remataban al fondo en la pastelería. Según la carta, fue fundado en 1912 por el tabasqueño Dionisio Mollinero, y desde entonces parte de la historia intelectual mexicana encontró allí adecuado escenario. Contemplando el local, quedaba en evidencia que los mexicanos tenían, como nadie en el continente, conciencia plena de su historia, que cultivaban con ahínco. Ahora, Omara Portuondo cantaba «Veinte años»: «Fui la ilusión de tu vida un día lejano ya, hoy represento el pasado, no me puedo conformar con qué profunda tristeza miramos un amor que se nos va, es un pedazo del alma que se arranca sin piedad».

Pidió otra porción de churros preguntándose si la lista de ciudades podría tener alguna relación con el tráfico de drogas. Según Suzuki, Pembroke había aprovechado el crucero para disimular sus nexos con narcotraficantes en los puertos donde recalaba el *Emperatriz del Pacífico*. Eso explicaba que viajara solo, creía su asistente.

Había otra lista desconcertante en los apuntes de Pembroke. Una que incluía apellidos y ciudades:

a.—Colón, Valladolid
b.—C d Texcoco, Ciudad de México
c.—Valdivieso, León
d.—Fernández, Valparaíso
e.—Gómez, Cádiz
f.—Antigua, Xultún
g.—Lynch

Soltó un resoplido, apartando la tacita vacía. Nada de eso tenía sentido. ¿Qué mierda significaban esas ciudades y esos apellidos? ¿Por qué el último no aparecía acompañado de una ciudad? ¿Tenían esas personas relación con el crimen? ¿Eran académicos o mafiosos? ¿Y Pyongyang? ¿Qué tenía que ver en esto la capital de la dictadura monárquico-comunista iniciada por Kim Il Sung, continuada por su hijo Kim Il Jon y encabezada en esos días por el nieto del primero? Recordó que entre los libros encontrados en el camarote de Pembroke había uno del norcoreano. Tal vez debía consultar en Valparaíso a su contacto del Partido Comunista, agrupación que simpatizaba con el régimen de Pyongyang.

Ahora, Armando Manzanero cantaba «Esta tarde vi llover». Decidió llamar al celular de la viuda de Pembroke.

—Tengo una pregunta breve —le dijo cuando ella le anunció que acababa de regresar a Chicago—. ¿Podría hacerme llegar el volumen de las *Obras completas* de Kim Il Sung, que su esposo llevaba en el *Emperatriz del Pacífico*?

—Por favor —exclamó ella, extrañada—. ¿Pero en qué anda usted, señor Brulé?

—¿Puede enviármelo a Valparaíso?

—Bueno —dijo la viuda sin ocultar la molestia en su voz—. Por cierto —continuó—, hallé otro de sus cuadernos de apuntes. Ignoro si sirve a sus propósitos. Se lo enviaré en todo caso con el libro del coreano que me pide.

35

El profesor Efraín Solórzano del Valle lo esperaba acompañado de un vasito de mezcal Pierdealmas y un platillo de escamoles, en la última mesa del largo y estrecho restaurante La Rosetta. Eran las tres de la tarde y el local recién comenzaba a llenarse de comensales en busca de almuerzo.

Llevaba barbita de chivo, gafas de marcos metálicos a lo John Lennon y pelo corto. Tenía unos cincuenta años, la piel blanca y los ojos pardos, y el físico esmirriado de quien nunca practica deportes. Estaba consternado por la noticia de la muerte de su colega y deseoso de ayudar a Cayetano Brulé en la investigación. Conocía a Pembroke a través de su obra y, algo importante para el detective, de encuentros que habían sostenido en el Distrito Federal y el centro ceremonial maya de Tulum, en el Caribe mexicano.

—¿Por qué en Tulum? —preguntó Cayetano después de ordenar también un mezcal, la milenaria bebida de los zapotecas, que nunca había probado.

Aquello sí le sonó interesante. ¿No se trataba acaso del mismo lugar donde había muerto ahogado el académico Sandor Puskas, un año antes de la muerte de Pembroke? ¿Y no iba Puskas acompañado de una joven que había desaparecido misteriosamente?

—Fue durante un congreso sobre historia precolombina, celebrado en Cancún —explicó Solórzano del Valle con voz grave y pausada—. Joe quería visitar las ruinas de un puesto de vigilancia maya en la reserva ecológica de Sian Ka'an.

—¿Qué hay ahí?

—Es una modesta construcción de piedra, rectangular, de tres metros de altura y un interior de no más de diez metros cuadrados. Tiene vanos de ventilación y el típico remate de penacho maya. Levantada en la península que une a Tulum con Punta Allen, a medio camino entre el mar Caribe y la laguna interior, servía de faro a la flota maya prehispánica. ¿Le apetecen los escamoles?

—¿Qué son? —preguntó Cayetano, examinando el platillo con algo que parecía granos de marfil.

—Larvas fritas de hormiga. De una hormiga que las deposita metros bajo tierra. Solo se cosechan durante Cuaresma, bajo magueyes y nopales. Fue el caviar de los nobles de Mesoamérica antes de que llegara Colón. Hoy es tan caro como el caviar ruso.

Vertió una cucharada sobre una tortilla de maíz con guacamole y la enrolló. Bebió un sorbo largo de Pierdealmas, que le abrasó el esófago y los intestinos y le insufló oleadas de humo en la cabeza, y solo después se atrevió a probar bocado. Regresó de inmediato al mezcal y a otra porción de escamoles.

—¿Pero qué buscaba Pembroke en Sian Ka'an? —insistió, volviendo a sentir cómo varias oleadas de humo alcohólico ascendían a su cerebro inoculándole un sopor placentero—. ¿Qué significa Sian Ka'an?

—Quiere decir «Puerta del cielo» o «Lugar donde nace el cielo» en maya. Ya puede imaginar la belleza estremecedora de ese mundo: mar turquesa, arenas blancas, vegetación intensa, calor húmedo y cielo azul despejado.

—Hace años estuve cerca, en la isla de Cozumel.

—Eso fue un centro ceremonial maya de primera magnitud, vinculado a la fertilidad humana. Lo que Joe quería era examinar las paredes interiores del puesto. ¿Por qué? Simple:

buscaba información sobre el paso de naves por esa costa. La Marina Mercante maya llegaba por el sur hasta Panamá, y por el norte hacía cabotaje por toda la península de Yucatán e incluso más allá aún. Eran grandes navegantes. —El profesor miró a través de las gafas a Cayetano y le preguntó—: ¿Se atreve usted a probar chapulines?

—¿Qué es eso?

—En idioma náhuatl significa «insecto que rebota como pelota de hule». Son saltamontes fritos, preparados a la manteca y con sal. Vienen del estado de Oaxaca. Una delicia.

Los ordenaron y, para seguir picando, pidieron también botanas de percebes, pimientos fritos y berenjenas, caracoles y más mezcal. Esta vez uno llamado Murciélago.

—El comercio internacional, digámoslo así, era lo que obsesionaba a los mayas. Impulsaron la primera globalización en este hemisferio, diría yo —continuó el profesor tras vaciar su bebida—. Los comerciantes transportaban de todo: obsidiana, liquidámbar, turquesa, pieles de leopardo, jaguar, tigrillo, venado o tepezcuintle.

—¿Tepez cuánto?

—Tepezcuintle.

—¿Y qué es eso?

—Un roedor de la selva de carne deliciosa. Parecida a la de la ternera. Lamentablemente está en peligro de extinción por la caza indiscriminada. Pak lo llaman los mayas, que también exportaban plumas de quetzal, faisán, tucán y codorniz, y resinas para incienso, caucho, troncos de caoba, ceiba y cedro. ¿Qué le parece?

—Asombroso.

—Y eso no es todo. También acarreaban pescado salado, carne de pecarí, armadillo, iguana, guajalote, tortuga, miel de abeja, y hasta tubérculos como la yuca o el camote, para no hablar de la sal, la pimienta o la vainilla.

—Según Jack D. Forbes, todo eso lo transportaban los mayas en grandes cayucos, a menudo más grandes que las carabelas españolas.

—Así es. Eran experimentados navegantes, pese a que algunos insisten en pintarlos solo como agricultores y constructores de templos. ¿Así que leyó el libro de Forbes?

—Claro que sí. Joe Pembroke admiraba a Forbes.

—Más aún, lo adoraba —aclaró Solórzano del Valle mientras desparramaba chapulines sobre una tortilla con queso derretido—. Los mayas navegaban en esos cayucos, que eran troncos ahuecados y que, como usted bien señala, eran muchas veces más largos que las naos de los conquistadores. En su primer viaje, Cristóbal Colón avistó en la costa hondureña un cayuco de dos metros de ancho y con más de veinticinco remeros. Navegaban veloces, cargados de productos, Colón no pudo darles alcance. Y ellos no parecían disponer de tiempo para entrevistarse con los europeos. Si Colón los hubiese detenido y parlamentado con ellos.

—La historia de América habría cambiado —comentó Cayetano, pensativo.

—Así es. Colón se habría enterado de que estaba a tiro de piedra de una civilización mayor, extraordinaria, que nunca tuvo la oportunidad de ver.

—Tal vez México se llamaría ahora Colombia.

—Puede ser. Forbes cuenta que los mayas disponían de velamen y que llegaron a Europa gracias a su tecnología naviera, sus conocimientos de las estrellas y la corriente del golfo.

—¿La misma que pasa frente a La Habana?

—Correcto, la que sube luego por la costa este de Estados Unidos y tuerce después a Europa, pasando frente a Irlanda, bajando finalmente por la costa occidental de África —agregó el profesor, adueñándose del nuevo vasito que acababan de poner sobre la mesa—. ¿Qué opinión le merece este mezcal? Tanto el Pierdealmas, de 52 por ciento de alcohol, como el Murciélago, de 43 por ciento, son artesanales. Los mezcales industriales son para turistas gringos. ¡Salud!

Ya bajo el efecto del alcohol, optaron por la sugerencia del chef: sopa de ajo y de fondo cabrito asado, un plato que allí preparaban con destreza, según el profesor, y cerveza artesanal. Cayetano aprovechó para explicar por qué le interesaban las concepciones académicas de Pembroke. Solórzano del Valle, conocedor de las odiosas disputas académicas, se mostró interesado, pero creía que su colega había muerto por alguna lamentable confusión que nunca nadie dilucidaría.

—Hay crímenes que devienen enigmas eternos, en especial cuando se deben al azar o a la mano de poderes fácticos —agregó.

—¿Usted sabe en qué tema trabajaba Pembroke cuando fue asesinado? —preguntó Cayetano.

—No, por desgracia. Hace mucho que no nos veíamos. Pero debe haberse ocupado de lo que lo obsesionaba: fortalecer la teoría de Forbes para conquistar la venia y la aprobación de una academia eurocentrista. Esta la integran profesores que piensan que el Nuevo Mundo esperaba pasivamente la llegada de los europeos para ser incorporado a la historia y la conciencia del planeta. Y dentro de ellos se perfilan dos grandes bandos: los que creen que Colón fue el descubridor y los que piensan que lo fue el escandinavo Eric el Rojo.

Cayetano se aventó un nuevo sorbo de Murciélago. Sintió que sus vísceras se conmovían bajo el avance del fuego líquido. Luego, sintiendo un leve mareo, preguntó:

—¿Cómo se prueban circunstancias que se dieron hace tanto tiempo y que la historia oleada y sacramentada desconoce?

Tuvo que tragar rápido una quesadilla con chapulines para neutralizar el impacto del mezcal. De golpe se sintió transportado a una dimensión irreal, que era al mismo tiempo una prolongación de un México que no conocía.

—Las circunstancias se prueban probándolas —dijo el profesor y enarcó varias veces las cejas, algo burlón—. Se prueban hallando inscripciones en estelas, objetos que el comercio llevó de un extremo al otro del mundo, códices mesoamericanos y textos de los primeros europeos en el Nuevo Mundo que lo sugieran. No es fácil. —Sacudió la cabeza—. No es fácil. Además, si los eurocentristas dirigen en contra tuya una andanada de ensayos, te destrozan para siempre tu prestigio.

Les sirvieron la sopa de ajo. Aún no llegaba la cerveza. Siguieron con otro mezcal. Cayetano se dijo que las muertes de Puskas y de Pembroke tenían que estar asociadas, al menos a través de la historia. Ambos carecían ya de prestigio.

—La prueba definitiva de algo así pudo haber estado en los códices mayas prehispánicos —continuó Solórzano del Valle—, pero solo sobrevivieron tres y, algo inaudito, los tres están en Europa.

—¿Cómo?

—Esos valiosísimos documentos con imágenes, funciones calendáricas y rituales, elaborados por los cultos tlacuilos, los intelectuales de la élite maya, están en la Sächsische Landesbibliothek de Dresde, en la Biblioteca Nacional de París y en el Museo de América de Madrid. ¿Qué le parece?

—Al final la memoria maya la controlan los europeos.

—Así es.

—¿Y por qué es así?

—Pues porque se apropiaron de ella a través de leguleyadas, lisa y llanamente. Y lo peor es que los conquistadores destruyeron el resto de los códices mayas que hallaron a su arribo. Usted no lo va a creer: quemaron toneladas de códices en autos de fe. El principal bribón fue fray Diego de Landa, un satanás de la hoguera. Apréndase de memoria sus palabras: «Hallámosles grande número de libros de estas sus letras, y porque no tenían cosa en que no hubiese superstición y falsedades del demonio, se los quemamos todos, lo cual sentían a maravilla y les daba pena».

Impactado, Cayetano miró a su alrededor y pensó que quienes comían y conversaban en La Rosetta de algún modo eran descendientes de las víctimas y también de los victimarios de aquellos crímenes.

—Y hay un tal Zumárraga, obispo de esta ciudad —agregó Solórzano del Valle alzando las manos, alterado, rojo de ira—, que en Tlatelolco, nada lejos de este local, arrojó al fuego cinco mil códices con la historia, la cultura y las ciencias aztecas. Ese religioso formó una pira tan alta como un cerro. Claro, los españoles de esa época eran hijos y autores de la Inquisición y la intolerancia, de los autos de fe, la persecución de árabes y la expulsión de los judíos. De este modo, en estas tierras no dejaron ni rastro de esa rica memoria milenaria.

—Y lo poco que se salvó se lo llevaron.

—Así es. Y vaya a exigirlo ahora de vuelta a los europeos…

—Discúlpeme, profesor, una pregunta muy franca y tal vez ingenua: ¿cuál sería hoy la importancia práctica de demostrar la tesis de Forbes? —preguntó Cayetano antes de vaciar el mezcal, que al parecer los mozos llenaban una y otra vez, sin que él se percatara de que lo hacían. Ahora, de pronto, se sentía mareado, no borracho, mareado y azorado por el relato del profesor, y con un incontrolable deseo de hablar y una curiosa y repentina habilidad para pensar con claridad meridiana. No era para menos: en el estómago solo tenía saltamontes y huevos de hormigas.

—Muy simple —repuso el profesor, recuperando la solemnidad y la gravedad de su voz—. ¡La historia sería otra!

—Pero eso no cambia nada —reclamó Cayetano. Agarró la cuchara para atacar la sopa—. España llegó, saqueó, esclavizó, pero dejó también aportes extraordinarios, entre ellos la lengua, y gracias también a España esta región se convirtió en lo que hoy somos, nada envidiable, por cierto, pero vital y original y pasmosamente real.

Solórzano del Valle alzó la bebida y miró a través del vasito translúcido.

—¿Realmente no se da cuenta del impacto que tendría lo que estamos hablando? —preguntó, defraudado.

—Siendo franco, no.

—Si se comprueba eso que Forbes sugiere y que los españoles ponen en duda empleando su maquinaria mundial, cambiaría todo, señor Brulé. No puede ser que no advierta eso. Cambiaría el discurso del Imperio español, la justificación religiosa de que la Providencia puso al continente en manos de Europa para que esta lo cristianizara, dominara y explotara. Amigo Cayetano, si se logra probar eso se hunde todo el discurso fundacional de una era. ¿No lo entiende?

—Pero el impacto concreto hoy sería mínimo.

—Escuche. —Había impaciencia ya en su tono—. Si se prueba que antes de que llegaran las carabelas en 1492 a las Antillas, los cayucos mayas visitaban ya las costas europeas, entonces sucumbiría toda la arquitectura justificadora del discurso imperial, católico y eurocentrista. La historia sería otra. Ya no la contarían solo los vencedores.

—¿Y qué sacaría en limpio? —Cayetano enarcó las cejas y lo miró fijo.

—De partida, que toda la toma de posesión de tierras para la corona española quedaría desacreditada, puesto que los habitantes del Nuevo Mundo habían estado ya en Europa y habrían tenido el mismo derecho con respecto a tierras europeas.

—Eso es historia ficción.

—Y por lo mismo, el origen de las grandes propiedades territoriales de los conquistadores y sus familias sería hoy ilegítimo

—continuó el profesor sin dejarse interrumpir—. ¿Se imagina? ¿Puede imaginarse el monto de las indemnizaciones que los europeos y criollos americanos tendrían que entregar hoy a las comunidades indígenas en México? La historia, mi querido amigo, se puede reescribir mil veces y eso se hace desde el presente, desde el día de hoy, basándose en documentos de la época.

—Todo lo que me dice suena original y me da mucho que pensar, profesor, pero yo creo que aquello, de ser como usted dice, no cambiaría en un ápice la vida del mundo ni siquiera el desarrollo de este almuerzo en que disfrutamos manjares prehispánicos. La historia es una disciplina indiferente al dolor y la injusticia, profesor.

Advirtió el relámpago de ira en sus ojos. Lo había provocado más allá de la cuenta, pero lo cierto es que detestaba las especulaciones. Era de sobra conocido que la historia la contaban los vencedores, y que los silencios de los derrotados eran como los agujeros en los quesos de esa historia, no bastaban para que el queso dejara de ser queso. En todo caso, un detective tenía que rechazar tanta divagación y ajustarse a datos precisos y verificables, ajenos a especulaciones. Por lo demás, Lisa Pembroke esperaba resultados concretos, no teorías de académicos.

—Dígame una cosa —continuó Cayetano cuando terminaban la sopa—. ¿Usted tiene algún apunte o mensaje electrónico de Pembroke que me ayude?

El profesor colocó la cuchara en el plato y dijo:

—Buscaré en mis papeles. Si encuentro algo, se lo envío al hotel.

—Y permítame otra pregunta. ¿Sabe dónde está el templo en honor a la Santa Muerte?

Vio que su rostro se tensaba, sorprendido.

—¿Tiene interés en visitar el Adoratorio de la Santísima, en el barrio de Tepito? —preguntó bajando la voz.

—Correcto.

—Si es así, estimado amigo, cuando terminemos estos manjares nos despojamos de la corbata y el saco y nos vamos a rendir pleitesía a la Poderosa Dueña de la Negra Mansión de la Existencia y Emperatriz de las Tinieblas.

36

Salieron a la calle Colima y subieron a un destartalado taxi Volkswagen con taxímetro defectuoso, que los dejó en el mercado de Tepito. Pasaron entre las tiendas de artículos de magia negra, cruzaron los pasillos que exhiben ropa y aparatos electrónicos de marcas falsificadas, y alcanzaron una puerta que el profesor empujó con determinación. Desembocaron entonces en un espacio en penumbras, donde vieron un escritorio con computador y, detrás de él, la ancha cabeza rapada de un tipo enfundado en chaqueta de cuero. A Cayetano lo inquietó su aspecto simiesco.

—Necesito un golpeador —anunció Solórzano del Valle en tono resuelto.

—¿Especialidad? —preguntó el tipo, sin mover un músculo de la cara.

Desde afuera llegaba la agitación de avispero del mercado, el más peligroso de Ciudad de México. En el taxi, Solórzano le había advertido a Cayetano que lo dejase hablar solo a él, pero que se mostrara desafiante y seguro de sí mismo. Un titubeo o una mirada esquiva podían acarrear riesgos en ese ambiente veleidoso y violento.

—Necesito protección por tres horas —explicó Solórzano del Valle—. Va con nosotros y lo mando de vuelta en taxi. Lo necesito armado, pero solo como precaución.

—¿Adónde van?

—Al Adoratorio de la Invencible.

—Mil pesos, si no ocurre nada.

Solórzano puso dos billetes sobre el escritorio. El hombre marcó un número en un celular y dijo algo que ni Solórzano ni Cayetano lograron entender.

Al rato un individuo fornido, moreno y de grandes manos, vestido de negro, copó el marco de la puerta. Abordaron con él un taxi sin taxímetro, pero con una radio en la que cantaba a todo *full* Juan Gabriel. El carro avanzó dando barquinazos por un barrio atestado de tiendas de repuestos para vehículos.

—Todo lo que ves aquí es robado o falsificado —aseveró el profesor.

Cuadras y cuadras de garajes, almacenes y cantinas. Cayetano y Solórzano del Valle iban en el asiento trasero. En el delantero el golpeador viajaba mudo, haciendo sonar en las luces rojas las articulaciones de sus dedos. Más adelante, el profesor se lo explicó a Cayetano: este tipo de profesionales se ajusta a las estrictas tarifas que rigen en el mercado de Tepito. Uno acude allí con la foto y datos de la persona que se desea «ablandar», que puede ser un hombre o una mujer, un marido o una esposa infiel, un socio desleal o una vecina molesta, y el golpeador se encarga de hacer llegar el mensaje sin medias tintas.

Las tarifas varían, eso sí, según la especialidad y la colonia en que se aplica el tratamiento. Quebradura de huesos de los dedos de una mano: 280 pesos; de ambas: 350. Quebradura de un brazo: 500 pesos. De nariz: 300 pesos. Pateadura entre varios: 1.500 pesos. Trabajos más complejos se cobran de acuerdo a los requerimientos específicos del cliente. Los golpeadores son serios, discretos y cumplidores, pero jamás realizan la labor propia de un sicario. «La vida no vale nada», pensó Cayetano. José

Alfredo Jiménez tenía toda la razón porque la canción encierra una verdad sobre el México profundo.

—Cerca de aquí está La Utopía Estofada —comentó de pronto el profesor.

—¿La utopía estafada?

—Estofada. ¿Conoce ese restaurante?

—No.

—Es de Lenin P. Recabarren, un exiliado chileno de Valparaíso, como usted. Comida chilena tradicional y punto de encuentro de los nostálgicos setenteros. El local aquí es modesto, pero hay otro en Coyoacán, cerca de la casa de León Trotski, mucho más amplio y de mejor pelo: empanadas, machas a la parmesana, humitas, pastel de choclo, cazuela, pisco sour y buenos vinos. Recomendable.

Con ese nombre, pensó Cayetano, es fácil imaginar de qué pie cojeaban sus padres. ¿Quién, si no, bautizaba como Lenin o Stalin a su hijo en la década de los cuarenta? Sería bueno darse una vuelta por esos lodazales, pensó Cayetano, para ver qué se comentaba sobre Chile. Media hora más tarde, el taxi irrumpió en una calle estrecha, donde autos último modelo parqueados entorpecían el tráfico.

—Les presento el Adoratorio de la Santa Muerte, caballeros —anunció el taxista—. ¿Prefieren que los espere o se atreven a volver por su cuenta?

Solórzano optó por lo primero.

Bajaron del carro. Era una casa de un piso, sin antejardín, pintada de amarillo. Un friso blanco con letras negras anunciaba: «Santuario Nacional del Ángel de la Santa Muerte». En la fachada había dos vitrinas con imágenes de tamaño natural, finamente ataviadas: san Lázaro y la Santa Muerte. Esta llevaba túnica blanca bordada con flores de hilo de seda y capa dorada con brocados.

Una mano, reducida a huesos, se abría al cielo. La otra sostenía la guadaña. El rostro era una calavera sonriente. Dos toldos blancos protegían a las figuras del sol.

Entraron a un salón de paredes amarillas, rematado con un altar modesto. Frente a él había diez hileras de bancas ocupadas por hombres solos o mujeres con niños. Un sacerdote celebraba misa entre varios esqueletos desnudos. En tono solemne afirmaba que todos los seres humanos, sin importar su origen ni actividad, merecían amor y respeto. Llamaba a los fieles a confiar en sí mismos, a no dejarse discriminar por la sociedad, a sentir que eran tan valiosos como cualquier otro que vivía en la metrópoli. Cayetano pensó que no le hubiese gustado cruzarse con ninguno de esos hombres en una calle solitaria.

—Sígame —le dijo el profesor.

Pasaron a un salón con imágenes y alcancías, y cruzaron hasta una puerta cerrada. El profesor dio tres golpecitos.

Abrió un hombre mayor, enjuto, de ojos alertas y ojeras azules. Preguntó qué se les ofrecía.

—Hermano consistorial, aquí el amigo necesita hablar con usted —explicó Solórzano del Valle—. ¿Lo podría recibir ahora?

El religioso escudriñó a Cayetano, lanzó un vistazo al golpeador y dijo:

—Mañana, a las diez de la mañana. Sin golpeador ni celular. Adelanten 500 pesos. Desde que haga ingreso al templo, la protección del bigotudo corre por mi honor y mi cuenta. Bendiciones, hermanos, en la Santísima, ángel invicto, aliado eterno.

37

No lo estaba esperando el religioso del día anterior, sino Jerónimo, el hermano consistorial del Adoratorio Nacional de la Santa Muerte. Era el encargado de las donaciones y la venta de imágenes y estampas. Llevaba una holgada sotana dorada.

Lo invitó a pasar a un sucucho apenas iluminado por velas, donde olía a incienso y encierro. Allí había un escritorio, un estante vacío con una Biblia, una estatua de la Santa Muerte vestida de blanco y una caja con estampas de colores.

—¿Usted conoce este símbolo? —le preguntó Cayetano.

Lo había dibujado con lápiz la noche anterior, en su cuarto del Gran Hotel de Ciudad de México, en una hoja del establecimiento. Mal no le había quedado. Allí estaba la guadaña y debajo de ella ondeaban unas lenguas de fuego. Eran los símbolos estampados en la coroza que Camilo había hallado en el lugar del crimen de Pembroke. Pensó que tal vez el hermano consistorial del Adoratorio pudiera ayudarlo a descifrar aquello.

—La guadaña es el símbolo del Ángel Invencible, de la Poderosa Dueña de la Negra Mansión de la Existencia y Emperatriz de las Tinieblas —afirmó ceremonioso Jerónimo—. Pero el fuego no es su símbolo, pues representa el infierno, azote del que descreemos. Quien usó el símbolo de las llamas fue la Inquisición, la que de tanto luchar contra el mal en nombre del bien, se convirtió en el mal; la que de tanto torturar al hereje en nombre de la verdad revelada, se convirtió en hereje; la que de tanto combatir al diablo en nombre de Dios, se convirtió en el diablo.

Dicho esto guardó silencio con las manos enlazadas sobre la mesa. La luz de las velas resplandecía sobre su calva.

—¿No conoce usted algún grupo en México que use esos símbolos? —preguntó Cayetano.

Desde el otro lado de la pared divisoria les llegó una voz familiar. Era la del sacerdote de la noche anterior. Celebraba misa.

—Es una combinación de símbolos que naufraga entre aguas —repuso enigmático el hermano consistorial—. Estos símbolos se ubican entre la verdad de la Soberana Señora a la que el Padre Eterno puso para segar la vida de los mortales, y la de quienes creen desde hace mil años, obnubilados por el oro y brocados del Vaticano, en aquello que es lo indemostrable, la vida eterna.

—¿Y entonces?

—Todos llegaremos tarde o temprano, sin importar riqueza ni edad, ante la Santa Muerte porque ella trata parejo a viejos, jóvenes y niños, los que desembarcarán inexorablemente en sus dominios cuando Dios se lo indique.

Era complicado dialogar con Jerónimo. Hablaba como un oráculo, usando frases largas, recargadas de sentidos múltiples, que recitaba de memoria con tono implacable. Tenía el borde de los ojos delimitados con un lápiz oscuro, y sobre los párpados, algo que notó cuando los entornaba, un par de ojos pintados con asombroso realismo, de tal modo que parecía estar mirándolo con atención aun si dormitaba.

—¿No hay entonces en la ciudad un grupo que una ambos símbolos? —insistió Cayetano.

—Son como el agua y el aceite. Unos creemos en la muerte, ante la cual todo se somete. Los otros creen en las pamplinas de la vida eterna, cuando lo único eterno es la muerte. Nadie puede unir ambos símbolos teniendo plena conciencia de lo que significan.

—Necesito acercarme a los hermanos del fuego —dijo Cayetano. Se sintió ridículo y patético, pero supuso que el hermano consistorial podría ayudarlo en esos dominios tan ajenos a Valparaíso, Chicago o Nueva Orleans—. ¿Puede orientarme?

—Aprovecha de llevar hoy contigo una estatuilla de la Santa Muerte y un novenario, y yo te obsequiaré un escapulario de marco dorado, que deberás cargar siempre en el bolsillo externo de tu saco. Protegerá tu corazón, que veo sensible y en peligro. No me sigas el amén ni actúes por cálculo. Cree en la Santísima, Gloriosa y Poderosa, que velará por ti en la muerte y en este reino aunque te hayan olvidado.

—Haré lo que me indica, hermano consistorial.

—En ese caso te recomiendo hablar con Tomás, un dominicano estudioso del imperio de las llamas. Si bien es mi adversario en términos teologales, supongo que puede ayudarte. Es un noctámbulo empedernido. ¿Dispones de tiempo?

—Por tiempo no se preocupe. Si no lo tengo, me lo hago.

—Bien. Eso me gusta. Tomás suele pasearse por el centro de la ciudad los viernes, alrededor de las tres de la mañana. Lo hace entre la plaza de Santo Domingo y la capilla de la Expiración. Lo pondré sobre aviso. Ten confianza, estimable hermano, en la Santa Muerte, que a todos une e iguala.

38

El viernes por la noche, Cayetano Brulé viajó en un taxi desde el hotel al café de la Ópera. Decidió cenar allí mientras esperaba la hora en la que, según el hermano consistorial, solía aparecer el fraile dominicano en la plaza de Santo Domingo. Quería conocer el café por tres motivos mencionados en una guía turística: el orificio dejado en el techo por un disparo de Pancho Villa, la barra de madera importada de Nueva Orleans, y el magnífico interior afrancesado, entre *art nouveau* y *art deco*, del establecimiento.

Cuando ingresó al local sintió que había valido la pena el viaje. En el cielo, cerca de una lámpara, divisó de inmediato el orificio estampado por el revolucionario mexicano. Lo habían enmarcado en bronce. Estaban allí también el bar de madera oscura y sus repisas ahítas de botellas. Ordenó un mezcal Pierdealmas. Las vigas de madera, los espejos biselados y las lámparas de cristal lo transportaron a Francia. Apostó por el lechoncito al horno, que le recomendó el barman.

Haciendo una excepción aceptaron que cenara en la barra. Se preguntó por qué los dueños del local mantenían la huella del balazo en el techo. ¿Puro cálculo? ¿Era de verdad un disparo de Pancho Villa? ¿Era ese el orificio original de la historia? ¿Y era verídica la historia? ¿Qué era la historia, entonces, si podía ser y no ser?, se preguntó a sabiendas de que el mezcal hacía aflorar en él cierto espíritu filosófico. ¿Quién contaba esa historia, rubricada en lo alto?, se dijo pensando en los textos de Forbes y Pembroke. ¿Pancho Villa o sus enemigos? ¿Y qué silencios horadaban esa historia? ¿Existía también en ese ámbito una antihistoria, como aquella que narraba Forbes y que era la versión de historia de los derrotados?

Saboreó el lechoncito adobado con ajo y yerbas aromáticas, admitiendo con sentimiento pecaminoso que aumentaba el nivel del colesterol. Pero sabía bien. Su piel crujió entre los dientes y le franqueó el paso hacia una carne suave y a la vez consistente como la de la yuca hervida en su punto. Pidió otro mezcal para enhebrar mejor los pensamientos y ver con mayor nitidez las cosas. ¡Qué placer saborear, aunque fuese a solas, sin Andrea Portofino ni Soledad Bristol, el lechoncito y el mezcal en esa barra traída de Nueva Orleans, que en rigor lo enlazaba con el Caribe, la historia de México y el profundo afecto de Pembroke por los pueblos precolombinos!

Se zumbó dos expresos dobles, se cercioró en el gran espejo de que el nudo de la corbata con guanaquitos verdes estaba bien centrado, y dejó suculenta propina sobre la barra. Luego atravesó trastabillando el café de la Ópera con un pedazo de baguette en el bolsillo del saco. Los mezcales estaban cobrando peaje. Cogió el primer taxi que pasó, un descuajeringado escarabajo Volkswagen tan pasado a gasolina que si hubiese encendido un cigarrillo habría volado por los aires. Le ordenó al chofer que lo llevara a la plaza de Santo Domingo.

Dando tumbos, el coche atravesó por las desiertas calles en penumbras del centro histórico. En la radio cantaba una ranchera Vicente Fernández. Cayetano mantuvo la postura recomendada por el profesor Solórzano del Valle para los taxis del D.F.: la mano derecha dentro del bolsillo sospechosamente abultado, en este caso, por un trozo de baguette; la mirada alerta, el rostro de facineroso. Llegó sin problemas a su destino.

A las tres en punto de la mañana, la plaza de Santo Domingo estaba desolada. Unos reflectores arrancaban resplandores a las fachadas de las iglesias. Un monje de sotana y capucha, parado en la esquina de Brasil con Venezuela, llamó su atención. Llevaba un libro negro en la diestra. Cayetano soltó un eructo con reminiscencias a ajo y mezcal, y caminó hacia él.

Era Tomás.

Le dijo que cruzaran la calle en diagonal, hacia un enorme palacio de dos pisos que hacía esquina. Ya al otro lado, le indicó que lo siguiera. Empujó la hoja de un pesado portón de madera, que cedió con un quejido lastimero, y accedieron a un patio interior, con arcadas y columnas de piedra. Resonaron sus tacones mientras lo atravesaban. La ciudad había desaparecido detrás de los muros. Cayetano Brulé se preguntó qué diablos hacía allí.

—Estamos en el antiguo palacio de la Inquisición —afirmó Tomás, descolgando el candado que clausuraba otra gran puerta de dos hojas—. Aquí se interrogaba a herejes y brujos, empleando tormentos, desde luego. Pase. Me dijo el hermano consistorial que usted tiene preguntas relativas a mi especialidad. Aquí dentro podremos conversar tranquilos.

Pasaron a un pasadizo frío y húmedo, iluminado con cirios. Tenía un piso de piedra y un cielo abovedado, surcado por arcos de ladrillo.

—Aquí estaban los calabozos —afirmó Tomás—. Derribaron la mayoría de los muros para que no agobiaran a los visitantes del museo.

Cuando sus ojos se acostumbraron a las penumbras, Cayetano distinguió unas figuras de cera de tamaño natural. Representaban escenas de tortura. En una de ellas un inquisidor interrogaba a una mujer desnuda. Más allá lo estremeció el realismo escalofriante de otros suplicios: en el potro estiraban los miembros de un hombre; en el péndulo, la víctima colgaba de los brazos amarrados a la espalda; en la picana, una mujer desnuda se desangraba entre los muslos. En otro sitio, el torturador obligaba a un maniatado a tragar una cubeta de agua mediante un embudo. Más acá, Cayetano vio el garrote, la máscara de hierro y la horquilla del hereje. Sintió ganas de vomitar; en su cerebro el mezcal se confabulaba con los instrumentos de la tortura insuflando vida a las figuras de cera.

—Siéntese —ordenó Tomás, e indicó hacia unas sillas.

—¿Aquí? —preguntó Cayetano.

A su espalda agonizaba una mujer. Su rostro era una mueca de espanto. Detrás de Tomás había otra mujer: colgaba boca abajo de un cepo de madera. Sus manos casi tocaban el piso. Un fraile, elevando una cruz a su diestra, la conminaba a arrepentirse.

—No se asuste. Son solo figuras que representan un pasado ido para siempre —afirmó Tomás con indiferencia mientras se acomodaba en la silla—. ¿En qué puedo ayudarlo?

39

Cayetano extrajo del bolsillo el dibujo con las lenguas de fuego a punto de abrasar la guadaña y se lo alargó a Tomás. Le preguntó si conocía alguna institución que usara esos símbolos. Tomás observó el papel durante unos instantes. Era un hombre esmirriado y de rostro pálido, con nariz de garfio y grandes ojos oscuros. Una tonsura disimulaba su calvicie.

—Reconozco esos símbolos, pero por separado —afirmó, mirando a Cayetano a los ojos—. La guadaña es el símbolo medieval de la muerte, como sabe. Las llamas representan el infierno, pero también el fuego purificador. Las exhibíamos en el pasado, en ese pasado que nos pertenece y del que ambos somos cómplices y víctimas, responsables y sobrevivientes, olvido y memoria.

—¿Conoce alguna organización que emplee ambos símbolos? —La voz de Cayetano ascendió hacia el cielo combado.

—Nuestro símbolo fue la cruz instalada en el centro de un óvalo, que tiene a sus lados una espada y un ramo de olivos —aclaró Tomás, apartando su capa, dejando al descubierto por un instante un retazo de camiseta amarilla con un óvalo bordado en verde, que incluía los símbolos de los cuales hablaba—. La cruz representa la causa por la cual se lucha; la espada, la justicia que se ejerce; la flor del olivo, el perdón que puede beneficiar al inculpado. «*Exurge Domine et judica causam tuam*, Álzate, oh Dios, a defender tu causa», —dice el salmo.

—¿No usaban también el símbolo de las llamas en los capirotes de los inculpados?

—Veo que está bien informado —dijo Tomás, acoplando sus palmas, con una leve sonrisa en los labios—. Una vez dictaminada la sentencia por el Santo Oficio de la Inquisición, el culpable debía vestir coroza y sambenito. Ambas piezas llevaban ilustraciones, que dependían de si eran penitentes o impenitentes. Los penitentes, que escapaban de la hoguera, debían vestir sambenito y coroza de color amarillo. La cruz de san Andrés iba bordada en la espalda y el pecho del sambenito, y en la parte frontal y posterior de la coroza.

—¿Y en el caso de los impenitentes?

Tomás paseó la punta de los dedos por su tonsura, luego dijo:

—Los impenitentes llevaban demonios y llamas bordados, que representaban el poder purificador del fuego. Cumplido el procedimiento, al culpable se le sometía a la relajación.

—¿Relajación?

—A la muerte en la hoguera.

Cayetano miró a su alrededor sintiendo escalofríos. Así que al final morir en la hoguera era relajarse. Una vela acababa de apagarse y el calabozo se oscureció aún más. Ahora apenas divisaba a la mujer que colgaba del cepo. Aspiró una bocanada de aire frío y escuchó unos gritos, y le pareció ver una mancha de sangre que crecía en el piso. Estaba rodeado ahora de agonía y muerte. Recordó que los delicados ropajes de la Santísima no aspiraban a disimular que ella era solo una calaca, un esqueleto, sino a destacarlo.

—¿Un símbolo que incluyera una guadaña a punto de ser consumida por las llamas no sería acaso cristiano? —preguntó Cayetano, paseándose una mano fría y temblorosa por la barbilla.

—¿Qué quiere decir con eso? —La voz del sacerdote resonó distante.

—Que si el Dios cristiano representa el triunfo sobre la muerte, las llamas de la purificación podrían representar la aniquilación de la muerte, el triunfo final de la luz y la vida.

Tomás juntó las yemas de sus dedos, pero mantuvo las palmas separadas. Tragó saliva. Bajó la vista, pensativo. Un murciélago revoloteó en el calabozo. Cayetano sintió la agitación del aire húmedo cerca de su oreja.

—El hermano consistorial me dijo que usted tenía más preguntas —resumió Tomás, eludiendo una respuesta.

Cayetano extrajo del bolsillo la lista con apellidos y ciudades:

a.—Colón, Valladolid

b.—C d Texcoco, Ciudad de México

c.—Valdivieso, León

d.—Fernández, Valparaíso

e.—Gómez, Cádiz

f.—Antigua, Xultún

g.—Lynch

Al entregársela preguntó:

—¿Tiene idea de cómo asociar estas ciudades con estos nombres?

Tomás guardó silencio con la vista fija en el papel.

—Lynch no es una ciudad que yo conozca —afirmó con voz sepulcral.

—¿Y las otras?

—Dos son españolas. Cuatro latinoamericanas. El elemento común es que son hispanoparlantes, unas coloniales, las otras de la metrópoli.

—¿No le dicen nada los nombres?

Escuchó el crujido de un torniquete acompañado de un aullido humano desgarrador. Tuvo la sensación de que las víctimas de la Inquisición seguían sufriendo, que su dolor no estaba sepultado, que la noche exigía justicia.

—Colón murió en Valladolid, pobre y desprestigiado, sin lograr nunca su beatificación —continuó Tomás—. Xultún, por otra parte, es un sitio arqueológico maya, en Guatemala, que tiene un maravilloso calendario pintado sobre unas paredes. Por eso creo que Antigua se refiere a la ciudad colonial guatemalteca.

—¿Y los otros nombres?

El monje colocó las manos en posición de orar y, sin levantar la vista, afirmó:

—Veo tres cosas importantes, y se las diré solo porque viene recomendado por el querido hermano consistorial, con quien conviene estar en buenos términos. Primero —carraspeó y luego continuó—, no creo que C d Texcoco se refiera a una ciudad, sino al cacique azteca don Carlos de Texcoco, nieto de Netzahualcóyotl.

—¿Y ese quién es?

—¿No conoce su historia?

—Señor, vengo del Caribe y de Chile, donde poco saben de indígenas.

—Don Carlos fue denunciado aquí, en junio de 1539, ante la Inquisición, por adorar ídolos y realizar sacrificios humanos. El inquisidor apostólico, el franciscano fray Juan de Zumárraga, lo condenó a la hoguera en noviembre de ese año. Pero la razón verdadera para esa condena fue otra: a don Carlos lo condenaron porque, como miembro de la nobleza azteca, criticaba el dominio español, la imposición del cristianismo por la fuerza y la afirmación de que la conquista era voluntad de Dios. Acusaba a los españoles de no contar la historia como fue.

Aquella última frase dejó pensativo a Cayetano.

—¿Murió en la hoguera? —preguntó al rato.

—Lo condenaron a la hoguera, pero no murió allí. Conozco el caso, pues lo estudié.

—¿Cómo murió? —Cayetano se acomodó en la silla, arrancándole un crujido, recordando que el profesor de la UNAM le había hablado ya de Zumárraga, del sacerdote que había quemado una montaña de códices aztecas en Tlatelolco.

Otra vela se apagó. La oscuridad reptó por las paredes del calabozo y los murciélagos seguían revoloteando entre los muros. Cayetano sintió un escalofrío y que estaba lejos de Ciudad de México y habitando otro tiempo.

—¿Quiere saber cómo murió? Lo decapitaron —respondió Tomás.

—¿Cómo?

—Tal como lo escucha. Lo decapitaron.

—Pero a la Inquisición no le gustaba ver correr sangre.

—No era la Inquisición la que ajusticiaba, sino el poder civil, señor Brulé.

—Lo ajusticiaron entonces por defender a los indígenas.

—Así es. Y algo parecido ocurre con el caso que menciona la letra c de la lista. Imagino que la combinación se refiere a fray Antonio de Valdivieso, que fue decapitado en la ciudad nicaragüense de León. Lo asesinaron por denunciar los abusos que cometían los españoles contra los indígenas. Personas al servicio de la Inquisición le cortaron la cabeza y la hicieron rodar hasta el lago Xolotlán.

¿Había rodado hasta el lago como la de Joe Pembroke hasta cerca del Pacífico?, se preguntó Cayetano con la piel de gallina. Con un estremecimiento comprobó que, sin quererlo, había dado con otra víctima degollada por proteger a los indígenas americanos. Pensó en Pembroke y en su terrible fin, en sus planteamientos académicos y su lista, una lista que hablaba de gente que, quinientos o cuatrocientos años antes, había muerto, al parecer, por las mismas razones que él. Tuvo la sensación de que si aguzaba un poco más el ingenio podría tal vez comenzar a atar ciertos cabos.

—¿Y de Fernández, en Valparaíso, sabe algo? —preguntó, nervioso pero satisfecho, puesto que en el palacio de la Inquisición la investigación parecía avanzar a grandes pasos.

El monje negó con la cabeza.

—¿Y de Gómez, en Cádiz?

Volvió a negar con la cabeza.

—¿Y de Lynch? —continuó Cayetano.

—Ya le dije. No ubico ciudad alguna con ese nombre.

Las campanas de una iglesia tañeron cinco veces.

—Disculpe, pero está amaneciendo —dijo Tomás—. Es hora de abandonar el palacio. Si necesita ayuda, solicítela a través del hermano consistorial, o búsqueme los viernes, a medianoche, en la capilla de la Expiración. La puerta lateral está abierta. Solo hay que empujarla con fuerza.

40

La Utopía Estofada queda en Coyoacán, cerca de la fortaleza de
León Trotski, donde Ramón Mercader, el sicario que actuó por
orden de José Stalin, asesinó de un golpe con piolet en la nuca al
fundador del Ejército Rojo de la Unión Soviética. Tras recorrer el
museo del revolucionario ruso, Cayetano Brulé se dirigió al establecimiento de Lenin P. Recabarren.

Reina allí un ambiente eléctrico a mediodía. El restaurante
ocupa la planta baja de una casona colonial que fue la residencia
del escribano principal de Hernán Cortés. Tiene una treintena de
mesas, un escenario de concreto con parlantes, una larga barra
con espejo y taburetes fijos, y de su cielo penden hojas de parra
que simulan una enramada chilena. En sus paredes hay postigos
que se abren a paisajes del sur de Chile, con bosques y montañas
andinas, pintados con extremo realismo.

Cayetano se sentó a una mesa cerca de la puerta, con vista al
volcán Villarrica, a pesar de que el profesor Solórzano del Valle
le había recomendado que en México jamás se ubicara junto a la
ventana o la puerta de un restaurante, ni saliese detrás o delante de
alguien. Abundaban casos en que sicarios, que esperaban afuera
en un carro o una moto, disparaban a quemarropa no solo contra
el objetivo encargado, sino también contra quienes lo acompañaban. Pero en La Utopía Estofada no había otra mesa disponible.

Examinó la carta plastificada mientras esperaba que le trajeran un mezcal Pelotón de Fusilamiento.

Pensó en la cabeza de fray Antonio de Valdivieso, de la ciudad nicaragüense de León, que había rodado hasta el lago Xolotlán, y en la del profesor Pembroke, que había quedado atascada en calle Esmeralda. Ambas personas habían sido decapitadas y, extraña coincidencia, las dos defendían a pueblos originarios del continente. Nadie olvidaba en Valparaíso la muerte de Pembroke, y en León, según Solórzano del Valle, circula aún la leyenda de que el monje aparece decapitado por las noches llevando sotana y una campana, buscando su cabeza perdida.

Ordenó empanadas fritas de queso, y de fondo pastel de choclo, así como media botella de un cabernet sauvignon del valle de Colchagua. La imagen de un sacerdote sin cabeza vagando por calles oscuras de América Central le pareció poderosa. Creyó haberla visto en algún libro o película. Extrajo su celular, se conectó a duras penas con el wifi de La Utopía Estofada y buscó. No tardó en hallar en Wikipedia información sobre Dionisio de París y el escultor francés del siglo XV que le dedicó una escultura. Este fue Antoine Le Moiturier, nacido en Aviñón en 1425 y muerto en París en 1480. Del sacerdote descabezado se decía:

San Dionisio de París llegó a Francia hacia el año 250 o 270 desde Italia con el fin de evangelizarla. Fue el primer obispo de París.

Fundó diversas iglesias y fue martirizado en 272, junto con Rústico y Eleuterio, durante la persecución de Aureliano. Algunos dicen que fue condenado en Montmartre y otros aseguran que en la isla de la Cité, donde en la actualidad se encuentra la ciudad de Saint-Denis.

Según las *Vidas de San Dionisio*, escritas en la época carolingia, tras ser decapitado cruzó el Montmartre a lo largo de seis kilómetros con su cabeza bajo el brazo, por la ruta que más tarde sería conocida como calle de los Mártires. Al término del trayecto entregó su cabeza a una piadosa mujer descendiente de la nobleza romana, llamada Casulla, y después se desplomó.

La escultura medieval de Antoine Le Moiturier le gustó. Dionisio, gordo y vistiendo sotana, aparece de pie llevando su cabeza entre las manos. No fue un mártir apuesto, pensó Cayetano. Demasiado mofletudo su rostro, y su mirada, de cejas y ojos simétricos, resulta bovina. Supuso que esa historia debía haber inspirado la del fray Antonio de Valdivieso, que vaga por las calles de León en busca de su cabeza. Luego pensó en el triste destino final del profesor Pembroke.

—Usted debe ser Cayetano Brulé —dijo alguien a su lado—. Mucho gusto, soy Lenin, dueño de La Utopía Estofada, porteño como usted, bienvenido. Le traje su mezcalito, por sugerencia de su amigo el profesor, pero también un pisco sour, que es una atención de la casa —añadió, colocando ambos tragos sobre la mesa—. ¿Me permite? No todos los días llega a Coyoacán alguien de Valparaíso.

Se sentó frente a él, de espaldas a la puerta por donde soplaba una brisa cálida. Tendría unos setenta años, llevaba gafas de marco metálico y era bajo de estatura y esmirriado, y su sonrisa correspondía a la de una persona satisfecha de lo que ha alcanzado, no a la de quien acaba de perder la fe en sus ideales, pensó Cayetano.

—Vivo desde hace cuarenta años en México —continuó tras ordenar un pisco sour para él mismo—. Salí de Chile con la «beca» Augusto Pinochet hacia esta tierra generosa. Me casé con una mexicana y acá nacieron mis hijos. Como ve, no he perdido el acento chileno y cada mañana veo primero el canal nacional de allá. Pero no volveré a Chile. Soy medio mexicano ya. Aquí moriré, aquí soy feliz. En Chile la gente ya no sabe ser feliz.

Cayetano le dijo que lo entendía porque él era de origen cubano y sentía que ya pertenecía para siempre a Valparaíso, puesto que su isla nunca más volvería a ser lo que había sido. Le contó además que investigaba un asunto menor, pero que ese día andaba en Coyoacán para visitar las casas de Hernán Cortés, Frida Kahlo y León Trotski. Lenin le pareció un tipo locuaz y con tiempo para platicar. En verdad, en México todos tenían tiempo y deseos de conversar, y al parecer los chilenos aprendían allí a comunicarse por el gusto de comunicarse, no por el afán de impresionar u ostentar.

—Nunca había conocido a un detective de verdad —exclamó Lenin y alzó la copa que acababan de servirle—. Le propongo que brindemos por usted, por su visita a Coyoacán y porque su investigación se vea coronada por el éxito. Salud, amigo.

El pisco sour era uno de los mejores que había bebido en años. Lo felicitó por el trago y le preguntó si en Chile también había sido restaurantero.

—Durante el gobierno del compañero Allende me dediqué a racionar alimentos —continuó Lenin—. ¿Se acuerda de las Juntas de Abastecimientos y Control de Precios, las JAP, de Dirinco? Pues me dedicaba a eso. Vigilaba que los comerciantes respetaran los precios fijos en beneficio del pueblo. Fue un completo fracaso. Siempre termina triunfando el mercado. Ahora que tengo restaurante me doy cuenta de que entonces éramos unos ignorantes en economía.

—¿Muchos chilenos en México?

—Serán unos diez mil. La mayoría exiliados o hijos de exiliados. Yo llegué militando en un partido del cual prefiero ni acordarme, y resuelto a morir por la libertad de Chile. Con el tiempo descubrí que la dictadura iba para largo y que nuestros dirigentes se arreglaban los bigotes con los amigos del PRI. Bueno, llegaron aquí como héroes y salieron convertidos en consultores, empresarios, ministros y embajadores. Capitularon ante el *establishment* de Chile y se olvidaron del pueblo.

—Veo que usted es de los arrepentidos —aseveró Cayetano, indicando con la palma abierta de su mano hacia los clientes que atestaban el restaurante.

—No me quedó otra, mi amigo —repuso Lenin, algo abochornado, y sorbió con los ojos cerrados de la copa—. Como empleado en México se gana una miseria. Lo mejor es emprender algo propio. Los chilenos gozamos aquí de buena reputación y tenemos capacidad de emprendimiento. Claro que tuve que cambiarme el nombre —agregó socarrón.

—¿No se llamaba entonces Lenin?

Un mozo trajo un plato con empanadas fritas, calentitas.

—Mire, aquí hay apellidos que abren puertas y otros que las cierran. Me dicen Lenin P. Recabarren. Recabarren está bien porque es el apellido del fundador del Partido Comunista chileno, pero ese es solo mi segundo apellido.

—¿Cuál es el primero?

—¿No se da cuenta?

—No.

—Lenin P. Recabarren quiere decir Lenin Pinochet Recabarren —explicó sonrojándose—. No tenemos nada que ver con el dictador, aunque dicen que todos los Pinochet en Chile vienen del mismo tronco, para vergüenza mía. Curioso —dijo, arrancándole un trozo a la empanada—, pero la historia y los nombres me jugaron malas pasadas. El apellido Pinochet aquí no me habría servido ni para abrir un puesto de tacos en Tepito, donde comencé por cierto mi emprendimiento.

—Así me comentó el profesor Solórzano del Valle —Cayetano se apartó del bigote la espuma del pisco sour con una servilleta de papel.

—Confío en abrir otro restaurante en Playa del Carmen, donde llega mucho turista chileno. Como usted sabe, los chilenos seguimos pidiendo afuera palta reina y cazuela, pastel de choclo y humitas, pisco sour y vino chileno, y creyendo que la bandera y el Himno Nacional ganaron concursos internacionales en París, en el siglo XIX.

Dos señores fornidos, ya mayores, de trajes oscuros de fina tela, ingresaron en ese instante a La Utopía Estofada. El primero, de abundante y leonina melena canosa, pañuelo de seda al cuello y mocasines; el segundo, de pelo corto, corbata roja y zapatos bruñidos.

—¿Ve a esos personajes? —preguntó Lenin en voz baja. Seguían a un mozo hacia una mesa reservada—. Ambos son de Valparaíso y eran revolucionarios en la época de Allende. Ahora uno es coleccionista de arte y posa de cineasta; el otro es embajador con aspiraciones literarias, cualquier día se apituta como ministro. Se olvidaron de su pasado rebelde, visten con la elegancia que les ve, se hospedan en hoteles cinco estrellas y disfrutan de contactos privilegiados en México.

—Interesante —comentó Cayetano tras acabar su pisco sour.

—Uno pertenece a la izquierda caviar, el otro terminó como liberal, amante de la economía de mercado y la democracia que tanto combatió en su juventud —agregó Lenin, chupándose los dedos—. Por eso Chile está como está. A su salud, compatriota, por Chile y su sufrido pueblo, y espero invitarlo un día no muy lejano a la inauguración de La Utopía Estofada en la caribeña Playa del Carmen.

41

Esa noche, al regresar a la habitación del hotel, abrió las ventanas y se dedicó largo rato a contemplar la catedral y el palacio de gobierno iluminados. En el Zócalo había una infinidad de carpas y quioscos de maestros en paro. Luego llamó a O'Higgins Monardes, en Valparaíso.

—Profesor, buenas noches. Habla Cayetano Brulé. Disculpe la hora, pero tengo una consulta urgente.

—Usted dirá.

—¿Sabe algo del marinero Juan Fernández?

—¿Se refiere al que le dio el nombre a las islas del Pacífico en las que vivió Robinson Crusoe?

—Exactamente.

—Juan Fernández fue un español de Cartagena, que en el siglo XVI residió en el entonces Reyno de Chile. Descubrió las islas San Félix y San Ambrosio, y el archipiélago que hoy lleva su nombre. Se dice que también descubrió Nueva Zelanda y que llegó hasta Australia.

—Gran explorador, entonces.

—Imagínese, estamos hablando de 1550. Además, algo que pocos saben, Juan Fernández descubrió que más allá de la corriente de Humboldt, que fluye desde la Antártica hacia el Perú, pegadas a la costa americana, hay aguas que permitían acortar el viaje desde Callao hasta Valparaíso de seis meses a treinta días. Y lo demostró en 1564.

—Coño, eso es notable —exclamó Cayetano—. Deben haber creído que era mago.

—Creyeron que era brujo y, algo terrible entonces, que tenía un pacto con el demonio. La Santísima Inquisición lo juzgó por brujo.

—¿Cómo?

—Tal como lo escucha. El Santo Oficio de Lima lo juzgó por brujería, pero se logró demostrar a última hora su inocencia.

Lo consternó esa información, que al menos le permitía suponer por qué Juan Fernández aparecía en la lista de Pembroke. Se sentó en la cama con la mirada puesta en el Palacio Nacional. Recordó que el libro de Leonardo Sáez mencionaba la isla perteneciente a la circunscripción de Valparaíso, donde había vivido Robinson Crusoe, pero no hacía referencia a ese aspecto siniestro de la historia.

—Gracias, profesor Monardes. Creo que ya es hora de que me acueste. La altura del D.F. me deja extenuado.

Cortó y se quedó viendo los vehículos que circulaban alrededor del Zócalo: le evocaban la carrera en el circo romano de la película de *Ben-Hur*. Hojeó el cómic que había comprado en el aeropuerto de Santiago de Chile y encontró un relato que le atrajo, pues ocurría en el cerro Panteón, de Valparaíso. Allí, según Armando Milagros, vagan desde hace dos siglos las ánimas por la noche. Estaba entretenido leyendo la historieta cuando su celular comenzó a sonar.

—¿Jefe? ¿Me escucha?

—Sí, Suzuki. Perfectamente.

—¿Me escucha bien?

—Claro. ¿Qué ocurre, Suzuki?

—Tengo una mala noticia, jefe.

—¿Qué ocurre?

—Más bien terrible.

—Suelta esa pepa de una vez, coño. Destrábate, por lo que tú más quieras.

—Rubalcaba, jefe, Matías Rubalcaba.

—¿Qué pasa con él? ¿No puedes contar todo de una vez, carajo?

—Lo siento de veras, jefe, pero tiene que volver de inmediato, jefe. Lo siento de veras, pero a Matías Rubalcaba lo mataron esta noche.

42

Llovía en forma lenta y espaciada. Cayetano Brulé contempló el entierro desde la distancia, envuelto en la gabardina y con el cuello en ristre. De las alas del sombrero goteaba el agua. Seguía la ceremonia parapetado detrás de un pabellón de varios pisos que alberga nichos del cementerio de Playa Ancha. A su espalda, el océano Pacífico era un manto quieto y gris, y la lluvia arreciaba con el viento norte.

En el pasaje formado por los pabellones había una multitud de jóvenes vistiendo la camiseta deportiva del Valparaíso Royal. La modesta bandita del club interpretaba sones fúnebres en honor a Matías Rubalcaba.

Encendió un Lucky Strike, y el cigarrillo estuvo a punto de escapársele de las manos. Lo afincó firme entre los dientes y aspiró el humo con un doloroso sentimiento de culpabilidad. No probaba un cigarrillo desde que el médico, hace años, le había hallado una manchita en una radiografía. El humo que inundaba sus pulmones era un beso del más allá que le recordaba que él era el culpable de esa muerte. Ayudados por las poleas, los enterradores elevaron el ataúd hasta el tercer nivel. La voz ronca de la tuba le recordó la sirena del faro sumergido en la camanchaca. El golpe hueco del féretro contra el nicho y el llanto de mujer, probablemente de la madre de Matías, le desgarraron el alma.

Nada más implacable y definitivo que la muerte, pensó mientras los cristales de sus anteojos se perlaban de gotas. No quiso frotarlas con el pañuelo. Prefirió que el agua se mezclara con sus lágrimas. Apoyado contra un nicho, las manos en los bolsillos de la gabardina, la barbilla trémula y el cigarrillo humeando, pensó lleno de ira e impotencia que la muerte de Rubalcaba era obra de los asesinos de Pembroke y Camilo.

Se alejó de la ceremonia y caminó bajo la lluvia por un pasaje desolado donde el agua formaba pozas. Al final la culpa de la muerte de Rubalcaba la tenía él, Cayetano, por la sencilla razón de que lo había involucrado en el caso. El responsable era él y nadie más que él. Si no le hubiese pedido ayuda, Matías estaría ahora por irse a estudiar a Estados Unidos.

Debía admitirlo: lo había guiado hasta la boca del lobo y, cuando intuyó que Rubalcaba corría peligro, no había actuado con la energía y autoridad suficientes como para obligarlo a salir de Valparaíso por un tiempo. Sintió un retortijón en el estómago.

Cargaría para siempre con esa muerte sobre su conciencia, concluyó. Para él no habría ni perdón ni olvido. El sentimiento de culpabilidad no lo abandonaría jamás. Peor aún, lo perseguiría hasta su tumba. Matías no estudiaría en una universidad estadounidense, no enseñaría en un colegio chileno ni escaparía de la pobreza. Por culpa suya, el bueno de Rubalcaba, que se alimentaba de sueños y esperanzas, había terminado en un nicho de ese cementerio que lavaba la lluvia.

Pateó con furia una piedra para autoflagelarse y castigarse, pero no sintió dolor. Siguió caminando, recibiendo la lluvia y el viento en las mejillas y los cristales de los anteojos. De pronto, la profusión de coronas y ramos de flores ante una gruta atrajo su atención.

Se acercó a ver. No solo había flores. También vio placas de mármol y metal que expresaban gratitud por los favores concedidos. El santo milagroso era Émile Dubois. Dubois había sido un francés que a comienzos del siglo XX había aterrorizado a Valparaíso asesinando a gente importante. Ahora, ciertas personas lo veneraban. De un viejo espino retorcido e inclinado por el viento sur colgaban retratos en sepia de Dubois, cuentas de rosarios y maceteros.

Aquí yacen los restos del santo de los ladrones y asesinos de la ciudad, se dijo Cayetano, recordando el Adoratorio de la Santa Muerte, en Ciudad de México. Dubois, un tipo esmirriado y de bigote fino, con pequeños e incisivos ojos de desequilibrado, había asesinado a varios comerciantes de Valparaíso a comienzos de 1900. Lo habían capturado cuando escapaba del asalto frustrado a un empresario alemán, en la plaza Aníbal Pinto. Aunque herido de muerte por la estocada que le había propinado el francés, el alemán lo persiguió por las calles céntricas, gritando su nombre, incitando a los demás a capturarlo, hasta que la víctima cayó desplomada.

Así que ahí descansa Dubois, que se valía de una daga para asesinar, pensó Cayetano. Con el tiempo devino ánima milagrosa. Durante el juicio había aseverado una y otra vez que era inocente y un mero chivo expiatorio, que si lo juzgaban iban a caer tres espantosas maldiciones sobre la ciudad. La primera se anticipó y fue el terremoto de 1906, que la destruyó.

Antes de ser fusilado por un pelotón de Carabineros, en una madrugada de 1907, en la cárcel pública de Valparaíso, solicitó fumar un cigarrillo como último deseo. Lo aspiró con parsimonia, sentado de piernas cruzadas en el banquillo de la muerte. Después pidió que no le vendaran la vista. Dijo que prefería mirar a los ojos a quienes cometerían tamaña injusticia. Insistió en su inocencia hasta el final y conminó a sus fusileros a que apuntaran bien a su corazón.

Poco después comenzó la decadencia de Valparaíso: el canal de Panamá dejó al puerto de la noche a la mañana sin embarcaciones ni fletes. Después vendría la emigración de muchos porteños a Santiago y Viña del Mar. Un siglo tardaría Valparaíso en recuperarse.

Una vistosa corona de crisantemos marchitos capturó su atención. Descansaba sobre un trípode, la cruzaba una cinta roja con ribetes dorados y una leyenda: «Para Émile Dubois, héroe popular denigrado». Firmaba CPH.

CPH, se dijo Cayetano, dándole una calada profunda al cigarrillo. ¿Cómo se convertía un asesino en un santo milagroso? ¿Y qué significaba CPH? Esos eran los misterios de Valparaíso. Luego empleó su lumbre para cortar la cinta. Nadie lo estaba viendo. Se echó la cinta al bolsillo de la gabardina y caminó hacia la salida del cementerio, diciéndose que la historia es lo que al final uno cuenta.

Mientras buscaba su vehículo entre las ráfagas de agua y viento, le siguió llegando a los oídos la triste marcha con que la bandita del Valparaíso Royal despedía a Matías Rubalcaba.

43

—Llamó El Escorpión —anunció Suzuki sin dejar de desmanchar la cafetera en el lavamanos del despacho en el Turri—. Que lo llame en cuanto pueda.

Cayetano marcó al departamento de Concón y examinó el volumen de Kim Il Sung que le había enviado la viuda Pembroke desde Chicago junto con el cuaderno con cubiertas de cuero del académico decapitado. Aquello implicaría volver a concentrarse en los textos, sentirse un historiador o un arqueólogo, pensó Cayetano.

—Va a ser complicado el asunto —le anunció Anselmo Marín tras soltar un bufido—. Como sabes, al muchacho lo liquidó un profesional de la daga. Fue cerca del ascensor Espíritu Santo, mientras subía por Bernardo Ramos. Lo esperaron en la esquina con la calle Epicuro. La policía no encontró ni arma ni huellas ni testigos.

—¿Y entonces?

—Paciencia. Los amigos de Homicidios trabajan sin descanso. Ahora, la PDI se va a meter en tu caso. ¿Quieres anticiparte e informarles sobre lo que sabes?

Lo había estado pensando en el vuelo de Ciudad de México a Santiago y durante el funeral de Matías. ¿Debía compartir voluntariamente sus suposiciones con la Policía de Investigaciones?

Eran buenos chicos allí, serios y profesionales, ajenos a lo que la institución había sido en la época tenebrosa de Chile. ¿Debía decirles que sospechaba que la muerte de Matías estaba vinculada con la de Camilo y de Pembroke, y que esta última tenía al parecer relación con teorías divergentes en *colleges* estadounidenses sobre hechos ocurridos quinientos años antes?

Se atusó el bigote con desánimo de solo imaginar que el agrio prefecto Federico Debayle pensaría que a él, a Cayetano Brulé, se le había soltado un tornillo. Se sacudiría la caspa de los hombros con una mano, se cercioraría de que su prendedor con la insignia de la PDI estuviese correctamente asido a la corbata de seda italiana y lo miraría con incredulidad, y le preguntaría en tono burlón si Cristóbal Colón no estaba involucrado también en aquello. En la PDI solo Anselmo Marín lo entendía.

—Tal vez debería contarle a Debayle que Rubalcaba me estaba proporcionando información —dijo Cayetano, apoltronado en su sillón floreado.

—¿Piensas acaso que pudo haber sido El Jeque? —preguntó Marín.

—Creo que El Jeque no tiene nada que ver y solo está asustado. A los narcos locales les agobia que Los Zetas o el Cartel de Sinaloa lleguen aquí a disputarles la plaza.

—Puede ser. Las mafias nuestras son artesanales frente a las transnacionales de México y Colombia —afirmó Marín—. Allá, por quítame de ahí esas pajas, te mandan a matar.

—Y de pasadita te decapitan.

—Les temen con razón. Aquí aún estamos en pañales, pero lo que se viene encima es grande y preocupante.

—En Centroamérica la invasión mexicana comenzó como aquí, de a poco. En ese momento nadie se tomó el asunto en serio en Guatemala, Nicaragua ni Costa Rica. Después los mexicanos ejecutaron a los líderes locales y se apoderaron de las plazas extorsionando, colgando o descuartizando a sus adversarios. Cuando las autoridades quisieron reaccionar ya los narcos se habían atrincherado en la policía, el ejército y los juzgados.

—Pero nunca aparece ningún mafioso gringo. ¿Qué te parece, Cayetano? ¿O conoces un caso? ¿Será verdad que no existe un cartel gringo de Nueva York, Los Ángeles o Chicago, y que todo lo mueve un negrito o un latino muerto de hambre y frío, apostado en la esquina oscura del Bronx? ¿No te parece raro que los gringos hayan dejado pasar la oportunidad ante sus propias narices?

Las cosas no solo dependen del cristal con que se las mire, pensó Cayetano, sino de quién las cuenta. Eso, al menos, lo tenían muy bien asumido al parecer los historiadores, y él creía entenderlos.

—Los narcos gringos alcanzaron una etapa soñada en estos vaivenes —agregó, contemplando el sonriente rostro mofletudo del camarada Kim Il Sung—. No solo controlan el mayor mercado de drogas del mundo, sino que también convencieron al planeta de que los traficantes son los otros, los extranjeros, nunca ellos.

Recordó las espeluznantes imágenes de los diarios de México: ejecutados en plazas, bares y casinos, ahorcados que colgaban de postes de la luz o pasos bajo nivel, bolsas plásticas con cuerpos cercenados, cabezas humanas confundidas en basurales, cementerios clandestinos que aparecían en los jardines de las mansiones de jefes narcos.

—¿Y entonces quién pudo haber hecho esto en Valparaíso? —insistió El Escorpión.

—No sigas preguntándome, Anselmo. Todo resulta demasiado confuso e inverosímil.

—Si no cooperas con el prefecto Debayle, él mismo en persona se va a encargar de convertir tu vida en un infierno. Recuerda que vino a Valparaíso a imponer orden y que si hay alguien a quien detesta es a los detectives privados.

¿Quién querría a una autoridad de enemigo?, se preguntó Cayetano. Nadie. Y menos a una autoridad chilena. Los habitantes de ese país eran demasiado disciplinados, competitivos, obsesivos y severos consigo mismos para ser latinoamericanos. Creían que la vida se definía en cada día, en cada hora, en cada acto, a diferencia del resto de sus vecinos, que se la tomaban con calma y primero la gozaban. Lo demás podía esperar.

Mientras en Buenos Aires, Lima, Ciudad de México o Río los cafés palpitaban por las mañanas de vida, atestados de gente que platicaba animadamente de fútbol, política o la nada misma, en Santiago los chilenos corrían ceñudos de un lugar a otro como si el mundo se fuese a acabar. Y si iban a un café se lo tomaban de pie, a la carrera, sin hablar con nadie, atendidos por muchachas de minifalda y escote, porque de lo contrario creían que estaban perdiendo el tiempo. No había otro país tan próspero ni ambicioso ni sufrido en toda la región. Los chilenos iban por las calles flagelándose con un látigo ensangrentado por las horas que no habían trabajado bien.

Eran los más ricos y ostentaban los mejores índices de desarrollo de América Latina, pero no lograban arrojar por la borda el reloj ni los reglamentos, ni el policía ni el pedagogo frustrado que cada uno llevaba dentro, ni distenderse ni reírse de sí mismos ni disfrutar de las cosas sencillas de la vida. Les faltaba aprender a ser felices, como decía Lenin P. Recabarren.

—¿Así que emplearon una daga? —Le hizo señas a Suzuki para que preparara un expreso.

—De unos quince centímetros. Lo sabemos por la punción.

Sintió náuseas y una tristeza enorme. Pensó en Dubois y su daga asesina.Vio a Matías desangrándose en una calle oscura del cerro Bellavista, a Camilo muerto en Playa Ancha, a Pembroke, o lo que quedaba de él, decapitado. No pudo apartar el recuerdo del matrimonio de agricultores del sur de Chile que acababa de morir quemado en su casa. La habían incendiado terroristas en nombre del pueblo mapuche. Recordó a Zamudio, el joven gay asesinado por neonazis. Algo grave ocurría en el país. En algún momento podía descarrilarse y los políticos, carentes de prestigio y respeto, no estaban ya en condiciones de controlar la locomotora. La situación empeoraría con el desembarco del crimen organizado internacionalmente. Si este lograba instalarse, no tardaría en extender sus tentáculos hacia los uniformados, la PDI, los políticos, la economía y la justicia.

—¿Nadie escuchó algo esa noche? —preguntó Cayetano, echándole un vistazo al índice del libro de Kim Il Sung. Eran horrendos discursos dirigidos al Comité Central del partido, a los obreros y campesinos, a las mujeres, a los artistas y militares, al pueblo de Corea del Norte.

—Nadie —replicó Anselmo Marín—. Dos deben haberlo esperado en la calle Epicuro. Uno lo inmovilizó por la espalda mientras el otro le encajaba la daga a sangre fría.

Cayetano cerró los ojos, horrorizado. Crímenes como esos no ocurrían en Chile, pensó. Eran propios de La Familia Michoacana, Los Caballeros Templarios o Los Zetas, eran el pan de cada día en México, Venezuela o Colombia, pero no en Chile. ¿Se trataba en este caso de los narcos que comenzaban a operar en el país o de intereses vinculados a interpretaciones divergentes de la historia? Lo segundo le pareció ridículo, descabellado.

Debía controlarse, volver a su lógica, no dejarse confundir por la tristeza y el sentimiento de culpabilidad que lo embargaba. Pero no pudo contener las lágrimas. Toda esto ocurrió por mi culpa, se reprochó una vez más, por mi maldita culpa. Lo que le correspondía hacer era abandonar el oficio, cerrar el despacho del Turri y dedicarse a otra cosa, a algo menos nocivo, a abrir en Valparaíso un café de verdad, con dulces de guayaba y sándwiches cubanos, por ejemplo, concluyó. Suficiente dolor y luto había causado ya con sus torpes e ineptas averiguaciones.

—Lo siento, Cayetano, pero tú querías saber cómo murió tu amigo. Por mí, puedes hacer lo que estimes conveniente. Sabes que soy una tumba.

Colgó con la sensación de que lo que acababa de contarle El Escorpión no era cierto, de que estaba soñando, de que saldría pronto de esa pesadilla atroz. Cogió las fotocopias del cuaderno de Pembroke, apartó al sonriente camarada Kim Il Sung y le dijo a Suzuki que se olvidase del expreso.

Se marchó de su oficina con un portazo furibundo.

44

En el Antiguo Bar Inglés, los oficinistas de la tarde jugaban al dominó y al cacho. Pidió una cerveza Kunstmann y una grapa, y se sentó a una mesa que da a la calle Cochrane. Los vidrios de la ventana registraban el paso fantasmal de los buses y autos. Comenzó a leer de inmediato las fotocopias del manuscrito del académico estadounidense.

Después de una lectura en diagonal, amenizada por dos cervezas acompañadas de sendas grapas y un platillo de queso manchego con chorizo, logró ordenar algunas ideas. Tras los viajes y la presurosa lectura de los textos empezaba a ver las cosas de modo diferente: decidió que no abandonaría el caso, que no se doblegaría ante el infortunio, que solo alcanzando la verdad podría vengar la muerte de Matías Rubalcaba y las demás víctimas. Eso era una resolución a firme. Los asesinos no tendrían respiro ni escaparían incólumes. La pagarían, eso podía jurarlo. Pero también sabía que a partir de ese momento, Debayle y la PDI volverían a tenerlo en su mirilla, cosa que dificultaría y entorpecería sus indagaciones. El prefecto Debayle, para bien o para mal, jamás perdonaba.

Algo del manuscrito de Pembroke despertó su interés mientras se echaba una rodaja de chorizo a la boca. Se acomodó mejor los espejuelos y se limpió los bigotazos con la servilleta de papel. Era una referencia a un tal Lynch. Lo definía como «el inspirador» y «maestro inspirador». ¿De qué?, se preguntó. Debía ser el mismo Lynch de la lista de apellidos y ciudades. Trató de googlear en su aparato, pero el wifi no contaba ese día entre las fortalezas del Antiguo Bar Inglés. Decidió regresar cuanto antes al despacho a explorar desde allá el apellido asociado a palabras que tuviesen relación con la academia estadounidense. Tal vez pescaba algo.

Estaba por irse cuando halló algo nuevo unas líneas más abajo, esta vez referido a códices. Estaba escrito en clave: «Almirante amarillo, códices, botín B. Tortuga, P.». Le dio mil vueltas a esa combinación para él carente de significado, hasta que arribó a una nueva frase de Pembroke, que era más explícita: «Requisados por Landa relatan verdad histórica».

Ordenó otra Kunstmann, intrigado. También hubiese deseado un mezcal, tal vez un Pierdealmas o un Pelotón de Fusilamiento. Así que algo que estaba en poder de Landa relataba una «verdad histórica». No había que ser un experto en el tema para concluir que el profesor se refería en sus apuntes a los códices quemados por el fraile. Admitió que en un inicio no les había otorgado importancia, porque los consideraba un asunto meramente académico y no se le había pasado ni remotamente por la mente que pudiesen conectarse con el asesinato de Pembroke.

Si no le fallaba la memoria, el profesor Solórzano del Valle había condenado enfáticamente a Landa, el fray de la Colonia que ordenó quemar centenares de códices mayas por considerarlos herejes y diabólicos. Esos documentos constituían, como lo había aprendido durante esas semanas, la memoria escrita e ilustrada de los mayas, una memoria que debía desaparecer y ser olvidada, según la corona y la Iglesia españolas de la época.

Pero había allí otro apunte importante de Pembroke: «CPH sesiona cada año en lugar diferente, acordado por Dicasterio. Tiene lugar en reino de las tinieblas». Saboreó otro sorbo de cerveza.

Su leve acidez le picó en la lengua. Aquello huele a rito satánico, a ceremonia en honor de la Santa Muerte, pensó. Se le vino a la memoria la corona de flores en honor a Dubois, el asesino, y la calle del barrio de Tepito, en Ciudad de México, donde se alza el Adoratorio Nacional de la Santa Muerte. ¿Dicasterio? CPH otra vez, se dijo mordiéndose los labios. Parecía ser una agrupación. ¿Pero qué diablos representaba esa sigla?

Volvió a repasar mentalmente las ciudades que Pembroke mencionaba en la lista: Antigua Guatemala, Valladolid, Valparaíso. ¿Eran esos los sitios donde celebraban reuniones CPH o el tal Lynch? ¿Lynch era un líder? ¿De CPH? ¿Pero un líder de qué naturaleza? ¿Dónde vivía? ¿Y qué significaba «reino de las tinieblas»? ¿El infierno? ¿La muerte misma que representaba la Santísima? ¿Y qué hacía CPH en el cementerio de Playa Ancha, en Valparaíso?

Al final, Pembroke subrayaba con bolígrafo rojo un subtítulo: Galway. Probablemente se refería a la ciudad irlandesa. ¿Pero por qué esa ciudad era clave en todo eso y en qué sentido lo era? ¿Simplemente porque Forbes afirmaba en su libro que Cristóbal Colón se convenció allí de que al otro lado del océano existía un mundo desconocido para el europeo? Podía ser. ¿O era porque el genovés había tenido allí su primer encuentro con los habitantes del Nuevo Mundo, un mundo al que arribaría en 1492, o porque en la ciudad de Galway se encerraba algo más secreto y decisivo?

La minúscula y enrevesada letra de Pembroke, así como la proliferación de conceptos, aparentemente sin relación alguna entre sí, que salpicaban el manuscrito, tendían a confundirlo y frustrarlo. Pidió la grapa del estribo para entonarse antes de volver a su casa del paseo Gervasoni.

Pagó la cuenta, introdujo las fotocopias del manuscrito en la bolsa de plástico que luego guardó en su gabardina y se caló el sombrero para salir al tráfico de Cochrane.

Afuera la oscuridad y el ruido de los neumáticos rodando sobre el pavimento húmedo le causaron una melancolía infinita que se agudizó al comprobar que los últimos porteños volvían ya presurosos a los cerros. Pensó en Matías y sus sueños de estudiante y deportista, en que su cuerpo yacía ahora en un nicho del cementerio de Playa Ancha. Eludió unas pozas percibiendo el bulto de los papeles bajo la gabardina y no le importó echarse a llorar bajo la lluvia.

45

A la altura de Prat advirtió que lo seguía un automóvil. No pudo distinguir el modelo ni la matrícula, porque sus focos lo encandilaban. Apuró el paso y subió por la empinada calle Urriola para deshacerse de sus perseguidores. Si insistían en su propósito, tendrían que desplazarse en contra del tránsito, una maniobra complicada y riesgosa en esa calle estrecha. Hubiese querido portar consigo su Beretta, pero el gatillo se había encasquillado y la estaban reparando en un taller clandestino del puerto.

Echó una mirada hacia el plano y la aparición de los focos doblando en la esquina lo intranquilizó. No había duda alguna. Lo seguían. Era un taxi. Pudo ver su panza negra con techo amarillo. Seguramente robado, pensó. Apuró el paso y el corazón se le aceleró de golpe. Tomó por la escalera Fischer, que asciende hasta el pasaje Gálvez. Confiaba en escapar por esos lados. Desde allí le sería fácil llegar a su casa, en el Gervasoni. Ni Batman en su batimóvil podría seguirlo por esa escalera y los pasajes.

Mientras vencía uno a uno los peldaños de concreto escuchó que el taxi se detenía en Urriola. Luego vino el eco de portazos. Se volteó a mirar. Dos tipos subían ágilmente la escalera en pos de él. Uno de ellos portaba un instrumento largo en una mano. Temió lo peor. Apuró aún más el paso. Comenzó a subir de dos en dos los peldaños. Debía llegar cuanto antes hasta el pasaje Gálvez, que ahora le resultaba inalcanzable allá arriba, perfectamente delineado bajo el cono de luz de un farol. Una vez allí podría dejar atrás a los perseguidores.

Alcanzó la cúspide, pero resollando y con las piernas agarrotadas. Le faltaba el aire y las casas del cerro daban vueltas a su alrededor. Se dio cuenta de que no podría continuar por Gálvez, que ahora se alargaba desierto en la oscuridad, como burlándose de él. Las fuerzas no le darían para llegar hasta el Gervasoni. Sus perseguidores lo interceptarían antes y le darían el bajo. A eso venían, no a recitarle un poema o traerle un saludo. Fue entonces cuando descubrió la puerta de madera que cerraba el acceso a un pasaje que se internaba a lo largo de un jardín con árboles copiosos.

Destrabó el picaporte con sigilo, entró al pasaje y corrió a agazaparse detrás de la escalera de una casa. Escondió los documentos de Pembroke. No le cabía duda de que lo habían estado espiando mientras él los examinaba en el Antiguo Bar Inglés. Ahora podía escuchar el silencio de la noche y su propia respiración agitada y al mismo tiempo el tam-tam furibundo de su corazón desbocado. Oyó los pasos de sus perseguidores, que se detuvieron a metros de donde él se parapetaba, dubitando entre torcer por Gálvez hacia la izquierda o la derecha. Llevaban zapatillas deportivas, jeans y parkas negras. Uno de ellos parecía cargar una daga envuelta en un trapo, posibilidad que lo inquietó de veras y le secó la boca.

Pero lo que terminó por aterrarlo sin límite fue que los hombres llevaban la cabeza envuelta en una media de mujer, de modo que sus rasgos se deformaban, haciéndolos irreconocibles. Ahora sí estaba en juego su vida, se dijo, y pensó que algo semejante debían haber sentido Pembroke, Camilo y Matías antes de morir. Contuvo la respiración, en cuclillas, encomendándose a Yemayá, esperando inmóvil detrás de la escalera resignado a enfrentar lo que viniera.

Después de unos instantes interminables en los que Cayetano sudó la gota gorda, los tipos optaron por echar a correr en dirección a la escalera que comunica Gálvez con el paseo Gervasoni. Le quedó clara una cosa: ellos conocían su residencia.

Bajó a todo lo que daban sus pies por los peldaños que conducen a la calle Urriola, porque estimó que solo en un sitio concurrido estaría a salvo. Si tenía suerte, podría alcanzar la plaza Sotomayor, donde había vigilancia naval, o bien la plaza Aníbal Pinto, donde la variopinta bohemia porteña pulula hasta que sale el sol.

Al llegar a Urriola quedó paralizado: el taxi seguía estacionado allí, a metros de la escalera Fischer. Un tipo aguardaba dentro del vehículo, con las luces apagadas. Recordó lo que le había sucedido a Matías y echó a correr cerro arriba, hacia el pasaje Bavestrello, una escalera ancha que cruza entre casas de comienzos del siglo XX de arquitectura toscana. Debía subir a todo lo que le diera su corazón para llegar al Museo Baburizza, donde confiaba en que hubiese al menos un guardia encargado de cuidar la magnífica colección de pintura chilena de todos los tiempos, o bien al elegante hotel Palacio Astoreca, donde debía haber un rondín.

Empezó a subir las escaleras del Bavestrello. Las piernas le pesaban como si llevara zapatos de plomo. No estaba ya para esos trotes. Llevaba demasiado arroz con frijoles, puerco asado, yuca y dulces de guayaba con queso en el cuerpo, demasiadas medidas de ron y mezcal, demasiados kilómetros recorridos sin hacer ejercicio. En cualquier momento el corazón renunciaba y se cortaba la película. Pensó en eso sin dejar de subir los peldaños, cuando escuchó que un vehículo se detenía en la entrada inferior del pasaje. Apuró aún más el paso, ya sin aliento, con las mejillas sudorosas, el bigotazo empapado, los espejuelos empañados, urgido por escapar de la trampa. Se volteó a mirar hacia abajo por un segundo, sin detener la marcha, y vio que se trataba del taxi.

Su chofer acababa de bajar del carro y ahora comenzaba a subir la escalera llevando un refulgente estilete en una mano y un celular en la otra. Iba dando instrucciones a través del aparato.

Cuando alzó la vista para contar los peldaños que aún le restaban para salir del pasaje Bavestrello, Cayetano escuchó un frenazo y un portazo de auto. De inmediato la silueta de dos hombres macizos llenó el vano: lo esperaban arriba con cuchillos.

Volvió sobre sus pasos, convencido de que le convenía devolverse y alcanzar Urriola a como diese lugar. El chofer del taxi continuaba subiendo, con cierta calma, confiando en que él terminaría por caer en sus manos como una fruta madura.

Siguió descendiendo rápido, pero trastabilló y estuvo a punto de rodar escalera abajo. Recuperó el equilibrio y siguió bajando. Cuando el hombre quiso obstruirle el paso, Cayetano dio un brinco de gacela, inimaginable para su edad, juntó ambos pies en el aire y le propinó una feroz patada doble en la quijada al enemigo.

Lo vio irse de espaldas en cámara lenta, lo escuchó proferir un prolongado grito de rabia e impotencia, y luego sintió cómo su cabeza crujía como una sandía madura al azotarse contra el concreto.

Cayetano se incorporó sintiendo dolor en los antebrazos y la cadera, pero continuó corriendo peldaños abajo para salir del Bavestrello. Al rato empalmó con Urriola y cuando hubo alcanzado el plano detuvo un taxi y pidió que lo llevara a una pequeña ciudad situada entre el Pacífico y Los Andes, a una hora de Valparaíso: Olmué.

46

Lo arrancó del sueño el escandaloso canto de un gallo.

Se calzó los anteojos con torpeza. Estaba en un cuarto con muros de adobe. El pajarraco cantaba desde la ventana abierta de par en par. Hizo memoria. La persecución en Valparaíso. Bajada Urriola. Taxi en calle Prat. Plaza de Olmué. Una de la mañana. Por fin, un refugio: Pensión Sarmiento.

Había logrado escapar de sus perseguidores. De lo contrario le habrían clavado el estilete en el corazón. Ya no debía utilizar el celular. Delataría su paradero. Desde la ventana, el gallo lo seguía observando con curiosidad. Tenía la cresta rosada y caída, el plumaje oleaginoso. Terminó por irse a cantar a otra parte.

Hojeó un folleto del Tao que encontró sobre el velador: «Si no se interfiere en el curso de las cosas, todo se mantiene en orden». Aquello no le servía mucho como investigador. «Saber, y pensar que no sabemos, es una virtud. No saber, y pensar que sabemos, es un defecto.» Eso le pareció ya algo más útil. Cuando tenga tiempo estudiaré el Tao, concluyó e introdujo con un leve sentimiento de culpabilidad el texto en el bolsillo de su chaqueta, que colgaba de una silla de mimbre.

Se duchó mirando por la ventanita del baño hacia el cerro La Campana, que domina todo el valle, y luego desayunó, bajo un parrón, café con leche y huevos fritos con tocino. El gallo seguía cantando desde una cancha de fútbol, rodeado de gallinas castellanas.

Vio las noticias de las ocho en el televisor instalado junto a la caja: fútbol, farándula, política internacional, incendios, crímenes, violaciones. De México decían que habían encarcelado a la dirigente máxima del Sindicato de Maestros, acusada de corrupción. Nada más. O al menos así lo creyó hasta que el locutor reapareció con una noticia de último minuto: acababan de hallar el cadáver de un español en el pasaje Bavestrello, de Valparaíso.

Lo habían apuñalado. Tenía cerca de treinta años y llevaba tres semanas en el país. Se llamaba Miguel Ángel Navarrete Azcárate y se hospedaba en un hotel de la ciudad. En Valparaíso vive sin lugar a dudas un asesino en serie, afirmó el reportero desde los peldaños del Bavestrello, y seguro recorría los cerros porteños como un vecino más.

Intuyó de inmediato quién era la víctima. Lo que lo sorprendió es que él solo lo había derribado en las escaleras. Sus compañeros lo habían asesinado. ¿Por qué? ¿Por qué preferían matarlo a llevarlo a un hospital, donde tal vez enfrentaría un interrogatorio policial? ¿Se trataba del mismo hombre a quien él había pateado en la quijada? ¿No significaba todo aquello, tan turbio y enigmático, que él se había topado con el narcotráfico y que este ahora lo tenía a él en su mirilla? De ser así, sus días estaban contados.

Cruzó la calle bajo la sombra de los árboles, esquivó una jauría de perros que dormitaba bajo un banco de la plaza e ingresó al cibercafé de la esquina. En un computador examinó su cayetanobruledetective@gmail.com y su twitter @CayetanoBruleReal. No encontró nada nuevo. Compró un móvil con tarjeta y llamó a Bernardo Suzuki.

—Estamos en Armagedón —anunció.

Era la clave acordada para indicar que la vida de ambos se hallaba en peligro y que debían adoptar precauciones extremas. Tenían un sitio de reunión para este caso: un café de mala muerte en una galería de la plaza de la Victoria, junto a un antiguo cine de películas porno. Pensó en la piel pálida y el cuerpo bien formado de la bella Stacy, y luego sintió escalofríos.

—Entendido, jefe —repuso Suzuki—. ¿Qué hora es?

Consultó su Poljot. Estaba detenido a la 1.07 de la mañana.

—Deben ser como las diez —calculó.

Implicaba que se verían al día siguiente, a esa hora, en el café porteño. Armagedón significaba además que Cayetano no volvería a su casa del paseo Gervasoni ni regresaría al despacho del Turri, y que debían usar celulares de prepago para comunicarse o bien dejar mensajes en la fuente de soda porteña Los Panzers, de Elvio Porcel de Peralta, veterano jugador del glorioso Santiago Wanderers de 1968.

Le explicó a Suzuki cómo recuperar los textos de Pembroke en el paseo Fischer, luego colgó y llamó a Anselmo Marín.

—Debemos vernos a la brevedad —le anunció—. Es por lo del pasaje Bavestrello.

—Te espero hoy a las siete en el Club Alemán —repuso El Escorpión.

47

Premunido de sombrero y lentes de sol sobre las gafas, Cayetano Brulé salió del departamento de Andrea Portofino, donde se sentía a buen recaudo. En el plano cogió un taxi que lo condujo hasta la calle Pirámide. Confiaba en que con esa indumentaria nadie lo reconocería. Era una suerte, por lo demás, que la poeta y maestra de literatura de la Scuola Italiana le procurase refugio.

—Mi departamento se convirtió en la pensión Soto: casa, comida y poto —afirmó Andrea sonriendo mientras se secaban con unas toallas gruesas fuera de la ducha, después de haber hecho el amor apremiados por el compromiso de Cayetano.

A las siete en punto de la tarde, Cayetano subió las escalinatas del Club Alemán.

Arriba lo esperaba el amigo con su aspecto pulcro y reservado de siempre: peinado hacia atrás, traje oscuro y corbata azul, zapatos bruñidos.

—Veo que estás en honduras —comentó Anselmo Marín al verlo disfrazado—. Pasemos mejor al bar, que es un sitio discreto.

Atravesaron un pasillo de paredes engalanadas con óleos del siglo XIX y llegaron al bar. Cayetano supuso que El Escorpión se sentía a sus anchas en ese recinto que cultiva el mismo ambiente formal y acogedor del club de oficiales de la PDI, en la capital. Se sentaron junto a la ventana que da al arco del triunfo británico, una gigantesca muela olvidada en la avenida Brasil, y ordenaron pisco sour y camarones de río al ajillo.

—¿Estás involucrado también en lo del Bavestrello? —preguntó Marín, serio.

—Pues parece que sí, y lo peor es que necesito con urgencia datos del español que murió asesinado ahí —dijo Cayetano. En el bar resonaba una melodía de Mahler o de alguno de sus severos descendientes—. ¿Es profesor? ¿Puedes conseguirme algo?

—Tal vez para mañana. Te veo ansioso —afirmó Marín—. ¿Algún problemón?

—Ando con una tincada. —Cayetano se despojó de los calobares y tomó las gafas entre sus manos, luego empañó con su aliento los cristales y comenzó a frotarlos ayudado de la punta del mantel. Se los acomodó satisfecho—. Además me ayudaría mucho un listado de todos los españoles que ingresaron al país desde enero del año pasado a la fecha. Españoles que sean académicos.

—¿Vas a fundar una universidad? —preguntó El Escorpión con sorna y se echó una aceituna a la boca en el momento en que las copas de pisco sour llegaban a la mesa—. No te conviene. Están desprestigiadas. Tanto las públicas como las privadas. Además, ya nadie quiere estudiar, solo marchar. Está de moda la escuela peripatética.

—Creo que la clave puede estar entre profesores españoles de historia o algo por el estilo.

—Así que algo por el estilo —repitió El Escorpión, asintiendo incrédulo con la cabeza.

—Disculpa la vaguedad, pero tú me entiendes.

—No entiendo nada, Cayetano. Pero bueno, los amigos están para ayudarse. En todo caso, Inmigración no lleva un registro tan preciso de quiénes entran al país. Es decir, no apuntan si se trata de un profesor de gimnasia, filosofía o trabajos manuales. Además, cada uno se presenta como quiere.

—Me basta con los que se identifican como profesores.

El Escorpión depositó un cuesco de aceituna en el platillo. Luego miró con codicia el platillo de empanaditas de queso que habían pedido a último minuto.

—Pides la información como si fueras el director general de la PDI —afirmó, alzando la copa.

—Pero siempre por una buena causa —repuso Cayetano, y elevó la suya—. Nunca te he defraudado ni metido en líos.

—Ni falta que me hace. Pero lo que me pides es ilegal.

El Escorpión se ayudó de una servilleta para llevarse a la boca una empanadita de queso. Le arrancó la mitad de un mordisco.

—Es ilegal que me pases esos datos —admitió Cayetano—. Pero nadie puede condenarte por dejarlos olvidados en una mesa del Le Petit Filou de Montpellier.

—Ilegal es ilegal. El Departamento Quinto anda en todas.

—No me gusta recordar favores, pero me debes unos cuantos, mi amigo. Si madame Eloise no me contara ciertas cosas a través de Suzuki, no estarías al tanto de lo que se trama en los antros porteños.

—Lo que se da no se quita…

—Y jamás te habrías enterado de cómo tu antiguo jefe te cortó la cabeza sin asco. —Se acordó del decapitado Pembroke y reconoció que la metáfora no era feliz.

—… porque te sale una jorobita.

—Hoy por mí, mañana por ti, Anselmo.

El Escorpión sonrió y engulló un camarón con deleite. Le gustaba que los sazonaran con mucho ajo. Aunque jubilado prematuramente, había visto de todo en la institución. Grandezas y mezquindades. Compañerismo y traiciones. Había servido en ella bajo la dictadura y en democracia, y la amaba lealmente, consciente de que no era un lecho de rosas, pero tampoco un centro de corrupción como en otros países. No, la institución era digna y brindaba una existencia también digna a sus miembros. Ahora, jubilado y mirando las cosas con más distancia, se escapaba de Santiago cada vez que podía a su departamento de Concón. Desde allí contemplaba en los atardeceres la embestida del oleaje espumoso contra los roquedales y el vuelo rasante de los pelícanos.

—Cuéntame, primero, en qué andas —dijo y sorbió de la copa.

Cayetano vio de pronto a su amigo asentado como un Maigret, como un policía en plena madurez, ubicado ya por encima del bien y del mal. A su espalda, el barman agitó de nuevo la coctelera con furia.

—Se cuenta el milagro, pero no el santo —apuntó Cayetano—. Yo respeto tu secreto profesional y tú el mío. Somos profesionales, ¿o no?

No podía revelarle, desde luego, la razón de su pedido. De hacerlo, corría el riesgo de que El Escorpión se fuera de lengua en la PDI y arruinara la investigación. Sentía que ahora más que nunca la discreción era esencial, pues no faltaba mucho para que el implacable prefecto Debayle comenzara a hostigarlo. La existencia de un detective privado en sus dominios lo consideraba un insulto a su gestión. La tolerancia no era precisamente lo suyo.

—Somos profesionales, pero también amigos —objetó Anselmo.

—«Buena es la confianza, mejor es el control», decía el viejo Lenin ya en el Kremlin —afirmó Cayetano. Hubiese querido agregar: y mira, terminó convertido en una momia que se va engurruñando más cada año—. Hablo solo de profesores españoles.

—Solo de profesores españoles —repitió burlón Anselmo Marín y se paseó la punta de la lengua por la dentadura superior—.

Suena demasiado académico. ¿No estarás asesorando a universidades en materia de seguridad?

—Digamos que me conmueve en estos días la historia precolombina y colonial de América Latina, y que en lo que me vas a suministrar pueden aparecer tipos interesantes.

—¿Un asunto muy delicado?

—Hay sangre de por medio, Anselmo. —Se ajustó el nudo de la corbata de guanaquitos—. Anoche escapé enjabonado de una encerrona.

—¿En el Bavestrello?

—Ahí mismo.

—Son palabras mayores —dijo Marín, ceñudo.

—Me siguen. No estoy yendo ni a casa ni al despacho. —Prefirió no contarle que se alojaba en la población Márquez—. Y no me sugieras que denuncie la situación a la PDI ni a Carabineros. Si lo hago se acaban mi independencia, mi libertad y mi caso. Decidí no llamar a Debayle.

—Escúchame bien —dijo El Escorpión después de rescatar con el tenedor un camarón del platillo. El aroma a ajo se contoneó sobre la mesa como una cobra encantada en una calle de Calcuta—. Seré jubilado, pero no huevón. Me la huelo a la legua que estás metido en un forro de envergadura. Andas clandestino y metido hasta el cuello en los asuntos del gringo Pembroke, los narcos y los asesinatos que tienen a Valparaíso en vilo. Además, Debayle te puede acusar de ocultar información sobre un crimen. Estás jugando con fuego, Cayetano. Y ojo, que los que asesinaron a toda esta gente son sicarios.

Cayetano vació el pisco sour y se apartó con el dorso de la mano la espuma de los bigotazos. Respiró profundo, echó una mirada huraña hacia las palmeras de la avenida Brasil y pensó que Anselmo tenía razón. Apuntó su nuevo celular en una servilleta.

—Avísame cuando sepas algo —le dijo, pasándole el número.

—Cuídate, y llévate esto contigo —dijo Anselmo Marín mientras sacaba un libro del bolsillo de su traje—. Es un poeta que te va a encantar y ayudar. Lisboa y Valparaíso se parecen.

Cayetano Brulé se puso de pie, guardó el obsequio sin desenvolverlo, estrechó con afecto la mano de su amigo y salió presuroso del Club Alemán con el sombrero en la mano.

48

Se sentía seguro en el departamento de Andrea Portofino. En realidad era un buen refugio. Andrea había pernoctado en Santiago, donde se reuniría con colegas invitados al Festival Puerto de Ideas, de Valparaíso, y no regresaría hasta la tarde. Le había dicho que se sirviera lo que encontrase en el refrigerador y el barcito.

El departamento era pequeño, olía a diluyentes, y tenía vista a la calle adoquinada, aunque resultaba un poco sombrío por la ladera del cerro y algo ruidoso por el paso de vehículos.

Pero estaba tranquilo allí, o al menos así se sentía, pensó mientras colaba el primer café de la mañana en una cafeterita de aluminio. Que Andrea entendiese de café y de trópicos era algo que también los unía. Andaba con el librito del Tao y el poemario de Fernando Pessoa en los bolsillos de una bata de la maestra. En los momentos de soledad y recogimiento le venía bien leer algo. Además, como en la población vivía mucha gente, pasaba inadvertido en el vecindario. En pocas palabras: estaba a gusto allí. Por la mañana, la brisa marina refrescaba los pasadizos, las gaviotas sobrevolaban los techos soltando graznidos y las campanadas de La Matriz vestían el aire fresco y diáfano.

Sus perseguidores jamás lo buscarían en ese barrio porque su relación con Andrea era esporádica y clandestina, y solo Suzuki estaba al tanto de ella. Por fortuna, la ciudad era vasta y caótica, y se enorgullecía de su loca topografía y de la multitud de cerros que en verdad eran pueblos independientes con cultura y tradiciones propias. Mientras él tuviera el cuidado de no retornar al paseo Gervasoni ni al despacho del Turri, sus perseguidores andarían más perdidos que el teniente Bello. Eso sí, ahora estaba convencido de que ellos no eran un par de simples asaltantes. No. Tanto por su forma de actuar como por la destreza que demostraban para eliminar a personas, más bien parecían integrar una organización del crimen internacional que deseaba ocultar algo gordo.

Llenó una tacita de café y se instaló en el living del departamento a hojear el texto del Tao: «El que sabe caminar no deja huellas, el que sabe hablar no da pie a ser criticado… el que sabe cerrar no necesita candados, pero lo que ha cerrado no puede ser abierto». Le sonó simple y elemental, le pareció incluso que hasta era una excelente lección de sentido común para un detective.

Sorbió el café. Mal no estaba. Andrea compraba del bueno. Un bocinazo trizó la mañana. Siguió leyendo. La primera frase lo estremeció: «Siempre hay un verdugo encargado de matar. Ahora bien, si alguien mata en lugar del verdugo es como si cortara madera en lugar del carpintero, fácilmente se cortará la mano». Aquello sonaba ya mejor, admitió, contagiado de un entusiasmo leve que le hizo suponer que sus pesquisas navegaban hacia buen puerto.

Estaba por echarle un vistazo al libro de Pessoa cuando sonó el móvil.

—Usaron una daga para liquidar al español —le confirmó El Escorpión a boca de jarro.

Se puso de pie alarmado. Si bien era eso precisamente lo que había supuesto desde el primer momento, no supo por qué aquello ahora lo inquietaba tanto. Se acercó a la ventana y observó la calle Márquez oculto detrás de los visillos. El barrio comenzaba a desperezarse. Un tendero levantaba una cortina metálica que exigía a gritos aceite para su engranaje.

—Me lo imaginé —dijo masajeándose los párpados con la punta de los dedos por debajo de las gafas—. Te lo agradezco, Anselmo. ¿Conseguiste la lista de turistas españoles?

—En eso ando. Calma.

—¿De dónde venía este señor?

—De España.

—Lo sé. Está en la prensa. —Comenzó a pasearse por el dormitorio de Andrea Portofino—. ¿Pero antes? ¿De dónde venía?

—Qué sé yo. Recuerda que a los europeos no les timbran el pasaporte cuando viajan dentro de la Unión Europea.

—¿Dónde estaba alojando? —Abrió la gaveta de la cómoda. Vio blusas y suéteres de media estación. Todo olía al embriagador perfume francés que usaba Andrea Portofino. Sus dedos toparon al fondo con una bolsa negra con cierre.

—En el hotel Ultramar. Alojaba solo —afirmó Anselmo Marín—. No se le conoció compañía. El consulado español dice que aún no ubica a sus familiares en España.

—¿Se puede visitar su cuarto? —Descorrió el cierre.

—Ya lo vaciaron. Sus pertenencias están en nuestro cuartel de la plazuela San Francisco. ¿Te interesan?

Calculó que podían dar con el hilo que condujera a la madeja. ¿Detrás de todo se ocultaba en verdad una disputa entre narcotraficantes o entre historiadores? Lo segundo seguía pareciéndole inverosímil. Se imaginaba a un buen académico llevando una toga, no una daga en la mano.

Desde el departamento de Andrea tardaría poco en llegar al cuartel, que está a tiro de piedra de la población Márquez. Solo tendría que adoptar la precaución de volver a su disfraz y procurar un taxi. Sus seguidores podían estar acechándolo en las inmediaciones de la PDI o contar con informantes en la institución.

—¿Cuándo podemos ir a ver lo que quedó del españolete? —preguntó mientras sus dedos tropezaban en la bolsa con unos pitos de yerba y un colaless negro.

49

Bernardo Suzuki se encargó de devolverle los documentos de Pembroke, que Cayetano había ocultado en el pasaje Fischer mientras huía de los asesinos. Después lo trasladó en una minivan desde la población Márquez al interior del cuartel de la PDI.

—Así transportan a los detenidos peligrosos, jefazo —dijo Suzuki—. Nadie los ve desde fuera para que no sufran algún atentado.

En la puerta del edificio lo esperaba Anselmo Marín junto a un oficial joven, ex alumno suyo en una clase de interrogatorio en la academia institucional, ubicada en el barrio Pajaritos, en las afueras de Santiago. Era un hombre de su entera confianza y, al parecer, el tipo idóneo para ayudarlos; los guió hasta la sala del subterráneo, donde guardaban las pertenencias del español asesinado.

Ramón Huerta las había dispuesto sobre una mesa de aluminio: zapatos, ropa interior, dos trajes oscuros, pantalones negros, camisas, corbatas, una bolsita con el logo de Iberia que contenía un cepillo, un tubo de dentífrico, un peine y varias rasuradoras desechables. Fue otro objeto el que capturó sin embargo la atención de Cayetano Brulé: dos guías turísticas de la colección *Eyewitness*, impresas en español. Una era sobre Chile y la isla de Pascua, la otra sobre Irlanda.

—¿El pasaporte le interesa, señor? —preguntó Huerta, que tenía unas cejas gruesas y arqueadas, que le daban un aire permanente de asustado.

Tomó el pasaporte y las guías en sus manos y se sentó ante un escritorio a examinar todo aquello mientras El Escorpión hurgaba en los bolsillos de los trajes. Reconoció de inmediato al hombre de la fotografía como el que había intentado cerrarle el paso en la escalera del pasaje Bavestrello. Un estremecimiento lo sacudió al fijar sus ojos en los del muerto. Miraba a la cámara serio y sudoroso y vestía un suéter de cuello alto. Ahora está muerto, pensó Cayetano. Seguro lo estaban conservando en el depósito de cadáveres del sótano.

Volvió a examinar una a una las hojas del pasaporte, pero le costaba identificar la procedencia de los timbres estampados. Por fin encontró algo que tenía valor para su indagación: el boleto de Iberia en que, tres semanas antes, había llegado desde Madrid a Chile. Clase económica, asiento junto a la puerta de escape. La butaca reservada para los pasajeros frecuentes, concluyó Cayetano. Pero el pasaje no tenía clave de pasajero frecuente. Una lástima. Con ese dato podría haber reconstruido de inmediato sus últimos desplazamientos aéreos.

—Anselmo —dijo con el boleto en la mano—. ¿Pueden averiguar las últimas rutas de este pasajero?

—Huerta, ¿puede hacerlo? Interpol le ayudará en eso.

—Sí, señor, de inmediato.

Huerta salió de la sala iluminada con tubos fluorescentes llevando el pasaje consigo. Cayetano pensó que esa búsqueda podía implicar el fin de su investigación si alguien alertaba a Debayle. Y seguro que Debayle estaba encima de la búsqueda del criminal en serie que asolaba al por lo general sosegado Valparaíso.

Imaginó no sin placer que El Escorpión se estaría preguntando qué asociación deseaba establecer él entre un crimen callejero, ocurrido en Valparaíso, y unas ciudades remotas. En la era de la globalización y del crimen internacionalmente organizado, un delito cometido en una apartada localidad de la Patagonia podría haber sido planeado en un departamento del Prenzlauer Berg, de Berlín; uno ejecutado en el Amazonas podía haber sido ordenado en San Petersburgo, y uno cometido en un oasis del desierto de Atacama podría tener su origen en La Habana. El tamaño del planeta se había reducido y las fronteras se habían evaporado, al menos para el crimen organizado.

Decidieron hacer una pausa y subir a la cafetería del cuartel, donde tomaron un café con orejitas de azúcar. El sótano del cuartel no resultaba un lugar acogedor, menos lo era ante los documentos y la ropa de alguien que claramente había intentado asesinarlo. Afuera, la plaza Santo Domingo respiraba tranquila y a oscuras. Desde allí alguien podía estar espiándolo, alguien que hubiese recibido el dato de que Cayetano Brulé había reaparecido, esta vez en un centro de la PDI. Regresaron al rato a la atmósfera opresiva del subterráneo. Cayetano hojeó las guías turísticas en busca de algo que no sabía bien qué era, mientras Marín revisaba con lupa las pertenencias del occiso.

—¿Qué te parece esto? —preguntó mostrándole a Cayetano un prendedor dorado de corbata que acababa de encontrar en la bolsita de Iberia.

En su centro había un espacio ovalado y dentro de él un escudo. En el corazón del escudo vio unas siglas, escritas en letra gótica, que lo azoraron: CPH. Su corazón palpitó con fuerza, sus mejillas enrojecieron, apenas logró controlar la emoción y la sorpresa. Había visto esas mismas siglas en la cinta de la corona de flores en honor a Émile Dubois y en un apunte de Pembroke, pero ahora tendría que recurrir de nuevo a los apuntes del estadounidense, que tenía en casa o en el despacho, ya no lo sabía bien, porque allí había leído esa sigla antes.

Le pidió sin mucha convicción a Marín que buscara esa sigla en Google. Lo hizo con su Blackberry. Tal vez encontrara algo. Él había fallado unos días antes en esa búsqueda. Pensó que lo mejor era consultar al santero cubano Armando Milagros y al maestro O'Higgins Monardes, o a sus conocidos del museo de la Antigua Inquisición o del Adoratorio de la Santísima, en Ciudad de México. Alguno podía saber algo.

—CPH dijiste, ¿verdad? —preguntó Marín y comenzó a leer de la pantallita—: Concordia Publishing House, de St. Louis, Missouri. Comisión Permanente del Hormigón, Madrid, España. Aeropuerto Kastrup de Copenhague, Dinamarca. Centro Panamericano de Humanidades, de Monterrey, Nuevo León, México. ¿Te sirve alguna?

—Te agradeceré que imprimas todo lo que encuentres bajo CPH. Lo estudiaré esta noche.

Huerta regresó poco después.

—Puedo obtener más información —anunció—. Pero creo que esto suena muy interesante: el viaje procedente de Madrid del occiso tiene dos particularidades. La primera es que estuvo en conexión con un vuelo desde Dublín a Madrid. La segunda: el regreso de Santiago a Madrid, que tiene fecha abierta, está en conexión con otro vuelo de Iberia: de MAD a CDZ.

—¿Y esa jerigonza qué quiere decir? —preguntó Cayetano.

—Vuelo de Madrid a Cádiz.

—¿Puedo llamar a Estados Unidos? —preguntó Cayetano, de pronto urgido.

—Usa mejor mi móvil —sugirió El Escorpión.

Cayetano le dictó el número de Lisa Pembroke. Era tarde en Chicago, pero no tanto.

Le contestó la viuda. Fue directo al grano tras disculparse por llamar a esa hora.

—¿Le habló alguna vez el profesor Pembroke de la ciudad irlandesa de Galway?

—Claro —repuso ella con absoluta normalidad—. Estuvo allí un par de veces buscando algo para un libro o un ensayo que escribía. Nunca lo acompañé. Sé que Irlanda es bella, pero sus viajes eran de trabajo. Y usted ya lo sabe: en esos viajes él se refugiaba y se convertía en un ermitaño.

—¿Investigaba en Galway, entonces?

Cayetano Brulé tomó asiento y se cruzó de piernas. Un pitazo quejumbroso llegó por los aires de la bahía. ¿Se trataba de un barco de carga o un crucero? Pensó que hacía más de un año Pembroke se había acercado a Valparaíso de la misma forma.

—Exactamente —dijo la viuda—. Hizo viajes breves a Galway. De trabajo.

—Pero él es latinoamericanista, no europeísta.

—Bueno, los irlandeses algo tienen que ver con ese mundo, ¿o no? O'Higgins, el padre de la patria de Chile, era irlandés, después de todo. Los irlandeses están repartidos por el mundo, principalmente en Estados Unidos, adonde llegaron huyendo del hambre y la miseria de su patria.

Tenía razón. Pero Pembroke no se dedicaba a la historia del siglo XIX o XX, sino a la del XV al XVII.

—¿Qué le interesaba en Galway? —preguntó tenso.

—Le recuerdo que el apellido Pembroke también tiene que ver con Irlanda.

—Está bien, gracias, Lisa. Pero ¿qué le interesaba al profesor de Galway?

—Que allí estuvo Cristóbal Colón antes de descubrir América. Que allí hay una iglesia donde oró para que Dios lo ayudase en la travesía. Usted sabe, los irlandeses y los italianos son muy católicos.

Sabía todo eso y también que Colón había llegado a Galway. Eso lo afirmaba el libro de Forbes. Pero él quería ir más allá, a ese más allá que buscaba Pembroke. O sea que en ese sentido Pembroke seguía siendo profundamente latinoamericanista al indagar en Irlanda.

—¿Algo más? —preguntó Cayetano, impaciente—. ¿Nunca mencionó que allá tuviera enemigos?

—Por el contrario. Allá tenía un buen aliado.

—¿Quién era? ¿Un académico, tal vez?

—No. Un guía de turismo.

Empezó a hojear el libro de Irlanda.

—¿Cómo se llamaba?

—¿Dominick, Patrick, John? Qué sé yo. Pero no sé qué busca usted en Galway, cuando los asesinos de Joe andan sueltos en el otro extremo del planeta —reclamó la viuda—. Seguro que esos criminales se pasean confiados por los bares de Valparaíso.

Cayetano cruzó la sala con el móvil pegado a la oreja. Aquello era un dato relevante. Claro, él nunca se había ocupado de la relación entre Pembroke y Galway porque al comienzo asociaba la ciudad irlandesa con la teoría de Forbes y ciertas simpatías académicas de Pembroke, pero no con su asesinato. Era probable que Soledad Bristol supiera algo del guía turístico de Galway.

—Permítame otra consultita —añadió.

—Pero le ruego sea conciso, señor Brulé. Tengo invitados en casa.

—¿Nunca le habló su esposo de las siglas CPH? —Cayetano observó el prendedor que tenía entre los dedos.

—Nunca.

—La última pregunta —continuó guardándose el prendedor en un bolsillo.

—¿Breve?

—Es breve. ¿Me financiaría un vuelo a Galway?

—¿A Galway? —reaccionó entre sorprendida e irritada.

—Sí, a Galway. Le ruego que confíe en mí. En estas semanas estamos avanzando como no pudieron ni la PDI ni el FBI juntos en un año.

Ella guardó silencio. Cayetano pudo escuchar la música de fondo. La orquesta de Fausto Papetti, sin lugar a dudas, concluyó. Se sintió arrojado de improviso a los años sesenta, a la etapa en que merodeaba entre Cayo Hueso y Miami. Pronto el amor por una chilena aristocrática lo arrastraría al Chile de Salvador Allende. Lo demás era historia conocida.

—Está bien —repuso al rato la viuda, resignada—. Viaje, pero en clase económica, y alójese en un *bed and breakfast*, para que no me siga saliendo tan caro.

50

Llamó a Soledad Bristol. La sorprendió en un bar de Nueva Orleans, donde bebía con amigos y sonaba un grupo de rock duro. Ella apenas escuchaba su voz, pero la alegró sobremanera su llamada desde Valparaíso.

—No quiero arruinarte la fiesta —anunció Cayetano. El Escorpión lo miraba examinando la lista de empresas con las siglas CPH—. Sé que el profesor Pembroke estuvo en Galway, investigando su materia predilecta.

—Exacto, varias veces —gritó Soledad entre alaridos de gente eufórica—. Joe descubrió Galway a través de la obra del profesor Forbes. ¿Te acuerdas de que te lo conté? Allí fue donde Cristóbal Colón se convenció de que llegaría a otras tierras navegando hacia el oeste.

—Lo recuerdo, Soledad, lo recuerdo. Colón era entonces un tipo joven.

—Exacto. ¿Cómo puedo ayudarte?

—Me urge averiguar el nombre del contacto del profesor Pembroke en Galway.

—¿Piensas viajar a Galway?

El Escorpión seguía mirándolo. Su amigo tenía un aspecto demacrado bajo la luz pálida de los tubos fluorescentes. De pronto tuvo la convicción de que había envejecido súbitamente, apartado de la PDI. Era un policía de pura sangre y su jubilación prematura dejaba huellas en él. Ahora estaban solos en aquella oficina sin ventanas. El oficial Huerta se había retirado.

—Estoy tratando de ir a Galway —precisó Cayetano—. Pero me faltan los contactos de Pembroke allá.

—Por lo que recuerdo, tenía un amigo.

—¿Era guía turístico?

—Exacto.

—¿Cómo se llama?

No respondió de inmediato. Cayetano se pasó la mano por la cabellera, nervioso, y luego se acomodó los espejuelos sobre la nariz.

—No quiero darte información equivocada —dijo Soledad—. ¿Me permites que te lo envíe por e-mail? Debo tener el nombre en alguno de mis apuntes. En cuanto lo encuentre te lo envío.

—Envíalo al mail cayetanobruledetective@gmail.com

—Cayetano.

—¿Sí?

—¿Te puedo preguntar algo?

—Lo que tú quieras —tartamudeó al decirlo, lo que acrecentó el interés de Marín por la conversación.

—Me has extrañado un poquito, ¿verdad?

—Un poquito.

—¿O tal vez más que un poquito?

El tono implorante que ella empleaba le ablandó el corazón. Recordó su boca de labios húmedos, su cuerpo bien formado, sus manos sabias, la pasión con que se adhería a su vientre cuando hacían el amor. A ella también le gustaba tirar a la porteña, es decir, acodada sobre el rellano de alguna ventana, de frente a la calle, con la grupa orgullosamente en ristre, disimulando el tejemaneje que tenía lugar entre los visillos, donde Cayetano, desde un excitante anonimato, se esmeraba por atenderla como se merecía.

—Claro que te extraño —repuso Cayetano—. ¿Cómo no voy a extrañarte?

El rostro de El Escorpión se aguzó.

—No sabes cuánto me alegra escuchar eso, Cayetano mío. Necesito verte —agregó Soledad con voz calenturienta—. Nada me gustaría tanto como encontrarme contigo en Galway. Podría llevarte lo que encuentre de Joe. De día podría estar a tu lado como tu asistente y de noche como tu amante. Me encantó fundir las fantasías de un detective de La Habana con las de una maestra de Nueva Orleans.

—Tienes razón —admitió Cayetano, tratando de disimular ante Marín, aunque sin poder apartar las imágenes de la febril despedida con la académica.

En el bar de Nueva Orleans cantaba ahora Lady Gaga.

—Cayetano mío —dijo Soledad, elevando el tono de la voz—. Si me mandas el pasaje, yo tomo el próximo avión y te espero en Galway. Vamos, no seas malito, mi amor. No me abandones de nuevo. Recuerda cuánto disfrutamos juntos. No me tortures, abusador. No sabes lo que me haces falta y ni te imaginas todo lo que aún puedo entregarte. Vamos, amorcito, ¿nos vemos entonces en Irlanda?

51

Dublín por la mañana. Aeropuerto internacional. Nubes oscuras sobre una tierra verde como la de Chiloé y el Caribe, piensa Cayetano
mientras presenta su pasaporte ante el oficial de Inmigración. Fernando Pessoa había sido un magnífico acompañante durante el vuelo.

> *Si después que yo muera, se quisiera escribir mi biografía,*
> *nada sería más simple.*
> *Exactamente poseo dos fechas —la de mi nacimiento y*
> *la de muerte.*
> *Entre una y otra todos los días me*
> *pertenecen.*

Por fin logré memorizar esos versos, se dijo Cayetano satisfecho, avanzando a paso rápido en el espeso aroma a café que inundaba la pequeña pero acogedora terminal de Dublín. Agitación de
pasajeros. Diarios europeos. Restaurantes y cafeterías atestados.
Tiendas *duty free*. Retratos de los principales escritores irlandeses
en vitrinas y paredes. Letreros en inglés e irlandés. Y de pronto
divisó a Soledad Bristol entre los pasajeros. Como ella no se había
percatado de su presencia, él se le acercó por la espalda y la besó
en la nuca. Soledad reaccionó echándose en sus brazos y lo besó
en la boca con fruición.

—No nos separemos más —rogó Soledad mientras caminaban cogidos de la mano hacia el bus que hace el trayecto del aeropuerto a Galway.

Lloviznaba.

El mundo es efectivamente un pañuelo y nosotros un atado de recuerdos, se dijo Cayetano ya sentado junto a Soledad en el bus. La máquina atravesaba con mullida calma las estrechas y húmedas calles dublineses, entre tiendas de souvenirs, mesas puestas en la vereda y gente que caminaba presurosa bajo la llovizna.

Cuando el bus enfiló hacia el sur, Cayetano se dedicó a admirar el paisaje a través de la ventanilla panorámica. Contemplar el paisaje desde un bus o un tren lo tornaba meditativo. Le resultó grato reencontrarse con aquello que había visto en películas británicas: lomas verdes, ovejas pastando junto a muros de piedra, casas blancas, jardines con flores en macetas. La carretera se retorcía entre las ondulaciones de los campos y las colinas sin árboles. Soledad dormitaba en su asiento.

Dos horas más tarde llegaron a Galway.

Se bajaron en el Eyre Square y pusieron los maletines en un banco de la plaza, frente a la estatua de un hombre de terno y sombrero que descansaba sentado sobre unas piedras. Era Pádraic Ó Conaire, uno de los escritores más queridos de Irlanda, según afirmaba un monolito cercano. Se avergonzaron. Nunca habían escuchado de él.

Arriba, las nubes se disputaban el cielo. Caminaron hasta la esquina de Forster Street con Frenchville Lane buscando el hostal. Quedaba junto a la casa de piedra, allí donde está el antiguo Fox's Bar. Un gigantesco letrero anunciaba cerveza Guinness.

—Techo y cerveza es lo que necesitamos —comentó Cayetano al entrar al hostal.

Les dieron una llave grande y herrumbrosa, que no había cómo extraviar. La habitación, en el tercer piso, era estrecha y su única ventana daba a Frenchville Lane. Se acordaron de inmediato del estrecho cuarto pintado por Vincent van Gogh. Apartaron las valijas y se besaron con desesperación. Cayetano comenzó a desvestirla con manos torpes, ella en cambio no tardó nada en desnudarlo. Minutos después, la cama rechinó bajo el peso de sus cuerpos. Soledad se montó a horcajadas sobre él y lo cabalgó con una delicadeza inicial que devino galope tendido. Aprisionando la cintura de Soledad entre sus manos, Cayetano se sintió joven y vital de nuevo. Alcanzó la gloria sudando a mares, feliz de haberse reencontrado con esa muchacha que le deparaba placer tan intenso. Después se fueron quedando dormidos, exhaustos.

Horas más tarde, tras leerle a Soledad algunos poemas de Pessoa y de impresionarla recitándole dos o tres versos que se había aprendido de memoria en el avión, Cayetano la invitó a ducharse e ir al Fox.

Era un local antiguo y algo sombrío, de paredes recargadas con cuadros y espejos, como el living de una casa irlandesa cualquiera. Optaron por jarras de Guinness, desde luego.

—Joe visitó esta ciudad varias veces —comentó Soledad. Se veía relajada y animada—. Según Forbes, fue aquí donde el almirante se convenció de que estaba cerca de otro continente. Quince años más tarde zarparía del puerto de Palos.

—Quince años. Demasiado tiempo —comentó Cayetano mientras apartaba con una mano la espuma que le colgaba del bigotazo.

—¿No te acuerdas? ¡Está en el libro!

¿Cómo explicarle que a su edad las cosas no se recordaban como antes? Esos versos del portugués, por ejemplo, los olvidaría en menos de una semana si no los ejercitaba. Con los años uno se iba tornando más cauto, reflexivo y melancólico, apreciaba más la lentitud de los procedimientos y valoraba más la paciencia. Y no solo eso. También se volvía más tolerante y benevolente. Y olvidaba más rápido. La memoria no funcionaba ya como antes. Tendía a confundir ciertas cosas y otras simplemente las olvidaba por completo. Había notado el cambio tras cumplir los cincuenta. ¿Sería el inicio del Alzheimer?

—Está en el libro de Forbes —insistió Soledad mientras extraía de su maletín el ensayo de Joe Pembroke—. En 1477, Galway era un importante puerto comercial.

Cayetano se acercó para ver mejor la página que le indicaba.

—Aquí vio Colón a los primeros americanos —recordó la joven—. Escuche lo que apuntó en el margen del libro que tenía en su velador, titulado *Historia Rerum ubique Gestarum*, de Eneas Silvio Piccolomini.

—¿Cómo?

—Esto es lo importante. Lo escribió el almirante de su puño y letra: *Si esset maximam distanciam non portuissent venire cum fortunam sed aprobat ese prope.* Es de 1477 —exclamó ella emocionada.

—¿Y qué significa eso en cristiano?

Soledad bebió un sorbo antes de traducir:

—«Sí, fue una distancia extremadamente grande. Los veleros no podían pasar sin suerte, pero eso prueba que está cerca.» Es decir, la India está cerca.

Cayetano sorbió de su jarra y ladeó la cabeza concentrado.

—Y aquí hay algo más imponente, que Colón apuntó en el libro de Piccolomini —agregó Soledad.

—Escucho.

—*Homines de Catayo versis briens veneirunt. Nos vidimus multa notabilia et specialiter in galuec ibernie virum et uxorem in duabus lignis areptis ex mirabili persona.*

—¿Y qué significa eso?

—Algo así como: «Hombres de Catayo vinieron al Oriente. Nosotros hemos visto muchas cosas notables y sobre todo en Galway, en Irlanda, un hombre y una mujer en unos leños arrastrados por la tempestad de forma admirable». ¿Se da cuenta? Esto lo escribió nada más y nada menos que Cristóbal Colón.

—¿Lo escribió él? Repite, por favor.

—«Hombres de Catayo vinieron al Oriente. Nosotros hemos visto muchas cosas notables y sobre todo en Galway, en Irlanda, un hombre y una mujer en unos leños arrastrados por la tempestad de forma admirable.»

Lo estremecieron esas palabras de Colón.

—¿Son auténticas?

—Absolutamente. Es el libro en el que él hizo apuntes al margen. Esto es tan claro como el agua. No hay duda de que lo escribió él. Era común en el pasado hacer apuntes en el margen de los libros que uno poseía.

—Ahora veo todo más claro —reconoció Cayetano pensativo, jugando con una punta del bigote.

—Joe siempre supuso que detrás de todo esto se ocultaba algo grande.

—Lo sé. Quería demostrar que, antes de que Colón llegara a América, los indígenas americanos conocían las costas de Irlanda, Groenlandia e Islandia.

—Y que hacían el viaje impulsados por las velas de sus embarcaciones y la corriente del golfo, que sube por la costa este de Estados Unidos y se desvía hacia el Oriente hasta desembocar en la bahía de esta ciudad.

—Tenía razón Joe Pembroke: ¡es aquí, no en la isla San Salvador, del Caribe, donde se produce el encuentro entre ambas culturas! —exclamó entusiasmado Cayetano.

—Y esos viajes de sur a norte, del Nuevo al Viejo Mundo, tuvieron lugar mucho antes de 1492 y de que Colón visitara Galway. ¿Te das cuenta de lo que eso significa para la historia oficial europea y su relato hegemónico?

Cayetano guardó silencio mientras imaginaba que Colón, hace más de cinco siglos, quizá bajo ese mismo cielo cuajado de nubes, había estado bebiendo cerveza en algún pub de Galway, como él lo hacía en esos instantes.

—Colón vino en 1477 a Galway porque se enteró de que en esta bahía se producía cada cierto tiempo el encuentro entre los dos mundos —resumió Soledad—. ¡No quería quedar al margen de la historia!

—En el fondo puso en escena a todo trapo una obra que ya se representaba en el modesto escenario de un pueblo distante. En eso radica su grandeza —comentó Cayetano, sintiendo un cosquilleo en el estómago.

—Para eso vino a Galway, para hablar con los americanos que menciona en el libro de Piccolomini, y por eso rezó en la iglesia de San Nicolás. Allí agradeció a Dios lo que había visto y le pidió ayuda para encontrar esas nuevas tierras para la corona de España y su propio peculio.

—El viaje era una sandía calada.

—Exacto. Los vestigios vivos del Nuevo Mundo en Galway eran la prueba y la garantía misma de su existencia. Por eso navegó sin miedo en la *Santa María* y enfrentó con tanta autoridad y convicción el motín de sus marinos que temían caer en el horizonte en un precipicio. Ven, vamos a la iglesia.

52

Caminaban en dirección a la iglesia de San Nicolás, construida en la Edad Media en honor al patrono protector de los navegantes, cuando en la Marleet Street, junto al pequeño camposanto del templo, un viejo muro atrajo su atención.

En rigor, solo quedaba el tramo de un antiguo muro. Un muro que tenía una puerta tapiada con piedras en el primer nivel y el vano de una ventana en el segundo, lo que indicaba que había sido la fachada de una casa medieval. A través de la ventana se divisaba el cielo enmarcado en piedra. El muro tenía también un relieve en piedra: una calavera acompañada de dos tibias cruzadas en su parte inferior.

—¿Ves lo mismo que yo? —preguntó Cayetano. Unas gotas de lluvia le cayeron del cielo en los cristales de sus gafas.

—¿La calavera?

—No, lo que hay entre la calavera y el alféizar de la ventana.

Soledad tuvo que entrecerrar los ojos para alcanzar a leer el texto tallado en piedra.

This ancient memorial of the stern and unbending
justice of the Chief Magistrate of this city, James Lynch
Fitzstephen, elected mayor A.D. 1493, who condemned
and executed his own guilty son Walter on this spot,

—Lynch —dijo Cayetano—. Lynch fue un alcalde que ordenó ejecutar en este sitio a su propio hijo.

—En 1493.

—Un año después de que Cristóbal Colón «descubriera» América. Ese año, el almirante ya había relatado en Europa lo que había visto en el Caribe.

—James Lynch. Lynch como el de los apuntes de Joe —exclamó Soledad, sobrecogida—. ¿Será que esta historia se relaciona con el asesinato de Joe?

—Demasiada casualidad. Pero al mismo tiempo hay muchas cosas de mi investigación que giran en torno a esta ciudad —agregó Cayetano, meneando la cabeza con la vista puesta en el muro—. Los apuntes de Pembroke, el libro de Forbes, la cinta del cementerio de Playa Ancha, el encuentro de Colón en esta ciudad con gente venida de las Américas...

—O sea que la investigación de Pembroke tenía en efecto que ver con Galway.

—Debe haber algo más —comentó Cayetano y extendió una palma al cielo para comprobar si seguía lloviznando.

Dieron la vuelta al memorial de Lynch y entraron a la iglesia de San Nicolás, que a esa hora estaba vacía y en silencio. Los acogió un sosiego fresco y una atmósfera ámbar y acuosa, iluminada por unos rayos de sol que cruzaban oblicuos los vitrales.

---

* Este antiguo monumento de la severa e implacable justicia del máximo magistrado de la ciudad, James Lynch Fitzstephen, alcalde electo el año 1493, quien condenó y ejecutó a su propio hijo Walter en este lugar, ha sido restaurado a su sitial original en 1854, con la aprobación de los concejales de la ciudad, por su presidente, reverendo Peter Daly, P.P., vicario de St. Nicholas.

Se sentaron en el último banco. Observaron desde allí la pila bautismal, la respetable altura del templo y su imponente sencillez. Cayetano pensó en su padre y en que más allá de la vida, la ostentación no tenía sentido alguno. Las iglesias son, al final de cuentas, un puente que comunica con la muerte, se dijo nostálgico.

Pensó en Solórzano del Valle, en lo que le había contado con respecto al día de los Muertos en México: los indígenas construían una puerta de flores por la cual esa noche los difuntos accedían al mundo de los vivos. Por eso, aquel día podían reunirse los vivos y los muertos, y compartían comida y bebida, y seguían existiendo el uno para el otro. La iglesia era, en cierto sentido, la gran puerta de flores de los indígenas mexicanos, concluyó, y la vida y la muerte eran simplemente las dos caras de la misma moneda.

Salieron en silencio de San Nicolás y cruzaron por la Kirwais Lane, y se sentaron a una de las mesas dispuestas en el exterior del café bar The Slate House.

—A las cuatro nos recibe el encargado de la oficina de turismo. Ojalá nos consiga el nombre del contacto de Pembroke en Galway —dijo Cayetano.

—Mientras lo llamo para confirmar que vamos, tú deberías hacer gala de tu caballerosidad e ir por otras cervezas —sugirió Soledad.

Cayetano entró a la casa de piedra, ordenó dos jarras de Guinness, y mientras las llenaban pasó al baño, donde orinó sobre cubos de hielo.

—No será necesario ir a la reunión, pues ya me dieron el nombre del contacto de Pembroke aquí —anunció Soledad con una sonrisa cuando Cayetano volvió con las Guinness—. El hombre que buscamos se llama Patrick Merlin. Tengo su dirección.

—¿Vive en Claddagh? —repitió Cayetano al leer lo que Soledad había apuntado en una servilleta.

—Es el barrio más antiguo. Patrick vive frente al río, en una mansarda. Ya no trabaja de guía. Hace medio año lo arrolló un vehículo y se salvó de milagro.

Cayetano sorbió la cerveza pensando que era inquietante que otra persona vinculada con el caso Pembroke hubiese estado a punto de morir.

—Ojalá haya conseguido al menos una buena indemnización —dijo, afirmándose los espejuelos sobre la nariz.

—No creo. Europa ya no es lo que era —repuso Soledad—. Además, me dijeron que el chofer se dio a la fuga y nunca más se supo de él.

TERCERA PARTE

Prefiero irme al infierno antes que encontrarme con estos hombres cristianos en el cielo.

RESPUESTA DEL CACIQUE HATUEY, EN YARA, CUBA, 1512, ANTES DE SER QUEMADO EN LA HOGUERA POR LOS CONQUISTADORES

53

Patrick Merlin ocupaba el primer piso de una casa blanca de techo de paja y mansarda, que mira hacia el río Corrib y la bahía de Galway.

—Horrenda noticia me trae, señor Brulé —exclamó desde su silla de ruedas—. Hace mucho que no escuchaba nada del admirado profesor Pembroke. ¿Es usted la viuda?

Cayetano le explicó que Soledad era ex asistente de Pembroke, y él un investigador privado de Valparaíso. Los ojos claros de Merlin le dirigieron de inmediato una mirada llena de desconfianza. Llevaba una frondosa cola de caballo colorina, que se perdía entre su espalda y el respaldo de la silla, y vestía un raído pantalón de pana y parka. Hacía mucho que no se afeitaba.

Salieron a pasear junto a la bahía porque en la sala, que servía de living, kitchenette y dormitorio al mismo tiempo, no había suficiente espacio para tres personas. Era la hora del crepúsculo, la luminosidad metálica iba cediendo su predominio ante el avance de las sombras reptantes. Sin poder desprenderse de la idea de que Cristóbal Colón había estado allí medio milenio antes, Cayetano detalló a Merlin lo acaecido en Valparaíso.

—Él intuía que sus enemigos eran de temer —comentó Merlin cuando el detective terminó de ponerlo al día—. Pero yo nunca creí que en la academia pudieran tomarse tan en serio las disputas.

¿Usted cree que en verdad pueda haber algo así detrás de su asesinato? Sería doblemente horrendo.

—Uno nunca sabe —dijo Cayetano, meneando la cabeza.

—Y con lo que me ha contado, ya no estoy seguro de que lo mío haya sido un simple accidente —respondió Merlin, esquivando un bache en la vereda.

—¿En serio?

—Pueden haber sido ellos.

—¿A quién se refiere con «ellos»? —preguntó Cayetano mientras se levantaba el cuello de la parka para protegerse del viento. Soledad caminaba a su lado, ensimismada.

—Es un decir, pero a mí me atropellaron una noche en que volvía de una cena en la Buttermille Lane, un sitio céntrico. Iba cruzando en The Four Corners cuando de la oscuridad apareció una van. Creo que el conductor aceleró en cuanto me vio. Me estaba esperando con las luces apagadas.

—¿Está seguro de eso?

Merlin guardó silencio, ceñudo, escarbando en su memoria. Unas gaviotas graznaron en lo alto. Después dijo:

—Lo que creo es que tras derribarme paró, pero no para ayudarme, sino para echar marcha atrás y rematarme.

—¿Se lo dijo a la policía? —inquirió Soledad.

—No me habrían creído y tampoco yo me lo tomé en serio. Fue solo una suposición descabellada. Pero ahora, con lo que me han contado, yo ato cabos y se me ponen los pelos de punta. Lo cierto es que me salvé gracias a una pareja que llegó desde Shop Street, atraída por mis gritos. En ese instante el tipo de la van huyó. Ya me había quebrado la columna —agregó Merlin con la vista fija en la vereda, sin dejar de conducir la silla—. Si no es por la pareja, no estaría contando el cuento.

—Y nunca dieron con el chofer, según nos contaron —dijo Soledad.

—Solo con el vehículo. Era robado. No encontraron huellas.

—¿Cuándo fue eso? —preguntó Cayetano.

—En marzo del año pasado. Aproximadamente un mes después del asesinato del profesor. Se lo debí haber dicho a Scotland Yard —dijo Merlin, agitando el índice erguido—. No hay ninguna duda, lo mío no fue accidente sino atentado.

—¿Y cómo habrían reaccionado?

—Con incredulidad. ¿Quién va a querer asesinar a un guía turístico de Galway?

Detuvo la silla y los invitó a contemplar el encuentro entre el Atlántico y la corriente del Corrib. Era un espacio vasto, de corrientes submarinas, donde el agua espumosa cambiaba de color y formaba remolinos. El solo imaginar la posibilidad de ser arrastrado por uno de ellos le causó pánico a Cayetano.

—¿Quiénes son «ellos»?

—¿A qué se refiere? —repuso Merlin, sin dejar de observar la superficie de las aguas, ahora surcadas por una lancha que iba tosiendo contra el atardecer.

Cayetano se sentó en el contrafuerte del malecón.

—Usted piensa ahora que quisieron asesinarlo. La primera pregunta que surge es por qué alguien podría querer asesinarlo a usted. La otra es que habló de «sus enemigos», de «ellos». ¿Quiénes son ellos? —insistió, posando con suavidad una mano sobre un hombro del guía.

Merlin cruzó las manos sobre la barriga sin mirarlo. Tenía el aspecto descuidado de quien ha perdido todo interés en la vida. Andaría por los setenta, calculó Cayetano. El rictus de su rostro revelaba al solitario deprimido y derrotado. ¿Habría turistas que requirieran sus servicios, o la silla boicoteaba el ejercicio de su profesión?

—«Ellos» son el antagonista —dijo Merlin—. Es gente que habita en las sombras y odia todo lo que Pembroke investigaba.

—¿Lo referente al encuentro de las dos culturas?

—¿Qué encuentro ni qué diablos, señor Brulé? —protestó Merlin, manoteando en el viento—. Eso es un eufemismo descarado. No hubo encuentro entre dos mundos, sino lisa y llanamente sojuzgamiento, explotación y aniquilamiento del Nuevo Mundo por Europa. El peor genocidio de la historia tuvo lugar en América y lo perpetramos nosotros, los civilizados europeos.

—Estamos de acuerdo, señor Merlin. —Le palmoteó el hombro para tranquilizarlo. Soledad seguía mirando la bahía con aire ausente—. Lo que quiero saber es si usted cree que los enemigos de Pembroke están relacionados con el tema histórico que investigaba.

Asintió con la cabeza mientras sus ojos buscaban algo impreciso en el océano.

—Por esta bahía entró Colón —dijo al rato, señalando el mar—. Vino porque sabía que aquí llegaba gente de una tierra incógnita. Menuda gracia. Todo Galway lo sabía en aquella época. Muchos balcones medievales de nuestra ciudad están construidos con maderas preciosas de América y en nuestras calles se dan hasta las palmeras mexicanas. Muchos troncos y semillas venían a dar en aquellos siglos a nuestra costa. Colón visitó la ciudad con el propósito de conocer a los navegantes que exploraban y comerciaban por acá.

—¿Venían a menudo?

—Con cierta regularidad.

—¿Quién lo dice?

—La memoria de Galway.

—No es suficiente como prueba.

—¿Y cómo cree usted que llegó Colón al Caribe? ¿Por qué cree usted a pie juntillas en la historia tejida e impresa por un imperio, pero pone en duda lo que el mismo Colón vio y apuntó en sus libros?

Cayetano prefirió no responder. Temía ofender a Merlin. Si lo hacía, el irlandés se cerraría como una ostra y no seguiría compartiendo sus conocimientos con él. Algo más lo impresionaba al escuchar todo eso: Merlin estaba ahora convencido de que alguien lo quería matar, pero desconocía la razón para ello. No había ahora duda: o Merlin le ocultaba algo, o sabía algo que para él no revestía importancia, pero que era crucial para quienes habían intentado asesinarlo. Reanudaron el paseo, avanzando ahora hacia el centro de la ciudad.

—Fue lo que subrayó siempre el profesor, basándose en Forbes —continuó Merlin—. Los americanos llegaron a Europa antes de que los europeos recalasen por primera vez en el Nuevo Mundo. ¿La razón? Los nativos conocían la corriente del golfo y sabían que se podía volver al sur a lo largo de la costa occidental de África, donde la corriente baja como las manecillas de un reloj. Por eso Colón, en su segundo viaje, navegó cerca de la costa de África y tardó menos en volver al Caribe. Lo aprendió en el primer viaje de los caribeños, que sabían más que él de navegación y conocían las islas y la peligrosa corriente que arrastra al frío.

—Entonces ¿dónde están los enemigos de Pembroke?

—Bueno, probablemente en la academia.

—¿Usted de verdad cree que lo liquidaron por su teoría?

—En la academia los odios pueden ser más intensos que en la política.

Cayetano se mordió el labio inferior, desconcertado. Merlin continuó:

—No olvide que la decapitación era una de las penas predilectas, junto a la hoguera, que se aplicaba en la Edad Media. Y a menudo contra los herejes.

—No había pensado en eso.

La imagen de personas ardiendo en una hoguera lo estremeció. Detestaba a los fanáticos, tanto a los fanáticos de la política como de la religión, que eran capaces de quemar hasta a su propia madre en nombre de dogmas.

—Debiera pensar en eso como detective. Estamos hablando de crímenes que perpetraron durante la Inquisición.

—Un pasado demasiado remoto.

—Es cierto, todo eso sabe añejo —admitió Merlin con un relampagueo en los ojos—. Pero el pasado palpita en el presente, resiste al paso del tiempo, en especial entre quienes se ocupan de la historia. «Los temas de los siglos XV, XVI y XVII tienen vigencia en la actualidad, y el ser humano tiende a repetir sus acciones del pasado», decía Pembroke.

—¿Lo dijo meses antes de morir?

—Hasta antes de abordar el último crucero.

—¿Piensa usted que él sospechaba que estaba en peligro?

—Temía la venganza del enemigo, pero a nivel académico, de campañas en su contra en revistas especializadas o en congresos. Pembroke creía que el pasado no deja nunca de repetirse. «La historia no se extingue, es como una obra de teatro de Shakespeare, donde a lo largo de los siglos cambian los actores, pero no los argumentos. Todo lo que decimos, ya lo han dicho otros. Todo lo que hacemos, ya lo hicieron otros. Somos nuevos actores sometidos a antiguos guiones», afirmaba el profesor.

Merlin aceleró de pronto el desplazamiento de la silla, la hizo virar en una maniobra arriesgada, y la detuvo para mirar de frente a Cayetano y Soledad.

—¿Entienden el mensaje? —gritó, temblando de emoción e ira—. Estamos en la vida para vivir y morir del mismo modo en que otros, mucho antes que nosotros, vivieron y murieron. «La historia es en efecto esa espiral de la que habló Karl Marx», dicen los últimos apuntes del profesor.

—¿Apuntes? ¿Tiene apuntes de Pembroke? —preguntó Soledad.

—Tengo unas carpetas que el profesor garabateó en Galway. Me encargó que se las almacenara. Él pensaba volver. Hice lo que me pidió. Siempre confié en que volvería.

—¿Cuántas son? —preguntó Cayetano.

—Tres. Contienen apuntes, dibujos, fotocopias y fotos que él tomaba en sus viajes. No son voluminosas, pero sí difíciles de descifrar. No debí haberlas leído, pero usted sabe, toda mi vida he sido un impertinente, por eso me interesa la historia.

—¿Las tiene en casa?

—Las dejé en un lugar adecuado. Mi cuarto húmedo no es lo mejor para conservar documentos. Vamos mejor por una Guinness. A esta hora el museo de la ciudad está cerrado.

54

Al día siguiente, Cayetano y Soledad siguieron a Patrick Merlin hasta el Galway City Museum, una estructura moderna y blanca que se alza detrás del Arco Español mirando hacia la ancha desembocadura del río Corrib.

David Connor, investigador y archivador del museo, los esperaba en su oficina de ventanales del tercer piso. En cuanto llegaron los condujo al sótano del edificio, donde cruzaron un bien iluminado pasillo de paredes de piedra caliza hasta llegar ante una puerta con clave electrónica.

—Aquí guardé la documentación —aclaró David. Era calvo, fornido, de voz gruesa y tenía barba de chivo—. Lo mejor es que la examinen en el cuarto de al lado.

En aquella sala había pasillos formados por estantes que almacenaban gruesos volúmenes empastados. Allí olía a encierro. David ubicó una caja de cartón que contenía carpetas encuadernadas en vinil imitación cuero y se las entregó a Cayetano. Después los guió al cuarto adyacente, donde los dejó frente a una mesa circular.

—He sobrevolado estos apuntes, debo confesarlo —dijo Merlin, sonrojado—. Pero solo a vuelo de pájaro.

Se dieron a la tarea de examinar las carpetas. Cada una contenía entre treinta y cuarenta páginas, algunas impresas, otras escritas a mano, algunas con párrafos copiados de libros, o con apuntes articulando ideas y especulaciones de Pembroke. Los apuntes versaban sobre el tema que lo apasionaba: el encuentro entre los dos mundos.

Cayetano se sintió un voyeur al explorar la intimidad de alguien que ya no estaba allí para impedir su intrusión. En verdad, él era, como todo detective, un intruso sin riendas, un curioso sin límite, un impertinente venido del Caribe, pero admitió al mismo tiempo que le resultaba placentero y necesario serlo. Algún día, cuando yo esté muerto, imaginó, alguien hurgará también en mis fotografías y papeles, y propondrá una última interpretación de lo que fue mi vida. Lo aceptó con indiferencia, porque después de la muerte ya nada importaba.

—Aquí está el memorial de James Lynch —dijo, colocando el índice sobre la foto que mostraba el muro con la calavera y las tibias cruzadas de la iglesia de San Nicolás.

—Lynch fue alcalde de Galway, y en 1493 condenó y colgó de la ventana de su casa a su hijo Walter porque este asesinó a un joven español, de apellido Gómez —explicó Merlin.

—Lo sé. ¿Pero por qué lo hizo? —preguntó Cayetano, tratando de descifrar la letra manuscrita del profesor.

—Celos, nada más que celos —repuso Merlin—. Gómez era de Cádiz, hijo de una rica familia de comerciantes, amiga de los Lynch. Estaba invitado a pasar unas semanas en esa casa y dicen que Astrid, la prometida de Walter Lynch, se enamoró del joven español.

—Eso me suena a telenovela venezolana —dijo Soledad.

—Una noche, Walter vio salir a Gómez de la casa de los padres de Astrid —continuó Merlin—. Se imaginó lo peor. Ignoraba que el padre de ella lo había invitado a cenar.

—¿Y entonces? —preguntó Soledad.

—Lo siguió hasta The Long Walk, y allí lo apuñaló. Después lanzó su cuerpo al mar y regresó a su casa. Pero como no logró conciliar el sueño, Walter salió a caminar por la playa y tropezó con el cuerpo de Gómez, que las olas habían devuelto. Entró en un estado de shock y corrió a confesar el asesinato. Su padre, un hombre justo e implacable, hizo cumplir la ley.

Cayetano se quedó observando la foto del muro de los Lynch. Pensó en los increíbles paralelismos de la vida: como lo afirmaba el profesor Pembroke, cada existencia humana repetía algunas vidas anteriores como si la vida de las personas fuese una obra de teatro que se representa noche a noche, mes a mes, año tras año, sobre un escenario distinto pero con el mismo libreto. Gómez, el noble español, había muerto en Galway de una estocada, como Camilo y Matías Rubalcaba habían muerto en Valparaíso.

—Pero según lo que desprendo de las abreviaciones de Pembroke, esa historia es solo leyenda —dijo Cayetano—. Escuchen: «Celos como causa de asesinato es leyenda».

Exhibió la página a Merlin y Soledad para que comprobaran que era cierto. Luego siguió leyendo en voz alta:

—«Causa real: Gómez tenía visión crítica del viaje de Colón. Walter Lynch discute con él y lo mata [x orden de CPH] para que no divulgue en España que CC se enteró en G, en 1477, que Abya Yala estaba cerca. Gómez sabía del diálogo con los náufragos y que los habitantes del Nuevo Mundo habían estado en Europa antes que los europeos en el Nuevo Mundo. Ver apuntes del guardianus a cargo del choral vicars de las collegiate churches de G. Para CPH, Gómez fue un traidor. ¿También James Lynch lo fue? CPH: Claddagh Ring».

—*Wow* —exclamó Soledad—. Pero esto es asombroso. Joe sabía mucho más de lo que imaginábamos, pero todo eso solo adquiere sentido tras su asesinato. Ahora toda la historia pareciera emerger bajo una nueva luz.

—¿Qué es Abya Yala? —preguntó Cayetano, paseándose con desasosiego alrededor de la mesa.

—Significa «continente de la vida» —explicó Merlin con la foto del Lynch Memorial en la mano—. Es el idioma kuna de los indios de Colombia y Panamá. Fue un aymara, Takir Mamani, quien propuso ese nombre a los indígenas del continente en lugar de América, denominación impuesta por los europeos. Es anterior al término de América.

—Veo que sabe mucho de historia —comentó Cayetano.

—Es mi verdadera pasión. En especial la historia de Irlanda y la precolombina. Por eso trabamos amistad con el profesor Pembroke.

—¿Entonces conoce el significado del anillo de Claddagh?

—Es un anillo más o menos así —explicó Merlin, dibujando en un bloc dos manos alrededor de un corazón tocado con corona—. Se creó en el barrio de Claddagh, en la ribera donde yo vivo. Eso hace más de trescientos años. Se entrega como símbolo de amistad o amor. Tiene una leyenda: «*Let love and friendship reign*».

—¿De dónde viene eso? —preguntó Cayetano y apoyó las manos sobre la mesa. Le pareció romántico y poderoso a la vez.

—De Richard Joyce, un joven de Galway que fue a las Indias orientales a trabajar para reunir fortuna y poder casarse con la muchacha que amaba aquí. Cuando regresaba a Europa, su barco fue capturado y Joyce terminó de esclavo de un orfebre musulmán de Argelia. Allí aprendió el oficio. Cuando Guillermo III subió al trono en 1689, exigió la libertad de todos los británicos en el mundo, la de Joyce entre ellos. Para que se quedara, el orfebre musulmán le ofreció a Joyce la libertad, la mano de su hija y la mitad de su fortuna. Llevaba catorce años en Argelia, pero Richard prefirió regresar a su patria con el anillo que había diseñado.

—Oh, Dios, regresó por amor a su prometida de Galway —exclamó Soledad, conmovida.

—En el fondo se trata de una versión irlandesa de *La Odisea* —dijo Merlin—. En lugar de los diez años que Ulises tardó en regresar de Ítaca, Richard Joyce tardó catorce. A su regreso siguió elaborando el anillo de Claddagh, barrio situado al otro lado del puente Wolf Tone. Las manos representan la amistad; la corona, la lealtad, y el corazón, el amor.

—Pero si el anillo tiene apenas trescientos años —dijo Cayetano antes de volver a sentarse a la mesa—, ¿cómo jugó un rol en 1477 o 1493, como dice Pembroke?

—En efecto, el anillo de Claddagh data de hace tres siglos —explicó Merlin, jugando con el elástico que ceñía su cola de caballo—, pero pertenece a lo que se llama «anillos de *fede*», que vienen del «*mani in fede*», manos unidas por amor o amistad. Es una simbología que los orfebres comenzaron a emplear por lo menos en la época del Imperio romano, así que perfectamente se justifica lo que afirma el profesor Pembroke.

—¿Y qué querrá decir que Gómez era traidor para la CPH? ¿Qué es CPH?

—Bueno, que Gómez representaba una amenaza, pues a lo mejor se proponía difundir en la corte de España que Colón ya se había encontrado con el Nuevo Mundo en Galway —especuló Soledad, no muy convencida.

Cayetano carraspeó pensativo. 1493. Colón regresaba de su primer viaje a Abya Yala, se dijo. La noticia corría entonces como reguero de pólvora por toda Europa. España se colocaba en el centro del planeta. Gómez, noble del puerto de Cádiz, era no solo un estorbo, sino también una sombra para la historia que relataba el imperio. España acababa de expulsar a moros y judíos de sus territorios, y de incorporar nuevas tierras en ultramar, lo que probaba que la Providencia estaba de su lado.

Probablemente, ambos jóvenes habían debatido entonces en Galway. Uno provenía de Cádiz, nada lejos del puerto de Palos de la Frontera, de donde había zarpado Colón en agosto de 1492; el otro, de Galway, donde Colón había comprobado que su viaje a lo desconocido era en verdad una sandía calada. CPH, con independencia de lo que esas siglas significasen, había estimado necesario eliminar al gaditano por considerarlo un traidor.

¿Era posible que las cosas hubiesen acaecido de esa manera? Pensó en las siglas que había hallado en el cementerio de Valparaíso en la cinta de la corona de flores en honor a Émile Dubois. ¿Era posible que CPH estuviese activa como organización a nivel mundial y desde hace más de medio milenio?

—Tal vez conviene recordar algo más —dijo Merlin.

—¿Algo como qué? —preguntó Soledad.

—Como que Colón zarpó de Cádiz en su segundo viaje a América y, si no me equivoco, fue en septiembre de 1493.

—¿Y?

—Que si la familia Gómez era comerciante y rica, y vivía en Cádiz, y Colón estaba por salir de esa ciudad, entonces es evidente que la empresa del almirante era un tema candente tanto en la casa de los Lynch, que visitaba el joven Gómez a mediados de 1493, en la víspera del segundo viaje del almirante, como en su propio hogar de Cádiz.

Las piezas iban calzando como en un rompecabezas, se dijo Cayetano, azorado, paseándose por la sala con las manos en los bolsillos. Volvió a pensar en la filosofía de Pembroke: que la historia es como las obras clásicas del teatro que, a pesar de que las representan siglo a siglo actores diferentes, resultan novedosas en cada época. Hasta que alguien descubre su impostura. Pensó en

Stacy Pellegrini y Andrea Portofino, en Matías y Camilo, en El Jeque y CPH, en Lynch y Gómez, en los imprecisos conceptos de «ellos» y «los enemigos de Pembroke» que empleaba Patrick Merlin. Preguntó:

—¿Pero qué diablos significa CPH?

55

Buscaron en las demás carpetas, pero no encontraron referencia alguna a CPH. Ahí se jode todo, pensó Cayetano.

Los invitó a salir del subterráneo en busca de aire puro. Necesitaba una tregua y el cielo alto para reordenar sus ideas y reflexionar sobre las especulaciones que ahora emergían con respecto al destino corrido por el académico estadounidense.

Alcanzaron la 4 Cross Street. Lo reconfortó aspirar de nuevo la brisa fresca que soplaba del océano y vislumbrar la inmensidad centelleante de ese mar que albergaba tanta historia y secretos. Entraron al Kettle of Fish House, local predilecto de Merlin por sus guisos, sopas marineras y ambiente auténtico, y ocuparon la última mesa disponible.

Resonaba allí una canción de The Pogues, que a Cayetano le recordó los años ochenta, cuando se sentía joven y vital, declinaba ya la dictadura militar y su pareja era Margarita de las Flores. Ahora ella vivía en la capital, prosperaba con su agencia de empleadas domésticas que se especializaba en ofrecer los servicios de inmigrantes peruanas y, según comentarios, había envejecido de mala forma porque su pareja era un mantenido, un bueno para nada que amaba la hípica, la política y el cine. En fin, así con The Pogues. Ordenaron salmón, *cod* y *kaddock*.

CPH, se repetía Cayetano una y otra vez sorbiendo una Guinness mientras el mozo se alejaba entre las mesas llenas en busca de la comida. ¿Eran esas las siglas de una persona o una institución? ¿Y Lynch era su héroe? ¿Por qué? ¿El Gómez de 1493 era un conquistador de mujeres o un enemigo de Cristóbal Colón? ¿Es que esa disputa entre americanos y europeos databa del siglo xv? ¿Y qué significaba para ese día tibio y luminoso en Galway todo aquello ocurrido más de medio milenio antes?

Ya se había planteado preguntas similares en Valparaíso, sin llegar a una respuesta satisfactoria. Le pareció inconcebible que estuviese preocupado de asuntos —reales o ficticios— acaecidos en un pasado remoto, cuando su misión efectiva consistía en investigar un crimen perpetrado un año antes. ¿Qué le contaría a la viuda de Pembroke para justificar los gastos del viaje? ¿Le hablaría de Gómez y de Lynch, de los códices y de Abya Yala y de todo eso? Era patético. Se estaba convirtiendo sin lugar a dudas en uno de esos detectives farsantes que estafan a la clientela invirtiendo el tiempo en darse gustos personales a costa de ellos.

Porque lo importante era hallar a los asesinos de Pembroke y no andar indagando en añejas disputas de académicos esparcidos por todo el mundo. Le pagaban para lo primero, no para lo segundo. Le pagaban para que contribuyera a establecer la verdad y se pudiese aplicar la justicia, si es que algo de justicia quedaba todavía en un mundo que se caía a pedazos y describía a la perfección el tango «Cambalache», de Discépolo. A esas alturas de la vida ser visto como un profesional honesto era una de las pocas metas que revestían valor para él y de la cual podía enorgullecerse. Pero la disputa entre historiadores era un peligroso remolino de agua que succionaba a cualquiera y le impedía alcanzar su verdadero objetivo: dar con los asesinos del profesor.

—¿Tiene usted idea de lo que significan guadaña y llamas —le preguntó a Patrick.

—¿En relación con esto?

—Sí.

—¿Dónde las vio?

—En un peto. En Valparaíso.

—¿Guadaña y llamas?

—Estaban en un capirote que uno de los verdugos de Pembroke dejó olvidado en el sitio del asesinato.

Patrick Merlin lo ignoraba. No pudo ayudarlo. Saborearon por lo tanto el pescado y la cerveza conversando sobre la inestabilidad del clima en Galway, es decir, perdiendo el tiempo. En cosa de horas, afirmaba Merlin, el cielo despejado se poblaba de nubes, luego caía la tupida y prolongada lluvia que conserva siempre verde los parajes de Irlanda, y por la tarde el cielo recuperaba un azul límpido y profundo.

Se había convertido en un capitán sin brújula, temió Cayetano. Ahora era un bergantín prisionero de la calma chicha en medio del océano, una nave ansiosa por una brisa que inflara sus velas y lo condujera a buen puerto. ¿Cómo iba a seguir adelante? A ratos le parecía que estaba por esclarecer el enigma, de pronto temía estar profundamente errado y haberse dejado guiar por un espejismo que lo seducía y arrastraba al fracaso. Los asesinos de Pembroke, Rubalcaba y Camilo no solo se habían salido con la suya, sino que además andaban por el mundo vivitos y coleando.

Ese atardecer, después de acompañar a Merlin hasta la puerta de su vivienda y dejar a Soledad en el centro de Galway, se marchó con las carpetas de Pembroke a un bar cercano. Al igual que lo había hecho en el Antiguo Bar Inglés, de Valparaíso, buscó una mesa apartada, ordenó una jarra de Guinness mientras retumbaba «Stars», de Simply Red, y comenzó a examinar los apuntes. Tenía confianza en ellos. Un historiador, pensó, no solo deja por escrito el pasado, sino también aquello que lo inquieta del presente.

56

Esa noche se quedó solo en el hostal. Soledad había decidido a última hora viajar a Dublín, en cuyo aeropuerto se encontrarían al día siguiente antes de salir de Irlanda. Le convenía ese arreglo porque la noche anterior no había logrado pegar pestaña: se la habían pasado conversando, bebiendo y haciendo el amor como Dios manda. Él había quedado exhausto, no así Soledad, que le pareció necesitada de mucha ternura y pasión en la cama.

Pero lo más agotador era que Soledad deseaba ir a vivir con él a Valparaíso. No pedía casi nada: techo y pasaje. El resto, aseguraba ella, corría por su propia cuenta, pues era independiente. Pese a lo atractiva que le parecía, él había rechazado con vehemencia esa posibilidad, convencido de que allá la química entre ellos no funcionaría y todo se iría al carajo. ¿Una gringa de Nueva Orleans viviendo en Valparaíso?, se preguntó. ¿Entre las jaurías de perros sueltos, los lanzas a chorro, las marchas de protesta, el invierno húmedo y frío, los terremotos y la falta de perspectivas laborales? Además, y quizá ese era el escollo principal, se sentía atraído por Andrea Portofino, aunque le incomodaba su actitud excesivamente liberal ante la vida y su falta de interés por mantener con él una relación sentimental exclusiva.

Lo único cierto por el momento era que Soledad andaba en Dublín y eso le permitía disfrutar su apreciada libertad y continuar con la investigación. Podía además reunirse tranquilamente con Patrick Merlin, quien llegó sudoroso y entusiasmado al Fox's Bar en la silla de ruedas.

—Tengo algunas preguntas sobre los apuntes de Pembroke que estuve leyendo —dijo Cayetano mientras esperaban el plato de *fish & fries*—. ¿Sabes algo sobre los códices de Landa? Pembroke los menciona mucho.

—No son estrictamente de la autoría de ese señor, que fue fraile y hasta obispo en México. Se trata en verdad de los libros escritos por los mayas en Abya Yala antes de la Conquista. Los escribían sobre la corteza del árbol del amate o del matapalo, que son más durables y flexibles que el papiro egipcio. En rigor, quedan solo tres códices mayas prehispánicos.

—Y todos se hallan en Europa.

—Así es; el de Dresde es el más célebre, y luego están los de París y Madrid. Los españoles lanzaron a la hoguera todos los códices que encontraron a su paso. El motivo: despojar a los mayas de su memoria histórica. Algo en extremo cruel y trágico por cuanto para los mayas el futuro estaba cifrado en el pasado. Para ellos, el pasado anunciaba el futuro.

—¿Y Landa qué papel juega en todo esto?

—Fray Diego de Landa es una figura diabólica. Fue quien ordenó quemar todos los códices de la península de Yucatán, en julio de 1562.

—Setenta años después de la llegada de Colón. ¿Por qué?

—A su juicio, eran obras paganas, diabólicas, que impedían la conversión de los mayas al cristianismo. Claro, los códices permitían a los mayas mantener sus tradiciones y creencias milenarias. Eran su GPS cultural, si puedo decirlo así. El famoso frailecito ordenó quemar todos los códices que encontró. Imagínate.

Cayetano sintió que se abría un precipicio bajo sus pies. Intentó imaginar por un instante que una potencia extranjera borrase de la faz de la Tierra todos los documentos de la historia de su país. Era el castigo más espantoso que podía aplicarse: hundir a un pueblo en la amnesia obligada. La unión de los símbolos de la guadaña y las llamas representaba entonces la muerte de los códices en el fuego, la memoria segada por la intolerancia, la memoria devorada por las llamas.

—¿Nunca escuchó de Alonso de Zorita? —preguntó Merlin.

—Jamás.

—Es importante —afirmó el guía turístico—. En 1540, él vio códices en el altiplano de Guatemala. Dijo que eran miles, que eran los libros de esa gente, libros que relataban una historia que se remontaba a más de ochocientos años de antigüedad. Pero de eso no quedó nada. ¿Sabe por qué? —preguntó con voz trémula—. Porque fray Diego de Landa ordenó quemarlo todo.

—Por lo que veo, donde el frailecito ponía su pie no volvía a crecer la memoria.

—Los últimos en ser destruidos fueron los de Taysal, en Guatemala, la última ciudad maya en ser conquistada. Como buen hijo de la Inquisición, Landa se dedicó a quemar la otra historia, la historia no oficial, la historia que no debía conocerse. Aunque después cambió su visión de las cosas y regresó a Yucatán como obispo, o algo así, a reescribir la historia de los mayas.

Le pareció inconcebible, el colmo de la hipocresía.

—¿Y eso?

—Quién sabe. Tal vez por conveniencia política o por miedo a irse al infierno. Con lo que había hecho se iba derechito a las llamas eternas. Pero lo cierto es que ya había cumplido su tarea genocida en términos culturales. ¿Qué se podía recuperar a esas alturas de las cenizas?

Cayetano pensó que Pembroke y los mayas tenían razón, que la historia se reproducía plagiándose a sí misma, que el futuro estaba cifrado en el pasado, que lo ocurrido anunciaba lo que iba a pasar. ¿Qué conquistadores en la historia del mundo no habían incinerado la historia del conquistado para imponer su propia versión de las cosas?

—Solo sobrevivieron tres códices prehispánicos y, al parecer, una parte de un cuarto: el *Códice de Grolier* o *Fragmento de Grolier* —agregó Merlin—. Es el único que está en México, pero no lo exhiben.

—¿Por qué?

—Los expertos mexicanos abrigan dudas sobre su autenticidad.

—¿Le comentó alguna vez Pembroke sobre estos códices?

—No —repuso Merlin.

—¿Y sobre los que quemó Landa?

—De esos sí. Aquello sí lo amargaba. Pensaba que eran esenciales y que allí estribaba el grueso de la historia, el conocimiento y el acervo cultural de los mayas. Creía que lo perdido estaba perdido hasta el final de los tiempos. Fue ciertamente un crimen que nunca tuvo castigo. En verdad me pregunto si puede existir castigo apropiado para un crimen de esas proporciones. Y lo peor es que en la academia aún trabajan activistas glorificadores de la conversión al cristianismo. En realidad forman legiones.

Cayetano hojeó la carpeta, impresionado por la pasión con que Merlin se sumergía en el tema de los códices. Leyó algo más durante unos minutos y luego dijo:

—Escucha lo que apuntó el profesor antes de irse de Galway: «Landa no destruyó todos los códices prehispánicos que narraban los viajes a G». No da el nombre, solo dice G. O sea que tampoco creía que el *Códice de Grolier* fuese auténtico. ¿Sabes qué significa G para Pembroke?

—¿Guatemala tal vez? ¿Antigua Guatemala?

—No digas bobadas —exclamó Cayetano, extendiendo los brazos, encogiéndose de hombros—. Tienes que arriesgarte más y ser menos modesto.

—¿Galway? —aventuró Merlin, inseguro, mientras cogía una papa frita.

—Exactamente. ¡Es Galway! ¡Galway, Patrick querido! —exclamó Cayetano, alborozado. Y al encontrarse con el rostro ceñudo de Merlin repitió—: ¡Es Galway! ¡Ese es el magno descubrimiento de Pembroke, eso es lo que lo hace superar el planteamiento del libro de Jack D. Forbes! Según Pembroke, existen códices prehispánicos, referidos a Galway, que Landa no logró echar a la hoguera. ¿Sabes lo que eso significa?

57

—¿Puedes explicarlo mejor? —preguntó Patrick Merlin, acomodándose la cola de caballo sobre un hombro.

—Pembroke va mucho más allá de Jack D. Forbes y su afirmación de que Colón vio a los primeros americanos en Galway en 1477. Lo que Pembroke descubrió fue que hubo códices que ilustran los viajes de los indígenas a Galway. Y no solamente eso, Pembroke creyó hasta el final de sus días que algunos de ellos se habrían salvado de las llamas. ¿Imaginas el alcance de su aseveración? Encontrar códices precolombinos de ese tipo aportaría al mundo la prueba definitiva de la revolucionaria teoría de Forbes. Pembroke afirma, o afirmó hasta su muerte, que esos códices existen todavía.

—Tal vez tienes toda la razón —exclamó Merlin, azorado.

—Y hay más, querido Patrick: es probable que haya sido asesinado precisamente por eso. ¡Pembroke puede haber sido asesinado porque sabía dónde se encuentran esos códices que revolucionarían la historia mundial!

Percibió de pronto una poderosa carga de escepticismo en la mirada del pálido Merlin. ¿Se está volviendo loco el detective caribeño en las costas de Irlanda?, debía estar preguntándose el guía en su silla de ruedas. Habría jurado que podía leer con claridad esa sospecha en sus ojos claros. Se permitió un breve sorbo de cerveza y luego masticar un trozo de pescado frito. Debía admitirlo:

estaba enfrentando un problema de credibilidad ante Merlin, pero a la vez se había convertido en dueño de la situación por la conclusión a la que acababa de llegar.

—¿Y dónde hay referencia a esos códices? —preguntó Merlín, acariciándose la barba.

—En sus apuntes.

—¿Cómo dices?

—En sus propios apuntes.

—¿Los tienes?

—Los encontré en las carpetas.

—¿Y cuáles son esos códices?

Cayetano buscó entre los papeles.

—Uno es el de la ciudad colonial de Antigua Guatemala, el *Códice de Antigua* —indicó, sobrevolando las hojas—. Pembroke afirma que es mencionado en 1527, ya no sé dónde, por Bernal Díaz del Castillo.

—Creo recordar que el profesor me mencionó un día que había viajado a Antigua en busca de un códice prehispánico, pero que le había ido mal. El documento había desaparecido misteriosamente de la biblioteca de un monasterio.

—Se refiere a eso también aquí —dijo Cayetano, seleccionando una de las páginas—. Dice: «Códice Antigua desaparecido. Comprado probablemente por coleccionista E. Gómez, Cádiz. Aprox.: 1993».

Se sorprendió al releer aquello en voz alta. Miró a Merlin, rebosante de entusiasmo. Buscó entre los papeles la lista de Pembroke que mencionaba a Guatemala. Con ella entre sus manos trémulas por la emoción leyó:

a.—Colón, Valladolid

b.—C d Texcoco, Ciudad de México

c.—Valdivieso, León

d.—Fernández, Valparaíso

e.—Gómez, Cádiz

f.—Antigua, Xultún

g.—Lynch

—Cádiz de nuevo —exclamó Merlin.

—Y Gómez de nuevo —afirmó Cayetano, extendiendo los brazos en un gesto triunfal.

—Cierto.

—Otro Gómez, de Cádiz. ¿Qué me dices? Otro Gómez. Aunque hubiese preferido un apellido menos corriente. Imagina: ubicar a un Gómez muy preciso, pero quinientos años después.

Se estremeció al pensar que ese reciente Gómez de Cádiz, tal vez descendiente del Gómez asesinado por Lynch en 1493, había comprado, siglos después, un códice que hablaba sobre Galway, según los apuntes de Pembroke. Era, pensó, como si una mano nacida en el fondo de la historia hubiese querido adueñarse, a través del Gómez del presente, del relato de una historia que había involucrado a otro Gómez, que había vivido medio milenio antes.

—¿Y ese códice también desapareció? —preguntó Merlin, intrigado.

Cayetano tuvo en ese instante una ocurrencia esperanzadora. Volvió a buscar entre los documentos hasta hallar la otra lista de ciudades que había apuntado Pembroke:

a.—Antigua Guatemala

b.—Cartagena de Indias

c.—La Habana

d.—Valladolid

e.—Pyongyang

Marcó el celular de Lisa Pembroke. En Chicago eran al menos cuatro o cinco horas más temprano.

—Disculpe que la moleste, señora Pembroke. Pero tengo dos consultas breves e importantes. ¿Visitó alguna vez su esposo la ciudad de Antigua Guatemala?

—Lo veo cada vez más lejos del lugar del crimen, señor Brulé —respondió la viuda, molesta—. No entiendo nada. Todo esto me suena cada vez más exótico. Espero que después me rinda cuentas muy precisas de sus gastos.

—Delo por hecho, señora Pembroke. Pero dígame: ¿recuerda usted cuándo estuvo su esposo en Antigua?

—Eso debe haber sido hace unos veinte años —repuso ella, después de soltar un suspiro—. Viajó por sus investigaciones. Recuerdo que entonces fue víctima de un robo.

—Entiendo, eso me ayuda —continuó Cayetano—. Y discúlpeme ahora, pero si la pregunta anterior le pareció exótica, esta le va a parecer estrambótica. ¿Viajó su esposo alguna vez a Corea del Norte?

—Solo me queda confiar en usted y en la recomendación de nuestra embajada en Santiago, señor Brulé. Lo primero es un acto religioso; lo segundo, político. —Hizo una pausa—. Mire, haciendo memoria recuerdo que mi esposo solicitó efectivamente una vez visa para viajar a Corea del Norte.

—¿Y cuándo viajó el profesor? —Cayetano alzó un pulgar en dirección a Merlin.

Era un gran momento. Estaba más cerca que nunca de dar el gran paso. Se lo anunciaba el cosquilleo del estómago y el sexto sentido que se desarrolla con el ejercicio de su profesión. El recuento exacto de ese viaje debería estar en algún apunte del profesor. Era cosa de encontrarlo. Tal vez la viuda lo tenía, o a lo mejor las carpetas de Galway guardaban encriptado ese resumen de un viaje que había sido decisivo y era quizá la causa del crimen.

—No, no viajó —escuchó decir a su cliente.

—¿Cómo? ¿No viajó? —exclamó sin poder ocultar el desaliento. Puso los papeles de vuelta en la mesa.

—No, no viajó.

—¿Y por qué?

—Porque le denegaron la visa. Corea del Norte no otorga visas a estadounidenses. Usted sabe, el eje del mal, la desconfianza norcoreana hacia Estados Unidos. Estuvo muy afectado esos días. Fue antes de viajar a Galway por última vez.

—¿Y cómo reaccionó? —Cayetano se masajeó con la punta de los dedos los párpados por debajo de los espejuelos.

—Dijo que esa negativa retardaría las conclusiones finales de su investigación en años, y que probablemente nunca alcanzaría a cumplir la principal meta de su vida académica.

—¿No explicó por qué? —Cayetano sintió que las sienes le palpitaban con fuerza.

—Joe era un hombre reservado, señor Brulé. Yo atribuí su decaimiento más bien a que la negativa coreana había amargado su alma de investigador y viajero. ¿Usted cree de veras que eso tiene que ver con su muerte? —preguntó la viuda tras una pausa.

—No quiero alimentar especulaciones ni ilusiones, señora Pembroke. Pero lo que me ha dicho me sirve mucho y se lo agradezco.

—¿Usted sigue en Irlanda? —preguntó ella, cambiando de tono.

—Así es.

—Espero que ese viaje nos sirva de algo.

—No se preocupe, señora Pembroke, le rendiré cuentas hasta de la última libra que gaste.

Colgó y se acarició la barbilla como buscando pelos sin afeitar.

—Querido Patrick —dijo al cabo de un rato—, sospecho cuál es la verdadera razón por la cual Pembroke quería ir a Corea del Norte, al reino de Kim Jong Un, hijo de Kim Il Jong y nieto de Kim Il Sung, la dictadura más longeva y represiva de la historia.

—¿¡Qué me estás diciendo!?

—Sospecho que allá deben estar los apuntes del profesor, el otro códice maya, el último códice sobreviviente, el que ilustra los viajes a Europa de los mayas prehispánicos.

—¡No puede ser!

—Escucha lo que apuntó Pembroke: «Códice G se libró de fraile Landa porque salió antes de 1492 en Tortuga desde la costa del Pacífico del México actual».

—¿Cómo?

—Así es. —Siguió leyendo de la carpeta—: «Si C está en alguna parte, es en Exploraciones Pacífico, Museo PY. Lo sugiere KIS».

Merlin releyó el manuscrito varias veces para convencerse.

—¿KIS solo con una s? —reclamó.

—KIS no intenta ser la palabra «beso» en inglés. Debe ser Kim Il Sung.

—¿Y «Tortuga» qué significa? ¿La isla?

—Puede ser, pero lo ignoro. Lo importante es que hay un nexo entre América y el Asia que aún debemos esclarecer.

—En todo caso, sabemos que los chinos llegaron a América antes que Colón.

—Ese código clave está en un museo de Pyongyang, según Pembroke —exclamó Cayetano, eufórico, con los ojos encendidos—. Contiene glifos o dibujos o cómo se llamen de pasajes narrando viajes mayas a Europa. Pembroke lo denomina Códice G, y apuesta a que estaría en un museo de Pyongyang. Se trataría nada más y nada menos que de uno que ilustra una historia silenciada durante siglos por los europeos.

—Y Pembroke no pudo verlo.

—Eso es lo terrible y trágico de su historia: se trata de algo que él no pudo ver porque Pyongyang niega el ingreso a estadounidenses a Corea del Norte. Y es probable, mi estimado amigo, que nosotros tampoco lleguemos a ver ese trascendental documento si se interpone la locura de la política mundial entre nosotros y ese tesoro de la historia latinoamericana que tal vez se encuentra almacenado en la capital norcoreana.

—¿Y por qué no habrá solicitado ayuda a alguna embajada occidental en Pyonyang? —preguntó Merlin, aferrado con ambas manos a los brazos de la silla.

—¿Estás loco? Una consulta de ese tipo lo hubiese puesto en evidencia. Todos sus colegas y todos sus enemigos se hubiesen enterado de lo que perseguía. Se iba al tacho la originalidad de su investigación. Él aspiraba a dar con la prueba definitiva de lo que postulaba. Quería transformarse así en el artífice de la reescritura de la historia de Occidente, de la escritura de la nueva historia.

—¿Por eso lo mataron?

—Creo que fue por eso. Mi querido Patrick, ¡yo llegaré a Pyongyang aunque sea caminando!

58

No le costó mucho convencer a la viuda de Pembroke de que era imprescindible que él viajara a Corea del Norte. Por alguna razón, tal vez debido al avance de su mortal enfermedad, ella ahora parecía resignada a que la investigación desembocara en un área que pertenecía más a lo que consideraba el realismo mágico de América Latina que al mundo cartesiano de Chicago, Berlín o París, que ella tan bien conocía.

—Además, ni el FBI, con toda su tecnología CSI, ni la PDI, con sus contactos en Chile, han avanzado un pelo en un año —reclamó Lisa al teléfono—. No me convence su teoría de la conspiración académica, señor Brulé, pero vaya. Vaya y avance y no siga cojeando ni se me salga del presupuesto. Recuerde, por favor, que no dispongo de mucho tiempo para conocer la verdad.

Y ahora Cayetano Brulé estaba en pleno vuelo, en clase turista de Air China, de Londres a Taoxian, el aeropuerto de Shenyang, la gran ciudad china desde donde se pueden cubrir con cierta facilidad los aproximadamente 3.420 km que la separan del provinciano aeropuerto Sunan, de la capital de la República Popular Democrática de Corea.

El Air China había despegado de Heathrow puntualmente a las 20.25 del jueves y debía arribar a Shenyang el viernes a las

17.55, tras quince horas de viaje, incluida una tediosa escala de transbordo en Beijing.

Durante el vuelo, mientras le servían exquisiteces chinas, examinó el itinerario. Le inquietó hallar la información de que la línea estatal norcoreana Air Koryo emplea de Shenyang a Sunan no solo los nuevos modelos rusos Tu 204-100, de la legendaria Tupolev, sino también el viejo Tu 134, más conocido en África como «cajón de la muerte». Tendría que arriesgarse. Detective que no apuesta, no gana, pensó mientras examinaba las alternativas de vuelo.

En Shenyang, donde aterrizó al menos a salvo, se hospedó en el hotel norcoreano que le recomendó Máximo O'Reilly, un amigo de origen argentino de Patrick Merlin, a quien tuvo la oportunidad de conocer a la pasada en Galway. Era un personaje interesante: hijo de diplomáticos argentinos y ex militante de la Federación Juvenil Comunista de su país, había egresado de una escuela de inteligencia de la desaparecida República Democrática Alemana, en la localidad de Klein-Machnow, y después se había desempeñado por diez años, nada menos que en Pyongyang, como traductor al español de las obras de Kim Il Sung. El idioma coreano lo había aprendido en su adolescencia en Seúl, donde su padre se desempeñó como consejero de la legación argentina. En 1999 abandonó definitivamente Pyongyang.

Pese a su singular experiencia, o tal vez precisamente debido a ella, a Cayetano le despertó suspicacia política. Sabía de lo alérgico que era el régimen norcoreano ante los extranjeros. Fue precisamente él, Máximo O'Reilly, quien le sugirió el método más expedito para entrar a Corea del Norte: solicitar visa en Shenyang, donde el trámite es rápido y nada burocrático si uno está dispuesto a pagar una tarifa adicional, que incluye alojamiento por dos días en un hotel del Estado norcoreano, transporte al aeropuerto y visa para ingresar al hermético país comunista.

—Nadie sabe a ciencia cierta —le advirtió Merlin a Cayetano antes de presentarle al argentino— qué piensa en verdad Máximo O'Reilly sobre Corea del Norte, ni si estuvo casado o tiene hijos allá. Ni se sabe si ha sido o sigue siendo agente de inteligencia del camarada líder, por lo que te aconsejo mostrarte cauto y reservado ante él.

O'Reilly era un tipo alto y fornido, de poco más de sesenta años, alborotada melena y barba blancas, con un curioso parecido al Karl Marx de los retratos clásicos. Cuando se conocieron llevaba jeans y chaqueta de mezclilla negra sin mangas sobre una camisa de cuello corto, como las que viste el presidente ecuatoriano Rafael Correa. Pese a su aspecto exótico, a Cayetano le pareció que en las calles de Galway pasaba como un irlandés más.

—En cuanto Patrick me contó que usted quería visitar Pyongyang abordé el bus y vine a verlo enseguida —le dijo O'Reilly mientras se tomaba su café—. Es un país que me apasionó y que usted jamás olvidará. Solo a partir de las agresiones que ha sufrido por parte de China, Japón y Estados Unidos, es posible comprender su sistema y el vasto apoyo popular de que disfrutan el gobierno y la filosofía Juche.

Cayetano lo escuchó con atención. A esas alturas de la vida ya no estaba para discutir con admiradores del sistema totalitario norcoreano. Le parecía una batalla perdida de antemano. Había personas de convicciones extremas con las cuales, a sus años, ya no debía perder el tiempo. O'Reilly era, desde luego, una de ellas.

—¿Puedo preguntarle por qué dejó Corea del Norte? —indagó Cayetano, sin dar rodeos.

—Porque la editorial no me renovó el contrato —dijo O'Reilly—. Traduje al español varios tomos de las obras de Kim Il Sung y folletos sobre la historia, la economía y la vida cultural de la República Popular Democrática de Corea, y de pronto me anunciaron que ya no me necesitaban más. Perdí así el permiso de residencia. Y aquí me tiene, en Irlanda, trabajando de fontanero, oficio que aprendí en Pyongyang, desde luego, y de asesor de una pequeña editorial política, dirigida por anarquistas locales. Y usted ¿por qué quiere ir para allá? —le devolvió la pregunta.

—Siempre me ha seducido la idea de conocer Pyongyang, una ciudad de la cual poco se sabe —dijo Cayetano, fingiendo ingenuidad y entusiasmo—. Además, quisiera visitar el Museo Central de Historia. Me interesa la primera presencia asiática en mi continente.

—¡Macanudo! —exclamó O'Reilly, que aún conservaba su acento rioplatense—. Es cierto, allí hay una sección dedicada a la presencia coreana en el mundo a lo largo de la historia, y seguro que encontrará aspectos interesantes sobre esa etapa. ¡Gran tema, señor Brulé!

—Quisiera ver lo que hay de esa época —agregó Cayetano, echando una mirada a Merlin.

—Amante de la historia de los indígenas americanos, ¿eh? Están de moda —comentó el fontanero y saboreó el café con aire satisfecho—. Bien, muy bien. ¿Y piensa escribir sobre eso? ¿Un ensayo, tal vez?

—Solo iré por curiosidad.

—Ahá —dijo O'Reilly y revolvió de nuevo el café y luego se quedó mirando ensimismado el remolino que se formaba en su taza.

¿Y qué si Máximo O'Reilly era un espía norcoreano?, se preguntó Cayetano. No dejaba de ser curioso que hubiese querido conversar con él, un perfecto desconocido, en cuanto se enteró de su proyectado viaje. ¿El hecho de que no criticara un sistema condenado por todo el mundo —o casi todo el mundo— no lo convertía ya en un tipo sospechoso? ¿Y qué si los norcoreanos tenían algo que ver con el asesinato de Pembroke? Un escalofrío le recorrió la espalda. Sabía que era un régimen brutalmente represivo y capaz de secuestrar y asesinar más allá de sus fronteras. Quizá estaba hilando de nuevo demasiado fino.

—Si quiere llegar a Corea del Norte, lo mejor es que pida visa mediante un truco que puedo enseñarle —le sugirió O'Reilly.

—¿Cómo es eso?

—Mire, hay solo dos embajadas de la RPDC en el continente suyo: una en La Habana y la otra en Ciudad de México. Allá lo tramitarán durante meses y no es seguro que expidan su visa.

—¿Y entonces?

—Lo mejor —añadió O'Reilly, mirando los transeúntes que pasaban frente al local— es que entre a la RPDC desde China.

—¿Sin visa? —reclamó Merlin—. ¡No lo dejarán ni subir al avión!

—Existe en esa ciudad un consulado norcoreano que la gente no conoce. Por unas quinientas libras, ellos le arreglan todo.

—¿Y qué seguridad tengo de que me la den?

—Bueno, si usted no tiene historias turbias con Corea del Norte ni la ha denigrado públicamente —dijo O'Reilly, permitiéndose una risita irónica—, no va a tener problemas. Lo pasarán a buscar unos muchachotes al hotel con la visa lista, lo llevarán al aeropuerto y lo embarcarán en un vuelo de Air Koryo. Después de una hora de viaje aterrizará entre las verdes colinas y los campos roturados que rodean el aeropuerto Sunan, de Pyongyang —enfatizó con aire nostálgico O'Reilly—. Es una experiencia que, estoy seguro, jamás olvidará, señor Brulé.

59

O'Reilly tenía razón. El aeropuerto de Sunan, de Pyongyang, queda entre verdes lomajes y campos primorosamente sembrados, apenas salpicados por casitas aisladas, cerca de un lago que espejea cuando el cielo está prístino.

El destartalado Tupolev 134 de Air Koryo iba lleno de pasajeros chinos y europeos. Aterrizó en la losa con una sacudida que estremeció a Cayetano, corrió por la pista envuelto en su propio rugido y avanzó hacia el edificio de concreto y ventanales, en cuyo frontis colgaba un gigantesco retrato de Kim Il Sung, flanqueado por fotografías de paisajes retocados de Corea del Norte.

En Inmigración, el oficial escudriñó a Cayetano con ojos penetrantes mientras comparaba su rostro con la fotografía del pasaporte. Al cabo de un rato timbró el documento. Después, un oficial registró meticulosamente su equipaje y lo despojó del celular, la guía turística, el poemario de Pessoa y el pasaporte, y le entregó una tarjeta con un número.

—*Keep this ticket until your departure in order to get back your belongings* —le dijo el oficial antes de regresar a su cabina metálica, idéntica a las que Cayetano conocía de Cuba y los extintos países comunistas de Europa, dando por finalizado el trámite.

Sintiéndose desamparado por la falta de celular, salió de Inmigración y pasó a la aduana, donde volvieron a revisar su maletín.

Desembocó después en un salón de techo combado y baldosas grises, donde un cordón rojo separaba a los pasajeros que arribaban de quienes iban a esperarlos. Distinguió su apellido en el letrero que portaba una mujer.

Ella se llamaba Li. Su acompañante, Mr. Wu. Eran coreanos. Serían sus guías en Pyongyang, anunció la mujer, y le presentó a dos personajes más supuestamente a su disposición: Mr. Yun, conductor del Moskvich en el cual se desplazarían, y Mr. Kim, a cargo de su «bienestar», aunque no le especificó qué entendían por ese concepto.

Li llevaba un vestido azul oscuro sin mangas sobre una blusa blanca con nudo en el pecho y zapatos café de taco medio. Los hombres vestían terno café oscuro de solapa ancha, camisa blanca y corbata azul, y sobre el corazón llevaban todos una insignia con el rostro de Kim Il Sung.

Subieron al Moskvich. El encargado de la seguridad iba adelante, junto al chofer, y Cayetano entre ambos guías. Tras desearle una grata estadía en el país donde supuestamente gobernaban los obreros y campesinos, el Moskvich tomó por una carretera desolada y entró a una autopista ancha como pista de aterrizaje, dividida al centro por una franja verde con árboles, por la cual no circulaban vehículos.

Desembocaron al rato en la arteria de acceso a Pyonyang, una avenida que abarcaba unos cien metros de una vereda a la otra. Durante el trayecto, Cayetano solo vio pasar un tranvía rojo y un bus color crema, antiguos vehículos fabricados en las ex repúblicas comunistas de Checoslovaquia y Hungría.

—Esta es nuestra gran Thongil —explicó Li con tono ceremonioso—. Es la calle de la reunificación. Conduce a Corea del Sur. Cuando logremos la unidad nacional bajo el comunismo, será nuestro eje central. A usted lo dejaremos en el lujoso hotel Yanggakdo, de 45 pisos, ubicado en la isleta de Yanggak.

Lo alojaron en el piso 37, en una de las 1.001 habitaciones del Yanggakdo, que le pareció que estaba absolutamente vacío. Cuando se asomó a la ventana del cuarto no pudo creer lo que veía: una ciudad fantasma de dimensiones gigantescas, toda de concreto, desolada y silenciosa, sin vehículos ni gente en sus calles, plazas o ventanas. Era como si todos hubiesen abandonado Pyongyang unas horas antes, dejándola limpia y en orden.

Un mozo, que al parecer solo hablaba coreano y poco, le trajo la cena. Consistía en arroz, *kimchi* y soya. También le dio el programa de tres días diseñado especialmente para su visita por la agencia estatal de turismo para la que trabajaba Li. El tercer día incorporaba un recorrido de dos horas por el Museo Central de Historia, que se alza en la plaza Kim Il Sung, nada lejos del río Taedong.

Cayetano se alegró de esto último, pues era la causa real por la que había llegado hasta esa ciudad. Cuando probó la comida le resultó tan diferente a cuanto había saboreado antes, que no pudo asociarla a ninguna otra gastronomía, ni siquiera a la china. Bebió bastante agua y luego volvió a asomarse a la ventana para ver si divisaba alguna expresión de vida. La noche se había tendido sobre Pyonyang y solo divisó luces aisladas en edificios que, como el suyo, contaban con generador propio. La ciudad seguía sumida en la quietud y el silencio.

Sintió que había llegado al reino de la Santísima.

60

A la mañana siguiente vio desde la cama un pedazo de cielo gris perfectamente encuadrado por la ventana, pero no escuchaba ruido alguno. No le llegaba ni siquiera el canto de los pájaros, ni de algún gallo como en Olmué, ni un solo bocinazo ni el rumor lejano de algún vehículo.

Cuando se asomó a la ventana lo tranquilizó comprobar que la ciudad aún seguía allí. Ahora podía apreciarla de veras. En verdad era un océano de edificios de concreto, sin pintura ni repello, de construcciones bajas o mediana altura, salpicado de monumentos, plazas, sitios eriazos, cuadriculado por el trazo de avenidas por donde avanzaba lento un bus o un tranvía. ¿Estaba habitada Pyonyang?, se preguntó antes de volver a cerrar la ventana.

Encendió el televisor y comprobó que solo había dos canales. Se encontró en ambos con paradas militares, lanzamientos de misiles, hongos atómicos, arengas marciales, uniformados que desfilaban con movimientos milimétricamente sincronizados en una plaza más grande que la Roja de Moscú, que debía ser la de Kim Il Sung, puesto que exhibía afiches gigantescos con los rostros sonrientes de la dinastía del gran camarada.

Si pierden el paso en el desfile, seguro terminan en campos de trabajo forzado, pensó Cayetano mientras le bajaba el volumen a un discurso indescifrable y se daba a la tarea de buscar otro canal de televisión. Halló solo rayas horizontales.

Siguiendo las instrucciones del programa turístico, dejó a las 8.25 el dormitorio para bajar al *mezanine*, donde podría tomar el desayuno a las 8.30. No se topó con nadie en el pasillo alfombrado ni en el ascensor, cuya lámpara era al mismo tiempo una cámara de vigilancia.

Una flecha lo orientó en su camino al restaurante, una suerte de hangar sin ventanas, pero con idílicos paisajes de Corea del Norte pintados al fresco y mesas circulares que ofrecían espacio para una docena de personas.

Dos camareros que aguardaban firmes como cariátides a la entrada del restaurante, lo situaron en la mesa central y no tardaron en traerle desayuno: té y café, tostadas de pan blanco con mantequilla y mermelada en potecitos, y un platillo con arroz y una salsa de soya fría. Luego desaparecieron.

Revisó el programa mientras desayunaba: visitaría la Torre de la Idea Suche de Kim Il Sung, el metro, el Kumsusan Memorial Palace, algo que se anunciaba como un privilegio especial, puesto que allí descansan los restos de Kim Il Sung y su hijo. También conocería la Gran Casa de Estudios del Pueblo y otros puntos de atracción de la capital, que incluían la plaza Kim Il Sung y una aproximación a la gigantesca estatua del mismo, la más grande del planeta. En su última mañana en Pyongyang sería escoltado hasta el Museo Central de Historia, desde donde se dirigiría al aeropuerto para volver a Shenyang. Esa visita era, en el fondo, lo único que le interesaba.

¿Qué diablos estaba haciendo realmente en Pyongyang?, se preguntó mientras probaba un café tan detestable que le hizo ansiar los magníficos expresos que preparaban en el Melbourne o el Puro Café, de Valparaíso. ¿Qué ocurriría si en el Museo Central de Historia encontrara que la teoría del profesor Pembroke era cierta y que el códice en cuestión relataba la llegada de nativos del

Nuevo Mundo al Viejo Mundo? ¿Qué probaría aquello en relación con el asesinato de Pembroke y cómo lo conduciría eso a sus asesinos y a los de Matías Rubalcaba y Camilo?

Dejó el café y optó por un té, que quizá sabría mejor. Y en cierta forma resultó cierto porque era de arroz y algo semejante no había probado nunca.

Admitió que ahora navegaba por las correntosas aguas de la irresponsabilidad. ¿No se estaría aprovechando en el fondo de los sentimientos y la fortuna de la viuda de Pembroke para conocer la monarquía comunista, algo que añoraba desde hacía mucho tiempo?

Pensó en Andrea Portofino y en Soledad Bristol, mujeres adorables, profesionales y autónomas, conscientes de sus derechos; en Suzuki, que estaría pagando sus cuentas desde la clandestinidad; en sus locales predilectos de Valparaíso, donde lograba desconectarse de las tensiones y penurias diarias; en los paseos por los cerros Alegre, Concepción, San Juan de Dios y Bellavista; en los amaneceres de cristal, despejados y nítidos de julio y agosto, que tornaban gratos ciertos días del invierno.

A las diez en punto bajó al lobby. Afuera lo aguardaban los guías norcoreanos. Tuvo la impresión de que ellos no podían ingresar al Yanggakdo, que era propiedad de empresarios chinos. Al parecer, el régimen no deseaba que sus súbditos estableciesen relaciones permanentes con extranjeros.

—Su inglés es excelente —le dijo Li sonriendo mientras se desplazaban hacia la plaza Kim Il Sung por las calles vacías—, pero mejor vamos a hablar a partir de ahora en español.

—¿Así que también hablan ese idioma? —preguntó Cayetano.

—Los cuatro —dijo Mr. Wu, ya en español.

—¿Dónde lo estudiaron?

—En la Universidad de La Habana —dijo Mr. Wu.

El encargado de seguridad, el asiático más alto que Cayetano había visto en toda su vida, gigantón como jugador de básquetbol, no abría la boca ni sonreía. Se limitaba a seguir la conversación y a impartir órdenes en coreano al conductor.

—Estudiamos en la Escuela de Letras, en el edificio Dihigo, del barrio de El Vedado —dijo la señora Li—. ¿Conoce usted La Habana?

—Algo. Pero déjeme decirle que es notable su manejo del idioma. Lo hablan sin acento, es decir, como habaneros.

—Hablamos como usted —afirmó Mr. Wu soltando una sonrisa, la primera o segunda que le registraba—. Usted es habanero como nosotros.

—¿Cómo lo sabe?

—Aquí lo sabemos todo.

No volvieron a hablar con él ni entre ellos. Era como si hubiesen cumplido la instrucción de hacerle saber que conocían su vida al dedillo. Al rato llegaron ante la gran explanada de la plaza Kim Il Sung.

Cayetano hizo memoria: habían cruzado el puente que une con la ciudad la isleta donde estaba su hotel, habían continuado por Yokchon y doblado frente al Monumento al Ejército Soviético, y luego habían tomado por Yonggwang, que desemboca en la Sungri, hasta arribar a la plaza.

Comenzaron a pasearse por esa vastedad de setenta y cinco mil metros cuadrados. Li explicó a Cayetano qué albergaban los edificios circundantes: Galería de Arte Coreano, edificio de los ministerios, Museo Central de Historia.

—No se preocupe, compañero —le advirtió Mr. Wu—, al museo lo llevaremos de todas formas. Narra la historia de nuestro país desde el Paleolítico hasta nuestros días, desde el primer barco construido en el mundo, que fue coreano, hasta los actuales, que el pueblo fabrica bajo la sabia conducción de nuestro querido gran líder. Pero no se intranquilice, amigo habanero, ya lo llevaremos al museo para que calme su curiosidad y sed de conocimiento.

61

Al fin llegó el último día, se dijo Cayetano cuando despertó en el Yanggakdo y comprobó que Pyongyang seguía allí. Había soñado gran parte de la noche con su padre. El músico, con las cejas enarcadas y un índice erguido, le advertía que jamás debía nadar solo en el mar. Ahora tuvo la sensación de que lo estaba desobedeciendo, pues el tenebroso reino norcoreano era un océano a primera vista apacible, pero nada fácil de cruzar.

Pudo reconocer desde su ventana rasgos más precisos de la ciudad: el Taedong que fluía inmutable, como interrogándolo; la estación de trenes, que en la víspera solo le habían permitido ver de lejos; más allá, el techo verde del Gran Teatro, semejante a una alfombra que gravitara entre las azoteas de los edificios. Mucho más allá, el gigantesco hotel Koryo parecía un murciélago que las alas desplegaba sobre Pyongyang, mientras por el otro lado el Museo de la Fundación del Partido refulgía monumental sobre una explanada.

Después del desayuno, que lo tomó en la soledad de ese hotel donde él continuaba siendo al parecer el único huésped, salió por la puerta principal, que le abrió un sonriente portero de uniforme azul con ribetes dorados y gorrita a lo De Gaulle. Afuera lo esperaba el Moskvich de color verde desabrido con el disciplinado cuarteto sentado en el interior.

Fue a las 10.30 en punto de la mañana cuando el doctor Choe, especialista en exploraciones marítimas coreanas, lo recibió en las escalinatas del Museo Central de Historia.

—Bienvenido, señor Brulé —dijo el arqueólogo a través de la traducción de Li. Ella y Mr. Wu los siguieron por los pasillos en penumbras—. Voy a presentarle primero una panorámica de las exhibiciones del museo y después visitaremos la dedicada a las exploraciones coreanas en el Pacífico.

Ojalá alcancemos a ver lo que yo necesito, pensó Cayetano con impaciencia. ¿No se estaría volviendo loco?, se preguntó mientras el doctor Choe pontificaba, a través de Li, que traducía seria y con voz aguda, sobre los utensilios de la Edad de Piedra hallados en la península de Corea, lo que probaba, aseveró el arqueólogo con pasmosa seriedad, que las bases de la cultura asiática de todos los tiempos se hallaban en su país.

A él, a Cayetano, sin embargo, le importaban un bledo las piedras y los utensilios prehistóricos. Tampoco le apasionaba oír hablar del descubrimiento del fuego, que había tenido lugar supuestamente en el sitio donde se alzaba ahora el dormitorio del palacio que habitaba el gran líder, ni de la aparición de la Edad del Hierro ni del Bronce, originadas al parecer en las afueras de Pyongyang, ni de los indicios que probaban que fue en Corea donde se inventó la rueda, el cero y el concepto del infinito, y se descubrió además que la Tierra era redonda. No, en verdad nada de eso le interesaba porque le parecía sacado del departamento de propaganda del régimen.

¿Quién diablos visitaba ese museo?, se preguntó Cayetano mientras su anfitrión seguía adoctrinándolo ante vitrinas que se iluminaban solo mientras ellos las contemplaban y que volvían a la penumbra en cuanto se alejaban. ¿No había allí acaso empleados? ¿Era entonces el mismo doctor Choe el encargado de abrir y cerrar el museo, de mantener impecables los pisos y los cristales, limpiar las lámparas y cambiar las ampolletas? Aquello era idéntico a la soledad y el silencio que había encontrado en el hotel. ¿Es que no había más gente en otras partes? ¿Dónde diablos estaban los habitantes de Pyongyang?

Siguió recorriendo con sus acompañantes el museo, escuchando peroratas del doctor Choe sobre temas ajenos a su investigación, sobre asuntos que le consumían el poco tiempo disponible y que lo hacían sentirse estúpido. Trató de controlar su impaciencia porque, al final de cuentas, y la pregunta comenzó a planteársela en ese instante, ¿qué esperaba encontrar en aquel códice, de cuya existencia no había prueba alguna, sino solo suposiciones de un académico asesinado? Y si para los expertos era ya un desafío mayor tratar de interpretar los códices, ¿qué podía descifrar él, un imberbe y aficionado, de esos documentos en cosa de minutos? Sintió que nada había valido la pena, que todo había sido un desperdicio de tiempo, que navegaba por una ruta que no lo conducía a buen puerto. Tres horas más tarde, cuando ya había perdido toda esperanza de llegar a la sección que le interesaba, el doctor Choe anunció que se dirigían a la sala del Pacífico.

En cuanto llegaron a ella, Cayetano se sintió desencantado. La sala era pequeña y desde sus paredes colgaban óleos y acuarelas modernos que representaban bucólicas escenas de paisajes y ciudades de hace más de setecientos años. También había un par de vitrinas con utensilios de piedra, hachas, arcos y flechas, así como con plumas ornamentales. Y todo aquello lo explicaban afiches ubicados junto a las piezas exhibidas. Tras soltar un bufido, Cayetano le preguntó al doctor Choe:

—¿No había aquí un antiguo códice americano?

El coreano asintió con la cabeza, sonriendo.

—¿Y ya no está en exhibición? —preguntó Cayetano, lo que Li tradujo en el acto.

—Lo tuvimos que retirar —explicó el doctor Choe, contemplando la sala con la cabeza erguida y las manos a la espalda. El plural mayestático le pareció a Cayetano una exageración considerando la pasmosa soledad que reinaba en el Museo Central de Historia.

—¿Por qué tuvieron que retirarlo?

—Culpa de la luz y la humedad, señor Brulé. Comenzó a deteriorarse por efecto de la luz y la humedad. Es lo que está matando al códice de París, que tampoco está ya en exhibición en Europa, como usted debe saber.

Era cierto. El código maya que los franceses se habían llevado a la mala a París, tampoco estaba ya en exhibición. Era una memoria americana rescatada, pero sepultada en el corazón de Europa. Cayetano recordó que toda Corea del Norte sufría de frecuentes apagones por falta de recursos energéticos. Tembló de solo imaginar que la prueba cumbre de su investigación, o mejor dicho, la de la investigación del profesor Joe Pembroke, podría haberse desvanecido para siempre en Pyongyang.

—¿Y ahora lo mantienen en un sitio adecuado?

—Por lo menos en uno donde ya no le da la luz. Por eso nos permiten verlo solo por unos instantes —anunció el doctor Choe—. Y sin tocarlo. Sígame por acá, por favor, señor Brulé.

62

El doctor Choe extrajo de su delantal un manojo de llaves oxidadas y con una de ellas abrió la puerta blindada. Acto seguido invitó a Cayetano y a sus acompañantes a ingresar a una sala a oscuras, donde olía a humedad. Encendió la luz.

Cayetano se acomodó los espejuelos y vio pasillos formados por estantes metálicos, repletos de cajas de volúmenes empastados en color azul oscuro.

—Aquí almacenamos las obras completas de nuestro querido gran camarada Kim Il Sung —anunció el doctor Choe, indicando con veneración hacia el pasillo central—. Conservamos más de mil tomos con textos que cubren desde su infancia hasta sus últimas palabras.

Ojalá no me invite a examinarlos, pensó Cayetano, preocupado. Una negativa de su parte podrían considerarla un acto inamistoso y la represalia podría acarrear el fin de su visita al museo, cuando no la expulsión del Estado totalitario. Se le erizó la piel de solo ver los muros y el cielo de hormigón, con aspecto de búnker atómico, que acusaba manchas de humedad.

—Pase por acá —ordenó el doctor Choe mientras los coreanos hacían reverencias ante los libros de tapas azules.

Más allá el doctor Choe detuvo su marcha frente a un clóset de metal. Abrió el mueble con una llave y en su interior vieron cajas de madera con etiquetas adosadas a los costados.

—Aquí está el códice que usted busca y que en verdad se denomina *Códice Tortuga* —anunció con voz trémula el doctor Choe mientras ponía una caja sobre una mesa y se daba a la tarea de desanudar la cinta que amarraba la caja—. ¡Mire cuán bello es!

Cayetano sintió que su cuerpo se estremecía por completo. ¡Allí estaba el códice con el que había soñado Joe Pembroke! No se trataba solo de uno o dos recuadros, como había supuesto, sino de una tira, diría casi completa, de tal vez ocho o doce escenas perfectamente plegadas en forma de acordeón, concluyó Cayetano, al ver el abigarrado despliegue de coloridas figuras pintadas en la primera página de amate.

Acercó su rostro para verlo mejor.

—No lo toque —advirtió el especialista norcoreano.

Cayetano se aproximó aún más al códice. Sobre el fondo ocre y verde de la portada había figuras con máscaras y plumas que ejecutaban danzas rituales y representaban oficios, en su mayoría guerreros y artesanales. Detrás de ellas, como un paisaje de fondo, destacaban construcciones piramidales escalonadas y palacios de piedra, que Cayetano identificó con las pirámides y las residencias de los nobles mayas.

El doctor Choe desplegó las secuencias siguientes del amate. Cayetano vio ahora verdaderas ciudades ceremoniales en medio de una selva tupida. Las identificó como Tikal y El Tajín, pero también creyó que podían ser Teotihuacán, Monte Albán o Mitla. El corazón le palpitaba con más fuerza. Eran imponentes aquellos coloridos dibujos de contornos claros, desplegados sobre una superficie de textura suave como la hoja del tabaco de Viñales, pensó con el pecho a punto de estallarle de emoción.

—¡Retire su mano! —ordenó Li, traduciendo la reacción airada del doctor Choe.

—Disculpe, no me di cuenta de lo que estaba haciendo —dijo Cayetano sin poder dar crédito al hecho de que había puesto sus dedos sobre un documento con más de medio milenio de antigüedad.

—Es un códice maya precolombino grandioso —comentó el doctor Choe, cambiando de tono, volviéndose amable—. Son ocho escenas del año 1422. Fue traído por la flota coreana que surcó los mares del mundo.

—¿Está seguro de la fecha?

—Absolutamente. En la tercera secuencia está la fecha exacta, según el calendario maya.

—¿Cómo lo consiguieron?

—Hace más de seis siglos. Lo trajeron de Occidente los legendarios barcos tortuga. Eran unas naves imposibles de tomar por asalto porque contaban con un blindaje cóncavo, de madera, sobre la cubierta, y numerosas puntas de lanza fijas que recibían al enemigo. Como ve, fuimos los coreanos quienes inventamos el acorazado, señor Brulé —afirmó con orgullo el historiador.

—¿Y esos barcos tortuga llegaron hace seis siglos a las costas americanas?

—Eso lo desconocemos. Pero uno de esos barcos atacó en 1422 una nave de juncos del capitán chino Zhou Wen, miembro de la flota de 107 naves del temible almirante eunuco Zheng He, que volvía de Centroamérica.

—¿Venían de vuelta de Centroamérica?

—Así es. Y nuestros valerosos marinos de los barcos tortuga descubrieron que la nave transportaba tesoros del Nuevo Mundo. Y entre ellos estaba este códice, denominado por lo mismo *Códice Tortuga*. Como ve en la secuencia cuatro —le mostró una fila de símbolos y animales—, es anterior a la llegada de los españoles, en 1492, a las Antillas.

¡Por fin lograba reconstruir el genial proceso lógico que había inferido Joe Pembroke a partir de deducciones y especulaciones, sin necesidad de visitar Pyongyang! El códice estaba en ese museo asiático y se había salvado de la hoguera del fray De Landa solo por un azar de la historia y por el ataque de barcos tortuga a una nave imperial china. Si Zhou Wen no hubiese tenido ese códice maya a bordo, y los acorazados coreanos no se hubiesen cruzado con los navíos chinos, el documento maya no estaría allí, como correctamente lo había supuesto Pembroke desde el otro extremo del planeta.

—¿Y qué significan estos dibujos y símbolos? —preguntó Cayetano, ansioso a la vez porque el doctor Choe continuase mostrándole las secuencias siguientes de una obra que le hablaba desde el pasado y que ningún otro latinoamericano había visto jamás en su vida.

—Lo ignoramos —explicó Choe, bajando los ojos—. Aún no contamos con especialistas en esa etapa de América y nos asusta enviar el códice a Europa o América para que lo interpreten. El imperialismo comandado por Washington o la visión no científica del mundo promovida por el Vaticano pueden destruirlo solo para causarnos daño.

—Es una lástima —comentó Cayetano mientras el doctor Choe apartaba la lámina de papel biblia y pasaba con cuidado a otra secuencia. También era una maravilla, recargada de bailarines o guerreros que avanzaban por una selva verde y espesa, y que en la escena siguiente surcaban rutas adoquinadas que conducían a mercados indígenas, y llegaban luego a puertos donde atracaban veleros que no eran naos españolas, sino cayucos mayas, que zarpaban desde una costa que, por la cercanía de una isla, que debía ser Cozumel, se asemejaba a la península de Yucatán.

—Aquí comprueba usted algo sorprendente —apuntó el doctor Choe, indicando con sus dedos finos hacia los dibujos en el amate—. Y es lo siguiente: ya en esa época los mayas tenían una noción clara de la configuración de sus territorios.

—Es cierto —añadió Cayetano.

—Ahí claramente está Cuba con su forma de caimán invertido, frente a los cayos de La Florida, y más al oriente ve usted La Española y Puerto Rico, y el arco de las Antillas, fácilmente reconocible —añadió Choe, señalando isla tras isla—. Y aquí está la costa norte de América del Sur, que se diluye porque el tamaño del códice no permitió continuar pintando su geografía.

—¿Conocían la topografía de todo el continente? —preguntó Cayetano, azorado, pensando en las teorías de Pembroke y Forbes—. ¿Cómo?

—Pues porque eran eximios navegantes —repuso el coreano—. Pero permítame llegar a la última escena, puesto que se nos acaba el tiempo.

—¿Han venido occidentales a ver esto? —preguntó Cayetano.

—¿Occidentales?

—Sí, gente como yo, no de Corea o China.

Ahora las manos del arqueólogo mostraban una nueva ilustración, más colorida y compleja que las anteriores, aunque al mismo tiempo más pálida, como si los siglos y la luz se hubiesen coludido para ir disipándola. Mostraba naves de tronco con generoso velamen desplegado ante las puertas y los muros que circundaban ciudades.

Cayetano asoció aquella secuencia con el puesto de observación maya de la reserva de Sian Ka'an, entre Tulum y Punta Allen, que había interesado a Puskas y a Pembroke.

—Pocos occidentales han tenido la oportunidad de contemplar esta maravilla, señor Brulé —comentó el doctor Choe con los ojos humedecidos por la emoción—. Solo usted y unos españoles que estuvieron hace un año aquí.

—¿Españoles? —preguntó Cayetano.

—Un par de estudiosos de España.

—¿De dónde?

—De Cádiz.

Cádiz, pensó Cayetano, impresionado de nuevo por las casualidades, y se dijo que tantas casualidades no podían deberse a la casualidad.

—¿Qué querían? —preguntó, ansioso.

—Querían comprarlo —repuso el norcoreano, grave—. Hicieron una oferta a nuestro gran líder, pero nuestro gran líder la rechazó.

—¿Por qué?

—Porque la historia de nuestro pueblo no se vende.

Li tradujo esas palabras con emoción y lágrimas en los ojos, empuñando una mano en alto, subrayando que el querido gran líder no vendía la identidad cultural del pueblo de Corea ni por todo el oro del mundo.

—¿Y cómo se llamaban esos españoles? —indagó Cayetano.

—No recuerdo sus nombres.

Y diciendo esto, el doctor Choe pasó a la próxima secuencia, y al hacerlo dejó al descubierto un formulario oficial como el que Cayetano había tenido que responder para Li, y que ella a su vez había entregado en la puerta al doctor Choe. Cayetano notó que el documento, llenado a mano, daba el nombre del último interesado en ver el códice: Rodrigo Vibar Castillo. Cayetano del Toro 14, Cádiz.

Pero cuando Choe apartó la lámina de papel biblia y dejó al descubierto la última escena del *Códice Tortuga*, Cayetano entendió el sentido profundo de aquel documento: era la crónica ilustrada de una nave que zarpaba desde una ensenada del Caribe, navegaba a lo largo de la costa este norteamericana, y cruzaba el Atlántico para arribar justamente a esa escena que él veía ahora pero sin poder dar crédito a sus ojos.

—¡Esto es increíble! —exclamó el detective, azorado, con las sienes a punto de estallarle de la emoción.

—A mí me gusta más la escena anterior, porque ilustra con claridad la vida cotidiana de los navegantes de esa época en alta mar —opinó tranquilo el doctor Choe.

Y Cayetano Brulé se dio cuenta en ese preciso instante de que el coreano decía aquello de forma tan ecuánime porque no podía ver lo que él estaba viendo, y esto por la sencilla razón de que nunca había salido de Pyongyang y de que por lo tanto era completamente ciego ante el paisaje y la gente que representaba la última secuencia del *Códice Tortuga*.

Quedó por lo tanto estupefacto, sin poder cerrar la boca y con los ojos desorbitados. Prefirió no comentar lo que pensaba que veía. Prefirió disimular los sentimientos que lo estremecían y que de golpe lo hacían comprender la historia de otro modo y entender el crimen del profesor Pembroke bajo otra luz, en un escenario cualitativamente diferente.

Ahora entendía las cosas de otra forma, se dijo con un escalofrío: el último amate del *Códice Tortuga* representaba con nitidez suprema el arribo de un cayuco a vela con sesenta remeros del color del maíz, ataviados con plumas y guiados por un cometa que sonreía desde el firmamento, a una ciudad amurallada que se comunicaba a través de una gran puerta con los muelles vecinos.

Por sobre las almenas de los altos muros sobresalían tejados y, por sobre estos, un campanario pintado de rojo, rematado con una cruz. Era una ciudad que dividía la corriente de un río anchuroso, con puentes, calles y plazas que recorrían hombres de barba rubia y mujeres de atuendos largos, niños pálidos, caballos, coches y perros, vista que a Cayetano Brulé le secó la boca, le hizo bombear el corazón con furia y lo convenció de que lo que estaba viendo allí, en ese sótano frío y lúgubre de Pyongyang, era nada más y nada menos que ¡el desembarco de los habitantes del Nuevo Mundo en la ciudad irlandesa de Galway, mucho antes de que Cristóbal Colón llegase a las islas del Caribe!

63

Aterrizó en Madrid y desde Barajas llamó a Anselmo Marín a su departamento de Concón. Le dijo que necesitaba saber urgente si un español llamado Rodrigo Vibar Castillo había estado o estaba en Chile. Desde la estación de Atocha tomó un Alvia con dirección al sur, y cuando ya declinaba el día se encontró en Cádiz.

La ciudad palpitaba envuelta en el perfume marino que la emparenta con Valparaíso y La Habana. Se hospedó en el hotel Las Cortes, ubicado en pleno casco histórico de la ciudad, y caminó presuroso hacia la calle Cayetano del Toro. Lo descubierto en Pyongyang lo inundaba de euforia y optimismo, pero asimismo de cautela, pues sospechaba que lo aguardaba la resolución misma del misterio.

La dirección correspondía a un edificio de cuatro pisos y patio interior con una bella fuente, que le llamó la atención al otro lado de la reja de barrotes pintados de verde con puntas doradas. No halló, sin embargo, el nombre de Vibar Castillo en el tablero de los residentes del edificio, pero sí descubrió algo que le aceleró los latidos del corazón y lo hizo enrojecer de emoción: las palabras Renacimiento Nacional, y debajo de ellas, como si estas se equilibrasen sobre tres columnas, la sigla CPH. ¡CPH, se dijo a sí mismo, por fin la encontraba, y tan lejos de Valparaíso!

Observó con detenimiento y escepticismo el letrero, que se veía así:

```
Renacimiento Nacional
       C   P   H
```

Soltó un resoplido, se sacó los anteojos y, en un gesto usual entre habaneros, se enjugó con un pañuelo el sudor que le corría por la frente y las mejillas. ¡Al fin las siglas CPH!, se repitió. Al parecer, era una institución legalmente constituida, con sede y todo, y se encontraba en el primer piso del edificio. Seguramente miraba hacia el patio donde el agua de la fuente fluía cristalina y con rumor de vertiente. La puerta de barrotes seguía cerrada y con ello le impedía el acceso al patio. Aunque así fuera, lo cierto es que podía confirmarlo: CPH correspondía a una institución con existencia real.

Alguien bajó por las escaleras de concreto del edificio, abrió la puerta accionando un botón y salió apurado a la calle. Era un muchacho vestido de negro y con pelo teñido de rojo. Cayetano simuló buscar un nombre en la placa de botones de los departamentos y aprovechó que la puerta cerraba lento para colarse al patio.

Cruzó el pasaje de adoquines, que en el pasado había visto pasar seguramente coches tirados por caballos, y se detuvo a observar el patio, enmarcado por arcadas, parecido a un claustro monástico. Vio alrededor de la fuente cuatro palmeras de tronco esbelto, y a sus pies unos gladiolos rojos que animaban la monotonía del césped amarillento.

Caminó bajo las arcadas chequeando los números de las puertas. Junto al timbre de la número siete halló la placa que buscaba:

```
RN-CPH
```

Regresó hasta la fuente y tomó asiento en un banco de madera a ver qué ocurría. Todo indicaba que aquel departamento era la sede de CPH y además la vivienda de un tal Vibar Castillo. Ahora necesitaba actuar con máxima cautela. Cualquier desliz podía hacerlo fracasar. No olvidaba que lo seguían unos criminales dispuestos a todo. Ahora lo que necesitaba era corroborar si había alguien en el departamento siete.

Estaba a punto de retirarse para volver al hotel a repensar su estrategia, cuando escuchó el chirrido de una puerta que se abría lentamente. Era la puerta número siete.

El marco lo ocupó un hombre alto y calvo, ojeroso, de terno y corbata oscuros. Lo acompañaban dos jóvenes rapados vistiendo pantalón negro, camisa blanca y botas de media caña. Sus cráneos fulguraban en la noche tibia. ¿Neonazis?, se preguntó Cayetano sin moverse del banco, simulando contemplar la fuente de agua.

Los jóvenes marchaban detrás del hombre de traje. Sus tacones resonaban intimidantes en la noche. Son sus escoltas, concluyó Cayetano, atusándose la punta del bigote. Los vio cruzar la puerta de barrotes, salir a Cayetano del Toro y abordar un Mercedes Benz de ventanillas oscuras, que los esperaba con las luces encendidas. Arrancó en cuanto se cerraron las puertas.

64

Llamó a El Escorpión, en Valparaíso, pero este no respondió. Debía andar en alguna diligencia.

Permaneció en el cuarto con un vaso de ron Bacardi en la mano, desorientado, pensando que precisamente de la ciudad gaditana de El Puerto de Santa María había partido Cristóbal Colón por segunda vez a las Américas. A esas alturas, el genovés tenía la convicción plena de que los náufragos que había conocido en Galway no habían llegado allí por casualidad. Al final había zarpado desde España a la segura. Pensó también en el joven y celoso Lynch, ajusticiado en Galway por su propio padre, y en el pobre y noble Gómez, asesinado por cuitas de amor o por una disputa subterránea sobre la historia que mantenía absoluta y misteriosa vigencia a lo largo de los siglos.

Recordó con emoción el notable códice maya arrinconado en una oscura bodega del Museo Central de Historia de Pyongyang. Era una suerte que naves de la flota del gran almirante chino Zheng He hubiesen llegado a Centroamérica en 1422, setenta años antes que Colón, y hubiesen robado o adquirido legalmente el documento. También era una suerte que uno de los temibles barcos tortuga coreano hubiese atacado la nave que llevaba al Asia el códice y se hubiese apropiado de él como botín. De alguna forma, la historia se las había arreglado para hacer rescatar uno de los registros clave de su propio fluir. El códice de Pyongyang, cuya existencia el profesor Pembroke había tenido la genialidad de intuir desde sus lecturas y conjeturas, demostraba de forma fehaciente que mucho antes de que el almirante Cristóbal Colón llegase al Nuevo Mundo, los habitantes de ese mundo habían llegado a Europa y narrado artísticamente la hazaña en hojas de amate.

Destapó otra botellita de Bacardi del minibar mientras pensaba acerca de todo eso y en el hecho de que el fuego inquisitorial también había borrado el nombre del primer capitán maya en encabezar el descubrimiento de Europa por el Nuevo Mundo. ¿Quién habrá sido el almirante maya que llegó a Europa antes que Colón al Nuevo Mundo?, se preguntó Cayetano mientras contemplaba el cielo estrellado de Cádiz. Se zampó el ron y salió a pasear.

Ahora creía entender por qué fray Diego de Landa, decenios después del arribo de Hernán Cortés a México, había arrojado a las llamas los códices mayas. No se debía solo a que los consideraba documentos paganos, frutos del demonio y la idolatría. No. La verdadera causa era más profunda y radicaba en algo que Pembroke sospechaba y había sugerido aunque sin poder llegar a comprobarlo: los códices narraban una historia verdadera y alternativa, la voz del vencido y sojuzgado, que desmentía el relato histórico y oficial de la España imperial, católica e inquisitorial.

Los códices precolombinos ponían en duda la superioridad europea en muchos ámbitos, entre ellos, el de la navegación, pensó Cayetano, entrando al bullicio y la algarabía de la tradicional arrocería La Pepa. Y así como la evangelización era solo un manto ideológico destinado a ocultar los verdaderos intereses que seducían e inspiraban a los conquistadores en el Nuevo Mundo, la necesidad de arrojar los códices a las llamas con el propósito de salvar a los indígenas del infierno era un mero pretexto para silenciar el relato histórico americano.

La vibración de su celular lo arrancó de sus elucubraciones animadas por las medidas de ron que había ingerido en el hotel.

—Mi querido amigo, el señor Rodrigo Vibar Castillo, ciudadano español —anunció Anselmo Marín mientras conducía su carro de Santiago a Valparaíso—, estuvo en tres oportunidades en Chile. Siempre como turista. En la tarjeta de ingreso al país se presenta como hombre de negocios.

—¿Coincide alguna visita con la muerte de Pembroke?

—La última visita coincide con la fecha en que murió el estadounidense.

—¿Estás seguro? —preguntó Cayetano, recibiendo una cerveza y un orujo sobre la mesa. El barrio donde estaba la arrocería La Pepa le evocaba sus paseos de la infancia por las callejuelas de La Habana Vieja, próximas a la desembocadura de la bahía.

—Completamente seguro.

—Dame más señas.

—Tiene sesenta años, vive en Cádiz, llegó dos semanas antes del arribo del *Emperatriz del Pacífico* a Chile y se marchó pocos días después del zarpe de la nave.

—Fenomenal.

—Tienes que darme alguna pista, Cayetano. Necesito apuntarme un poroto en Santiago. A esta edad y en esta posición desmejorada, tú sabes.

Le agradeció el favor, le dijo que lo ayudaría de alguna forma y colgó. Se bebió el orujo de un golpe y regresó de inmediato a Cayetano del Toro 14. Ojalá el nombre de la calle me traiga suerte, pensó.

Y estaba de suerte. Alguien celebraba una fiesta en el edificio y había tenido la excelente idea de colocar un anuncio a la entrada y una cuña de madera para mantener entornada la puerta.

Volvió a sentarse en el banco, ante la fuente. A juzgar por la música y los gritos, la fiesta tenía lugar en el segundo piso. Se preguntó si habría vuelto alguien al departamento número siete. Sus ventanas al menos permanecían a oscuras. Decidió salir a buscar una ferretería. Necesitaba un destornillador, clavos largos y una linterna.

—¿Vas a descerrajar una puerta? —le preguntó el ferretero, que a la postre resultó ser un mulato de Luyanó, tan habanero como él.

—¿Por qué lo preguntas?

—Porque si necesitas algo por el estilo, te sugiero, hermano, que mejor compres un diablito mágico, recién llegado de China. Más económico y efectivo.

—¿Es confiable?

—Nadie ha reclamado hasta la fecha. Solo la policía. Quiere prohibir la importación. Aunque estos diablitos son para los desmemoriados que pierden una y otra vez la llave de la casa, como tú.

Regresó a Cayetano del Toro 14 con el diablito y la linterna ocultos bajo la chaqueta de pana. La reja seguía abierta. Volvió a sentarse cerca de la fuente, asumiendo la actitud de un solitario melancólico. El departamento de Vibar Castillo era el único que continuaba a oscuras.

¿Estaba vacío o había alguien dentro? Supuso que el apartamento también tendría ventanas por la calle trasera. Salió a Cayetano del Toro, dio la vuelta a la cuadra y vio unas ventanas que daban a un pasaje. Volvió al jardín, donde las palmeras eran unas lanzas que apuntaban a las estrellas. El departamento seguía sin luz. Caminó hasta la puerta, extrajo el diablito e introdujo los palillos en la boca de la cerradura.

Al rato escuchó un clic y la hoja de la puerta cedió. Ingresó en puntillas a una sala en penumbras, amplia y alta, con piso de baldosas y estantes con libros y fotos.

Cerró sigilosamente tras de sí la puerta, encendió la linterna y buscó el dormitorio principal, que tenía una cama de doble plaza y sobre ella una cruz. Registró ambos veladores.

A juzgar por la colección de fotos colgadas en la habitación, el hombre mayor que había visto salir —tal vez se trataba de Vibar Castillo— era quien habitaba allí. En casi todas las fotografías aparecía él: solo, ojeroso y demacrado, cejijunto, de frente amplia y la mirada perdida en la distancia. En una contemplaba una ensenada de aguas revueltas, en otra unos montes de escarpados picos nevados y, en una copia de tinte sepia, su mano apuntaba hacia un suave lomaje cubierto de girasoles, que a Cayetano le recordó el cuadro de Van Gogh.

No halló sin embargo nada interesante en los veladores: una Biblia, unas monedas europeas, varios pañuelos doblados y dos linternas. En los cajones de la cómoda solo había ropa interior y camisas blancas planchadas con esmero. Abrió la ventana y comprobó que podría escabullirse en caso de emergencia por el pasaje trasero.

Cruzó un pasillo alfombrado y desembocó esta vez en un estudio. Lo de costumbre: computador, impresora, televisor, rumas de papel. En tres palabras: era una oficina. Allí también colgaban fotos. Eran de recepciones, a juzgar por los trajes de las personas y las banderas desplegadas en el fondo. ¿Qué organización era aquella? Sobre una bandera, de color negro, decía con letras blancas CPH. En el escritorio había libros y DVD, que a juzgar por los títulos que alcanzó a distinguir, versaban sobre la conquista española de América.

Abrió las gavetas del escritorio y ahí se topó con folletos de tono nacionalista, facturas por cenas y compras de papel, fotos de ceremonias con hombres vestidos invariablemente de traje y corbata, y cartas dirigidas al «secretario general» Vibar Castillo. Encontró también algunas hojas en blanco y con un membrete en su parte superior, impreso en letra gótica, que decía:

> **Capitán Lynch**
> **Comité Central**
> **Renacimiento Nacional**
> **Congregación para la Pureza de la Historia**

¡Por fin sabía lo que significaba CPH! Congregación para la Pureza de la Historia. Ahora creía entender lo que había ocurrido y por qué el profesor Joe Pembroke había sido asesinado.

¡Su visión irreverente de la historia lo había condenado! Era cierto lo que algunos sugerían y lo que él mismo había imaginado. Durante más de cinco siglos había tenido lugar una guerra cruel, soterrada y silenciosa entre quienes postulaban un nuevo relato de la historia y quienes se aferraban al tradicional, entre quienes pensaban que los habitantes del Nuevo Mundo habían conocido Europa antes que Cristóbal Colón arribara a San Salvador y quienes repetían incansablemente una historia imperial, católica y europea que había dictado la Providencia.

Aspiró profundo el fresco aire de la noche que se filtraba por las ventanas entreabiertas del departamento. Congregación para la Pureza de la Historia, repitió para sí. Conque para algunos la historia debía mantenerse pura, porque había otros que la emporcaban, desvirtuaban y ensuciaban. Conque éstos merecían ser combatidos por postular una historia pagana, nociva e incorrecta.

¿Cuánta gente había sido asesinada por esta locura racista y nacionalista?, se preguntó Cayetano.

¿Y quién era el capitán Lynch? Recordó al Lynch de Galway, que había ordenado la horca para su hijo, y también al Lynch que era apenas un nombre en una lista de Joe Pembroke. Lynch perdurando a través de los siglos, pensó. Gómez perdurando a través de los siglos, se dijo. La historia, como la concebían los mayas y el profesor, tendía a ser cíclica y los seres humanos parecían condenados sencillamente a repetir roles en el gran escenario de la vida.

Fue al abrir una gaveta del anaquel que había junto al escritorio que el haz de luz de su linterna tropezó con una carpeta de notas, idéntica a las que usaba Pembroke para sus investigaciones. La reconoció por su encuadernación en cuero artificial. Al abrirla con manos temblorosas comprobó lo que sospechaba: en su interior guardaba un bolígrafo azul marca G2 y varias páginas impresas llenas de apuntes hechos con la letra difícilmente legible de Pembroke.

Examinó aquellas páginas con una mezcla de estupor y curiosidad. Comenzó a hojearlas, sentado en el piso, sudando de la emoción. Bajo el foco de la linterna pudo reconocer temas tradicionales vinculados con la época del descubrimiento y la conquista de América. Algunas hojas estaban impresas, pero venían recargadas de observaciones y aclaraciones escritas con una caligrafía pergeñada, que empleaba abreviaciones y agregaba citas entre comillas cuyos autores no siempre se mencionaban. A juzgar por la fecha de inicio, se trataba del último manuscrito de Pembroke, el que probablemente llevaba en su cabina del *Emperatriz del Pacífico* y que le había sido sustraído en el puerto de Valparaíso junto con el computador. Creo que esto es más que claro, se dijo Cayetano, impresionado.

Cuando vio los dibujos que representaban los códices mayas y leyó «el documento clave está en P», tuvo la certeza total de que ese cuaderno de notas solo podía haber pertenecido al profesor y que la P se refería a la capital norcoreana.

Comenzó a fotografiar las páginas con el celular. Estaba absorto cuando escuchó unos pasos que se acercaban al departamento. Colocó de inmediato el cuaderno en el mismo sitio donde lo había hallado. Su corazón latió con más fuerza, se le secó la boca y por primera vez sintió miedo. Más que miedo, terror.

65

Se ocultó detrás de la puerta del dormitorio principal para espiar a quien llegaba a través de la rendija que dejaban las bisagras. Recordó haber vivido una escena semejante hacía años, en Berlín Oriental, cuando, al igual que ahora, había quedado encerrado en el departmento de un edificio de la Leipziger Allee. Ahora estaba en las mismas, en una trampa sin escapatoria. Guardó el celular en la chaqueta. Un cono de luz cayó sobre la alfombra del living cuando la puerta se abrió.

Era un tipo alto y fornido, de cabeza rapada y camisa blanca. Vio su silueta perfectamente recortada en el vano rectangular de la puerta. Le pareció que era uno de los escoltas del dueño del departamento. Contuvo la respiración. La presión se le fue a la cabeza. Temió que sus sienes estallaran. Alcanzó a atrapar los espejuelos que iban resbalando por el sudor de su nariz. Vio que el rapado cerraba la puerta y avanzaba en la penumbra.

En cuanto pasó a su lado le propinó un feroz golpe de canto en la nuca. El tipo trastabilló, soltó un quejido gutural y Cayetano no lo pensó dos veces. Le soltó una formidable patada en el culo, que lo lanzó al piso, y saltó sobre él antes de que pudiera reincorporarse. En un santiamén lo agarró por el cuello y le oprimió la garganta. De bruces en el suelo, el hombre comenzó a patear el piso con las punteras metálicas de sus botas y se aferró a las manos de Cayetano.

Si le permitía que emitiera un grito estaba frito, pensó, sin soltar el cuello del rapado. Fue en eso que recibió un golpe de nuca en plena boca. Sentir el dolor y su propia sangre salobre fue una y la misma cosa. Aprovechando su desconcierto, el rapado giró en el piso y quedaron frente a frente, Cayetano a horcajadas sobre él. Esta vez recibió un puñetazo en plena mandíbula. Hubiera jurado que su lengua acababa de pescar un diente suelto. Trató de presionarlo contra el paladar, procurando no escupirlo ni tragarlo, respirando por la nariz. Tal vez, si salía con vida de aquel combate, podría volverlo a pegar. Pensaba en eso cuando otro mazazo furibundo, esta vez en la boca del estómago, lo lanzó al piso.

El rapado se reincorporó con celeridad y le lanzó una patada de karateca que estuvo a punto de impactar en su rostro. Si me da con las punteras metálicas soy hombre muerto, pensó Cayetano en el instante en que asía a su contrincante de una bota y lo tumbaba. Pero el otro volvió a ponerse de pie como un mono porfiado. Y esta vez se aterró porque lo que el rapado portaba en la diestra era una daga centelleante. Cayetano alargó un brazo en la oscuridad y su mano tropezó con un libro de tapas gruesas, que cogió de inmediato.

El rapado se montó sobre su pecho, arrebatándole el aire, ante lo cual Cayetano solo atinó a arrojar el libro contra su contrincante. Tuvo suerte. Le dio de lleno en un ojo y la ceja, que comenzaron a gotear en forma profusa. Sin embargo, el tipo no se rendía. Trató de clavar la daga en el pecho de Cayetano. Este sintió de pronto el golpe y se estremeció como azotado por una descarga eléctrica, y supo que hasta ahí llegaba su vida.

Comenzó a ver todo en cámara lenta: la mano del otro que se alzaba vacía en la oscuridad, su rostro sanguinolento, congelado en una mueca de horror, y su propia mano tratando de arrancarse del pecho la daga enterrada. ¡Pero no la encontró! Lo intentó de nuevo, desesperado, sabiendo que cada segundo que tardase en despojarse del acero hundido en su carne corría en su contra porque se desangraría en ese cuarto de Cádiz, y luego arrojarían su cuerpo al mar de manera que las olas, repitiendo el guión de una vieja historia, se encargaran de devolverlo a la arena de una playa cercana.

Siguió buscando la daga con desesperación y dedos torpes. ¡No la hallaba! Su camisa estaba húmeda. Pero no de sangre, como supuso en un inicio, sino de sudor. Se auscultó azorado el pecho y encontró en el bolsillo superior de la camisa lo que lo había salvado: la placa de la Santa Muerte, comprada en el Adoratorio de Ciudad de México. Allí estaba la placa con la representación de la Santísima envuelta en su manto dorado, pero no la daga clavada entre sus costillas. No está aquí, se dijo, tratando de insuflarse ánimo. Tardó varios segundos en darse cuenta de lo que había ocurrido: el arma había rebotado contra la Santa Muerte y luego, libre de la mano del rapado, se había extraviado en la oscuridad.

Volvió a trenzarse en una lucha encarnizada con su enemigo. Notando el desconcierto que se adueñaba del rapado, aprovechó de propinarle un puñetazo al hígado, a lo Cassius Clay en sus años de gloria, y otro bajo la quijada, en la manzana, como lo enseñaba el viejo manual de jiu jitsu de su abuelo, que Dios tenga en su santa gloria, y el calvo se desmoronó de pronto como una marioneta sin cuerdas.

Cayetano apartó de sí con esfuerzo aquella mole inerte, se puso de pie, recogió la daga y se deslizó algo mareado por la ventana abierta. Echó a correr por el pasaje desierto con el diente navegando en su boca.

66

Cayetano llamó a Anselmo Marín desde el hotel y le informó de forma sucinta sobre lo acaecido. El Escorpión le aseguró que daría de inmediato aviso al jefe de operaciones de la PDI, saltándose a Debayle, para que alertara a la Interpol y se adoptaran lo antes posible las medidas del caso.

—No te preocupes, que esto correrá sobre ruedas —afirmó el policía jubilado.

Después Cayetano hizo un llamado a Lisa Pembroke para avisarle que el crimen lo tenía resuelto y que solo debía aguardar unos días para que se cerrara el caso. Tras contarle en términos generales lo ocurrido, se despidió de ella con el compromiso de que pronto le enviaría su versión completa y corroborada por las autoridades.

—Lo que me dice me alienta y reconforta, Cayetano, porque pensé que moriría sin conocer la verdad.

Al día siguiente tomó el primer avión con destino a Santiago de Chile. En cuanto se dejó caer en el confortable asiento de la clase ejecutiva, adolorido y mareado, y con uno de los dientes inferiores envuelto en papel de servilleta y debidamente guardado en el bolsillo superior de la chaqueta, ordenó un whisky doble en las rocas, que bebió de un viaje, y luego cayó en un sueño profundo, durante el cual vio con claridad meridiana a su padre tocando su trompeta en el escenario principal del Tropicana, de La Habana, y a Andrea Portofino aguardándolo con una botella de champán en su departamento de la Población Márquez. El estruendo de las turbinas deteniendo el avión en la pista del aeropuerto de Santiago de Chile fue lo único que lo despertó.

Afuera lo esperaban Andrea Portofino, vistiendo jeans, blusa escotada y chaqueta de cuero, más bella y radiante que nunca; Anselmo Marín, de traje oscuro y corbata amarilla, y Suzukito, al mando del Chevrolet convertible, modelo 1957, que Cayetano había comprado tiempo atrás gracias a los generosos honorarios de un caso bullado a nivel nacional.

No tuvo ganas de pasar por el despacho del Turri. Deseaba antes que nada volver a casa, donde se dio un largo baño de tina, se coló un expreso y se pegó sin drama el diente con una pasta de fabricación alemana. Ya más presentable, debidamente peinado y acicalado, llegó en su convertible hasta la población Márquez a buscar a la locuaz maestra y poeta de la Scuola Italiana. Se fueron a comer al Espíritu Santo, del cerro Bellavista, y a bailar a La Piedra Feliz, del barrio del puerto.

Movieron el esqueleto al ritmo de la música hasta que amaneció. Primero en el salón de la salsa, donde Andrea se contoneó con energía, gracia y sandunga mientras Cayetano recurría a lo mejor de su antiguo y probado repertorio rítmico caribeño —pasitos breves de elegancia suprema, lentas vueltas sobre un pie, manos en la cintura, sonrisa blanca bajo el bigotazo tupido— para no desmerecer ante la joven.

Luego, sudando en forma copiosa y con la respiración agitada, pasaron al gran salón en penumbras donde resuena la música romántica, y se fundieron en un abrazo apasionado y un beso húmedo, mientras la voz de José Alfredo Jiménez interpretaba «Qué bonito amor», canción que esa noche hizo sentir a Cayetano Brulé que el laberinto de luces, pasajes y escaleras de Valparaíso lo acogía una vez más con todo su cariño salino y que él por fin había encontrado a la mujer de su vida.

EPÍLOGO

Vibar Castillo fue detenido días después por la Guardia Civil de Cádiz. Sus efectivos hallaron en el estudio de Cayetano del Toro el cuaderno de apuntes del profesor Joseph Pembroke, textos xenófobos y antisemitas, y cartas que probaban la existencia de estrechas relaciones entre la CPH, supremacistas estadounidenses y neonazis de Europa y América Latina.

No solo eso. También encontraron documentación que permitió ubicar una caja de seguridad de la CPH en un banco de Zurich, donde Vibar Castillo conservaba, entre antiguas y onerosas joyas, el celular y la tarjeta de crédito que Pembroke llevaba consigo el día en que fue asesinado.

Los hallazgos en Cádiz y Zurich permitieron asimismo a la Interpol acceder a las identidades de los líderes de los capítulos de Europa y América de la CPH, que comprenden España, Noruega, Alemania, Irlanda, México, Argentina y Estados Unidos.

El célebre profesor de origen húngaro Sandor Puskas, enemigo acérrimo de Joe Pembroke, integró hasta su muerte, acaecida bajo extrañas circunstancias en el Caribe mexicano, el dicasterio de la Congregación para la Pureza de la Historia. Los profesores Roig Gorostiza y Zulueta de la Renta, por su parte, formaban parte de la comisión ideológica de la organización. Esta celebraba su congreso cada dos años, simulando ser una agrupación de coleccionistas de armaduras medievales, muchas de las cuales se exhibían al inicio y el cierre del encuentro internacional.

Entre los documentos que despertaron especial atención se halló un archivo que mencionaba los nombres de personas «ajusticiadas» a lo largo de cinco siglos, desde el denominado «descubrimiento», por atentar contra la historia oficial impuesta por los europeos. Entre las primeras víctimas figuraban el joven Gómez, asesinado en Galway en 1493, y dos tripulantes de la carabela *Santa María*, de Cristóbal Colón, que habían esparcido el rumor de que el almirante conocía de versiones indígenas la dirección de las corrientes que unen al Nuevo Mundo con el Viejo Continente. Aparecían igualmente entre los ejecutados escribanos mayas y aztecas, cartógrafos judíos de Mallorca y numerosos adversarios del II, III, IV y V centenarios del «descubrimiento» de América. Entre las víctimas latinoamericanas más recientes se citaba a Joseph Pembroke, Matías Rubalcaba y Camilo, el revolucionario.

El archivo mencionaba también quemas de libros que versaban sobre la Conquista, organizadas en varios países, en particular durante el mes de julio de 1662, 1762, 1862 y 1962, todas ellas en memoria de la gran hoguera a la que, en julio de 1562, fray Diego de Landa arrojó toneladas de códices, en la península de Yucatán. El texto admitía que en junio de 1662, en la ciudad de Cartagena de Indias, fueron incendiados el original y la copia del diario de navegación de Cristóbal Colón. Como se sabe, otras dos copias desaparecieron misteriosamente del palacio de los Reyes Católicos.

Considerado «fantasioso» y hasta «falso» por el juez de instrucción, el archivo con estas listas de crímenes se extravió durante las diligencias judiciales del año 2012, en Cádiz, y hasta el momento no ha podido ser recuperado.

La sentencia a la pena capital de Pembroke llevaba la firma del capitán Lynch, persona a la que nunca se pudo identificar ni menos detener, puesto que a la larga se constató que Lynch era el seudónimo que asumió cada líder máximo de la CPH desde el siglo XVI. El procedimiento implicaba un discreto homenaje de la Congregación para la Pureza de la Historia al joven Lynch, ajusticiado por su padre en Galway. A Lynch se le consideraba un pionero en la defensa de la historia imperial ante las versiones supuestamente denigratorias y falsas de los indios americanos.

Una comisión de expertos estudia hasta el día de hoy, en el marco de la burocrática Organización de los Historiadores Americanos, con sede en San Juan de Puerto Rico, los casos de otros destacados intelectuales, sacerdotes, militares y sacerdotes mayas y aztecas que, a partir de 1493, murieron al parecer a manos de agentes de la CPH, que actuaban en coordinación con la Inquisición. La causa de los asesinatos: difundir una versión subversiva y pagana de la historia.

La acuciosa investigación de un discípulo del prestigioso profesor mexicano Miguel de León-Portilla probó que el desaparecido *Códice de Antigua Guatemala*, que al parecer también narraba los viajes de marinos mayas, fue adquirido en 1962 por un miembro del dicasterio de la CPH. Este importante documento fue arrojado a las llamas, al mejor estilo de fray Diego de Landa, el 12 de julio de ese año, en el poblado de Maní, en el mismo sitio y día en que, en 1562, tuvo lugar el auto de fe durante el cual se incineraron centenares de códices, esculturas y altares con jeroglíficos mayas.

El objetivo primordial de la ceremonia de 1962, según la memoria escrita de la Congregación para la Pureza de la Historia, era simple y brutal: hacer desaparecer hasta el último vestigio histórico existente en el continente que pusiera en duda la «verdadera historia» del descubrimiento de América en 1492 y su conquista, o que insinuase que, antes de que el almirante llegase al Nuevo Mundo, habitantes de este habían explorado y descrito ya regiones de Europa.

El único documento que prueba el revolucionario descubrimiento hecho por el profesor Joseph Pembroke se halla aún en el archivo del Museo Central de Historia de Pyongyang, el mismo que visitó Cayetano Brulé.

El controvertido encuentro entre los dos mundos, como lo intuyó Jack D. Forbes y lo probó más tarde teóricamente Joe Pembroke, no se produjo en 1492, en las islas del Caribe, como se ha venido narrando durante cinco siglos, sino decenios antes, en la misteriosa bahía de Galway, la bella ciudad irlandesa que divide el generoso río Corrib.

Según el portavoz para asuntos culturales del gobierno de Pyongyang, el *Códice Tortuga* está siendo restaurado en la actualidad en un lugar secreto de Corea del Norte. De acuerdo a la versión oficial, el *Códice Tortuga* volverá a ser expuesto en una vitrina de ese museo el día en que se haya alcanzado la reunificación de ambas Coreas en el marco de la sociedad justa e igualitaria que vislumbró para su patria el querido y amado camarada Kim Il Sung.

IOWA CITY, 2011
CIUDAD DE MÉXICO, 2013

ÍNDICE